Hugo Boris

Né en 1979, Hugo Boris est l'auteur de quatre romans très remarqués et publiés aux éditions Belfond : *Le Baiser dans la nuque* (2005), prix Emmanuel-Roblès, *La Délégation norvégienne* (2007), premier prix littéraire des Hebdos en Région, *Je n'ai pas dansé depuis longtemps* (2010), prix Amerigo-Vespucci, et *Trois grands fauves* (2013), prix Thyde-Meunier. Assistant réalisateur de plusieurs documentaires à la télévision, il travaille dans une école de cinéma le jour et écrit la nuit. Il publie aux éditions Grasset son dernier opus, un huis clos haletant intitulé POLICE (2016), qui remporte le prix Eugène-Dabit du roman populiste.

Hugo Boris

Né en 1979, Hugo Boris est l'auteur de quatre romans très remarqués et publiés aux éditions Belfond : *Le Baiser dans la nuque* (2005), prix Emmanuel-Roblès, *La Délégation norvégienne* (2007), premier prix littéraire des Hebdos en Région, *Je n'ai pas dansé depuis longtemps* (2010), prix Amerigo-Vespucci, et *Trois grands fauves* (2013), prix Thyde-Monnier. Assistant réalisateur de plusieurs documentaires à la télévision, il travaille dans une école de cinéma le jour et écrit la nuit. Il publie aux éditions Grasset son dernier opus, un huis clos haletant intitulé *POLICE* (2016), qui remporte le prix Eugène-Dabit du roman populiste.

JE N'AI PAS DANSÉ DEPUIS LONGTEMPS

DU MÊME AUTEUR
CHEZ POCKET

LE BAISER DANS LA NUQUE
JE N'AI PAS DANSÉ DEPUIS LONGTEMPS
TROIS GRANDS FAUVES
POLICE

HUGO BORIS

JE N'AI PAS DANSÉ DEPUIS LONGTEMPS

POCKET

MIXTE
Papier issu de
sources responsables
FSC
www.fsc.org
FSC® C003309

Pocket, une marque d'Univers Poche,
est un éditeur qui s'engage pour la préservation
de son environnement et qui utilise du papier fabriqué
à partir de bois provenant de forêts gérées
de manière responsable.

ISBN : 978-2-266-20865-9

à mon frère Boris

Ivan marche d'un bon pas sur le côté de la route. Il entre dans le halo d'un tube fluorescent, s'évanouit dans l'ombre, réapparaît. Les néons font office de lampadaires le long de l'allée. Le silence est dense, il les entend grésiller. *février 1991*

Tout à l'heure, il a quitté sa chambre d'isolement en retenant la porte pour ne pas réveiller ses compagnons dans les pièces voisines. Il a descendu les escaliers, donné un coup d'épaule dans la porte scellée par le froid. Il s'est levé tôt pour avoir le temps de passer par son appartement de fonction.

Plus loin, un mur de trois mètres de hauteur traverse la forêt de bouleaux. Il n'en a toujours aperçu que des fragments, près des postes de contrôle, lorsqu'il courait à l'intérieur de l'enceinte. Ces derniers mois, il lui fallait bien l'irruption de cet obstacle pour lui rappeler que des hommes et des femmes continuaient d'aller et venir au-delà, contrariés par des soucis qui n'étaient plus les siens.

Pacha dormait dans un couffin sur la banquette arrière, Oksana se retournait souvent pour le regarder.

Ils étaient venus visiter l'appartement avant de se décider à vivre ici. Il fallait traverser la banlieue anarchique de Moscou, se frayer un chemin entre les premières datchas à la périphérie de la ville. La forêt était apparue, sale, piquée de bouteilles de verre, de vieux papiers. La route était mauvaise, rongée par la terre de chaque côté. Elle suivait un tracé alambiqué, s'arrêtant parfois en cul-de-sac au milieu des arbres, ou formant des coudes improbables qu'aucune intersection ne justifiait. Après trois quarts d'heure de voiture, ils avaient longé un mur interminable. La voie mourait dans les bouleaux. Un soldat leur avait ouvert la double porte. Dans la Cité des étoiles, la forêt était propre, la route impeccable. Il y avait les immeubles plantés entre les arbres, près du lac, la crèche, l'école, la poste, les magasins, les fusées métalliques dans les aires de jeux. Ils avaient dit : « C'est bien. » « Oui, pour les enfants, c'est bien », avait répété Oksana pour s'en convaincre.

Ivan rejoint son bloc, monte les marches deux à deux.

Il allume l'entrée, le temps de se débarrasser de ses chaussures et de sa parka. Il sait qu'à l'instant même où le lanceur décollera du cosmodrome de Baïkonour, dans deux semaines, tout va se détraquer ici, chez lui, aux portes de Moscou. Il sera sanglé au siège d'une fusée sur un pas de tir au Kazakhstan, mais à deux mille kilomètres de là, dans son appartement, des vis se desserreront, des rondelles commenceront à jouer. Les autres cosmonautes l'ont mis dans la confidence avant son premier vol, il y a cinq ans. Les rouages qui s'assèchent, se grippent, l'appartement familial qui se déglingue par magie à la fin du compte à rebours. Il valait mieux tout passer en revue avant de partir. Il se souvient encore de la voix d'Oksana lors de leur première liaison radio, lorsqu'il était arrivé à bord de la station orbitale Salyut-7 : *« Il y a une fuite d'eau sous l'évier ! Je te jure ! Une fuite d'eau ! »* Elle criait dans le micro, incrédule et ravie.

Ivan enfile ses sandales, remonte ses manches jusqu'à ce que ses muscles les empêchent de tomber. Pendant qu'ils dorment encore, pense-t-il, avant qu'ils traînent dans mes jambes et me ralentissent. Dans la cuisine, il s'attaque aux charnières du four, resserre chacune des vis d'un quart de tour. Il ôte la plaque de protection du brûleur, fait tomber la calamine à coups de brosse. Il craque une allumette, règle l'admission d'air jusqu'à obtenir quatre anneaux de flammes bleues. Il sent une odeur de corne brûlée, retire la main. Sa peau s'est tellement épaissie qu'il se blesse sans s'en apercevoir maintenant. Il prend le frigo à bras-le-corps pour le basculer, passe un coup de chiffon sur le circuit d'échange de chaleur. Oksana apparaît sur le seuil, une main au-dessus des yeux, incommodée par la lumière. Elle sait, mais demande quand même :

— Qu'est-ce que tu fais derrière le frigo à…

Elle regarde l'horloge au-dessus de la porte :

— … six heures du matin ?

Déjà ? pense-t-il avec inquiétude. Et il n'en est qu'à la cuisine…

Il penche la tête.

— Salut.

Elle s'avance jusqu'à lui, tire sur sa chemise à l'angle du meuble. Elle tend les lèvres pour qu'il se redresse, l'embrasse. Elle a la bouche encore molle, les yeux gonflés de sommeil.

— Je vais prendre une douche, dit-elle.

— Laisse la porte ouverte, il faut que je vérifie la machine à laver.

— Elle marche, la machine.

— C'est ça.

Il fait un crochet par le salon, vérifie que les fiches de la télévision ne sont pas desserrées, dépose une goutte d'huile sur l'axe du plateau de la stéréo. Puis il gagne la salle de bain, toque machinalement à la porte, pénètre dans l'humidité chaude. Il regarde Oksana assise dans la baignoire, les cheveux retenus par des barrettes. Elle lui sourit, prisonnière. Il aime bien l'observer lorsqu'elle est déshabillée et qu'il ne l'est pas. Ses yeux s'attardent, pour mieux se souvenir de son corps lorsqu'il sera là-haut. Il pourrait. Mais il a encore à faire. Il vérifie que les raccordements d'eau sont bien étanches, les resserre par acquit de conscience, en veillant à ne pas éclater les joints. Il dévisse la trappe latérale de la machine, palpe les courroies d'entraînement. Le caoutchouc s'effiloche, c'est bien ce qu'il pensait. Il le remplace pour éviter qu'il ne rompe en son absence. Lorsqu'il relève la tête, Oksana est déjà en peignoir. Il ne voit d'elle que la courbe de ses mollets mouillés. Il a manqué le moment où elle était nue, debout, avant de sortir de la baignoire. Elle quitte la salle de bain, se glisse derrière en lui frôlant le dos. Il sent ses doigts effleurer sa nuque, passer en touches fraîches sur sa peau sans s'arrêter. Il frémit, hésite à tendre une main pour caresser l'une de ses jambes. Elle est déjà trop loin. Pour bien faire, il faudrait aussi qu'il jette un œil à la robinetterie. Il se redresse, s'assure que le flexible est bien raccordé au pommeau de douche.

Il revient dans le salon, extrait la machine à coudre de l'armoire, démonte les carters, souffle pour évacuer les poussières. Pacha est là, en pyjama. Ivan s'accroupit et l'attire contre lui.

— Tu te souviens que je pars au Kazakhstan aujourd'hui ?

— Oui.

— Je t'ai dit quand je reviendrai, n'est-ce pas ?

— L'année prochaine.

Pacha a répondu un peu vite, répète quelque chose qu'il a mal compris.

— Je pars un peu plus d'un an. Quatre cents jours. Peut-être davantage, peut-être moins, ça dépendra.

Il ignore ce que cela signifie pour lui.

— Quand j'ai volé à bord de la station Salyut-7, je suis parti six mois, tu te souviens ?

— Oui.

Pacha était encore bébé à l'époque, le temps ne devait pas se compter pareil. Ivan ajoute :

— Je vais battre le record. Titov et Manarov sont restés trois cent soixante-six jours là-haut. Tu sais ce que ça fait, quatre cents jours ?

— Oui.

— Jusqu'à ton anniversaire, il y a…

Ivan compte dans sa tête.

— … il y a vingt-trois jours. Et moi, tu te rends compte ? Quatre cents jours !

Il regarde sa montre, il n'a plus le temps. Il traverse la pièce, ouvre la fenêtre, dénoue les sacs plastique qu'il a accrochés pour effrayer les pigeons. À force de battre dans le vent, certains se sont déchirés.

— Laisse, dit Oksana dans son dos.

— Ce n'est rien, regarde. Je les change. Comme ça, c'est fait.

Il finit de nouer les anses aux barres d'appui.

— Voilà.

Ils ont prévu de se séparer ici, chez eux, sans trop en faire, comme d'habitude. Les adieux sont épuisants, l'autre qui est encore là, qui ne l'est plus tout à fait. Oksana, Pacha et Guennadi auraient pu l'accompagner à Baïkonour, mais leur présence aurait compliqué les choses. Elle l'aurait déconcentré. Il n'aurait pas eu de temps à leur accorder de toute façon. Sans compter que Pacha aurait dû manquer l'école. Finalement, sa femme et ses deux fils assisteront au décollage depuis le Centre de contrôle des missions, à Moscou.

Il faut qu'il dise au revoir à Guennadi, qui dort encore.

— Il s'est réveillé, cette nuit ?

— Une fois seulement, dit Oksana.

Ils s'attendaient à avoir une fille. Les hommes qui ont séjourné longtemps dans l'espace ne donnent quasiment plus que des filles. Lorsqu'il a su que c'était un garçon, Ivan a dit à Oksana : « Tu vois. »

Il entrouvre la porte de la chambre, mais elle le retient, sans se rendre compte de ce qu'elle dit, de la gravité de la question.

— Tu es sûr ? Tu vas le réveiller.

Il pénètre dans l'ombre, rejoint le lit à barreaux, se penche sur le petit corps. Il distingue dans le noir la belle rondeur de son crâne, son bras à demi levé qui semble tenir tout seul. Il avance une main dans le vide, au-dessus de lui. La tête de Guennadi est à peine plus grande que la largeur de sa paume. Il sent la forme de sa joue dans le creux. Il pose ses doigts sur son ventre, sent sa cage thoracique qui se soulève à travers le pyjama. Il se demande tout à coup si son fils ne va pas l'oublier complètement. Il a une mémoire de poisson rouge, celui-là, non ?

— Tu lui expliqueras ? demande-t-il en sortant de la chambre.

— Oui, ne t'inquiète pas.

Dans l'entrée, il remet ses chaussures, sa parka, soulève Pacha du sol comme un rien. Il le garde dans ses bras pendant qu'il embrasse Oksana. Il les serre contre lui, puis s'écarte, tend la main vers la poignée, regrette de ne pas avoir réveillé Guennadi. Il s'aperçoit qu'Oksana le regarde différemment maintenant, émue peut-être à l'idée de cette porte qui va se refermer derrière lui. Elle le fixe d'un air singulier, avide et somnolent à la fois. Comme si elle essayait de le reconnaître, de discerner ses traits à travers une vitre. Il baisse les yeux, embarrassé par l'attitude de sa femme, sa présence incertaine. Il sourit, revient sur elle. Pourquoi fait-elle cette tête ? On dirait qu'elle voudrait le retenir, qu'elle le désire même, comme si elle ne pouvait déjà plus l'atteindre. Ils auraient peut-être dû se parler davantage cette fois-ci. Il fait un pas, saisit le bouton de la porte. Soudain, il redresse la tête, le visage illuminé.

— Les ampoules.

Il remonte de quelques pas dans le couloir, désigne un carton posé sur l'armoire.

— Elles sont là. Tu regardes le voltage, le pas de vis. Tu coupes l'électricité. Tu sais où ?

— Oui.

La dernière fois, à son retour, il a compté : cinq ampoules grillées sur douille. Elle ne les avait pas changées. Trois sur le lustre du salon, une dans le couloir, une dans la chambre. Encore un peu et ils finissaient dans le noir.

— Bon.

Il ouvre la porte.

— Je vais faire un petit tour, d'accord ?

Elle sourit.

— Je ne serai pas long, ça va passer comme un rien.

Il cherche la minuterie. Oksana et Pacha s'avancent sur le seuil. Il descend une volée de marches, leur adresse un dernier au revoir de la main, disparaît dans la cage d'escalier. Quelques marches plus bas, il entend le déclic de la porte qui se referme dans le silence de l'immeuble. Il a déjà entendu ce bruit de nombreuses fois.

Dehors, en s'éloignant, il jette encore un regard vers le balcon. Il fait un signe de la main, au cas où ils le regarderaient. Mais il n'est pas sûr. Si on lui demandait, il dirait que non.

Vers cinq heures ce matin, il a entendu chuinter la tuyauterie de l'hôtel, le mouvement des portes et la valse des voitures devant l'entrée. Puis les éclats de voix ont cessé, le bâtiment s'est vidé.

Peut-être que Viktor et Nikolaï, ses compagnons de vol, se mettent aussi à gigoter dans leurs draps, dérangés comme lui par le calme trop soudain.

Les yeux ouverts dans l'obscurité, il devine les reliefs durs du lavabo, la surface claire du réfrigérateur, les boursouflures de ses vêtements sur la chaise. Il a demandé qu'on rehausse le pied de son lit d'une dizaine de centimètres avec des cales en bois. Il dort le corps penché en arrière depuis deux nuits, la tête pleine de sang, pour se préparer à l'œdème de la face.

Le silence est total maintenant ; ils doivent être quasiment seuls, lui et ses camarades. Le personnel d'encadrement est parti s'agglutiner derrière le hall d'intégration, là-bas, au cosmodrome, pour assister à l'acheminement de la fusée jusqu'à son pas de tir. L'équipage n'a pas le droit d'observer le transfert du lanceur. Leur présence ne faisait même pas question, hier à table, lorsqu'ils ont évoqué le convoi, elle porterait malheur.

De l'aéroport militaire de Baïkonour, il y a deux semaines, on les a conduits à l'hôtel Cosmonaute. Ils n'en sont presque pas sortis depuis, reprenant une dernière fois les protocoles, rejouant un à un tous les mimodrames des pannes possibles. Ivan n'a vu de la ville que ce qui passait derrière la vitre le long du minibus, pendant les quelques déplacements de l'équipage et de la délégation. Avant son premier vol, il y a cinq ans, il ne se souvenait pas d'avoir longé autant d'aires de jeux pour enfants. Il n'a jamais compté autant de cages de singe, d'échelles, de toboggans ; il y en a au pied de chaque immeuble, à chaque coin de rue, bordés par les canalisations d'eau. Les énormes tuyaux courent à fleur de trottoir, hérissés de bourre isolante, là où les soudures ont éclaté. Le thermomètre marquait vingt degrés en dessous de zéro à leur sortie de l'avion.

— Tu as vu la taille des fissures ?

Il a montré du doigt les profondes lézardes qui sillonnent les murs, fendent les balcons, les châssis de fenêtres.

— Ils ont eu moins trente début janvier, a répondu Nikolaï. Avec cinquante en été, tu imagines le choc thermique ? Tu étais venu à quelle époque de l'année ?

— Au printemps.

— Alors tu n'es jamais venu ici en août ?

— Non.

— La nuit, tu ne peux pas dormir à cause de la chaleur.

— Ah oui ?

— Mais moi, j'avais un truc. Je gardais la porte du réfrigérateur ouverte.

— Tu faisais ça ?

— Je rapprochais même mon lit du frigo. Je te jure, ce n'était pas tenable.

Ivan regarde sa montre sur la table de chevet. Les voitures doivent être en train de parcourir la steppe en ce moment même, de se rapprocher du hall d'intégration, de tressauter au passage des chemins de fer qui ont traversé le désert pour converger devant l'entrée de l'usine. De l'autre côté du long corps du bâtiment, les voies ont disparu, sauf une, qui rampe en direction du site de lancement et se perd dans la nuit.

Les portes arrière du hall d'assemblage doivent être déjà ouvertes sur la plaine, tracer un grand trapèze de lumière jaune dans la neige noire. La fusée est encore dans le ventre de l'usine, allongée à l'envers sur son train d'acheminement. Le bas du lanceur doit paraître bien large, si lourd au regard de la petite locomotive qui va la tracter. Pour l'instant, ils ne peuvent voir de lui que ses rutilantes tuyères d'éjection, en surplomb au-dessus de la motrice. Hier, les étages étaient encore éparpillés dans le hangar, couchés dans leurs embases. Ce matin, la fusée est là, d'un seul tenant.

Ivan change de côté pour sentir le matelas s'enfoncer, éprouver son propre poids, conscient qu'il lui faut se rendormir au plus vite pour profiter encore de la gravité. À bord de la station Mir, il flottera dans son sac de couchage, privé des appuis qui permettent l'abandon. La tête à la renverse, il sent les procédures remonter à son cerveau dans le mouvement du sang. Ils ont répété tant de scénarios possibles, infligé au simulateur un si grand nombre de pannes et de défaillances qu'il est capable de feuilleter mentalement le livre de bord, de visualiser chaque page de la procédure de vol. Il croit qu'il pourrait indiquer l'emplacement de chacun des paragraphes, refaire à main levée chacun des schémas. Tout au long de la nuit, il a senti les mots, les phrases, les croquis qui continuaient d'apparaître sur l'écran de ses pensées, le cerveau qui classait et qui rangeait, dans ce murmure incessant avec lequel il vit depuis dix ans.

Les voitures et les bus ont fiché leurs pare-chocs dans les talus de neige. Il y a déjà du monde massé autour des rails malgré l'heure matinale, le froid qui brûle la peau. S'il était là-bas, il reconnaîtrait les techniciens en anorak, au milieu des photographes. Il apercevrait le colonel Narym, le chirurgien Guerman. Et des cosmonautes oubliés, en habits d'officier, en train de taper des pieds pour se réchauffer.

Une clarté grise monte de la neige. Le Soleil s'arrondit, rouge brique sur l'étendue pâle. La locomotive vibre plus intensément, les regards se tendent. Les militaires libèrent les abords immédiats de la voie, éloignent les journalistes.

La motrice s'avance, mais la Semyorka reste immobile.

Si, elle a bougé de quelques centimètres. Elle n'était pas là il y a un instant. Elle glisse à reculons, rose, léchée par la lumière de l'aube. Elle s'offre enfin aux regards, étendue sur l'immense plateforme à bogies. Les quatre accélérateurs en faisceau s'étrécissent, se fondent dans le corps du lanceur. Le fût se prolonge jusqu'à la coiffe blanche qui abrite leur vaisseau. La fusée n'en finit pas de sortir du bâtiment pour n'être plus qu'un long bec, une flèche interminable.

Elle marque un arrêt, puis redémarre, précédée par les ingénieurs, à pied sur le ballast. Des militaires l'encadrent de chaque côté, instables, essayant de ne pas déraper sur le biais du talus enneigé. Quelques-uns partent en aval de la fusée, se penchent pour déposer sur le rail un rouble ou deux, quelques kopecks. Ils veulent les écraser pour les garder, les vendre, les offrir en porte-bonheur. Les roues laminent si bien les pièces qu'elles restent parfaitement immobiles, incrustées dans l'acier. À l'arrière du convoi, les hommes réapparaissent, poussent du doigt les copeaux de métal pour les reprendre.

Ivan rouvre les yeux, scrute le mur dont la peinture s'écaille. Les rideaux ne parviennent plus à contenir la lumière du jour. Avant de se réveiller, il ressassait la mise en place de l'expérience 7MQ, l'une de celles qu'il devra effectuer à bord. En situation normale, les capteurs seront fixés par des autocollants (la face sans marquage). Mais dans son rêve, l'adhésif ne prenait pas à cause de l'humidité, même en essuyant la paroi avec un chiffon.

Est-ce la lenteur mécanique, le silence, la procession dans le petit matin ? Le mouvement est devenu funéraire.

Là-bas, une fosse.

Les hommes veulent l'y précipiter.

La fusée s'est hérissée d'une poussière de givre, le froid l'a prise.

Le cortège s'engage sur la plateforme, s'arrête, repart avec plus de précaution. Les hommes de Korolev ont tiré parti d'une faille naturelle dans la steppe pour creuser le carneau de dispersion des gaz. Ils l'ont élargie pour lui donner la profondeur d'un cratère. Jaillis des entrailles de la fosse, deux piliers monumentaux soutiennent une jetée en béton. On dirait le tablier d'un pont fantastique qui avancerait timidement au-dessus du vide, et dont la construction aurait été brutalement interrompue.

La fusée ne fait d'abord avec la dalle qu'un angle aigu. À cet instant, elle n'est tenue que par le bras érecteur du convoi ferroviaire, qui la serre aux flancs à la façon d'un tuteur. Voilà qu'elle prend de l'altitude, il faut déjà porter une main en visière pour ne pas être ébloui par le contre-jour du ciel. Elle continue de grandir, confuse. Soudain elle est verticale au-dessus de la fosse brune, évidente. Doucement, les quatre bras de servitude viennent l'enserrer autour de la taille. Elle pivote sur elle-même, s'aligne dans l'azimut. De loin, elle ne sait pas qu'on la regarde.

Près du parking de l'hôtel, Ivan aperçoit des maîtres-chiens et des adolescents en armes, la poitrine barrée d'une mitraillette. Il va dans la direction opposée, s'enfonce dans la végétation broussailleuse du jardin.

La lumière se disperse si violemment qu'il doit plisser les yeux. Le ciel est trop blanc. Il cherche son ombre par terre, entre les acacias cristallisés, se retourne : elle a disparu. Comme au bloc chirurgical, pense-t-il amusé, lorsque l'éclairage est si diffus que les mains n'ont plus de réalité.

Par endroits, les longs tuyaux gelés du système d'arrosage percent la neige, glissent à la surface avant de disparaître. Il aperçoit la fosse de la piscine derrière les taillis, remonte l'allée des autographes vivants.

Au pied de chaque arbre, une plaque indique le nom du cosmonaute qui l'a planté. Il dépasse celui de Gagarine, le plus massif, puis celui de Titov, de Belayev, de Leonov, qui dégagent aussi cette impression de force. En empruntant le chemin dans ce sens, les troncs rajeunissent, deviennent plus frêles. Ils en épousent la perspective, la raccourcissent et la précipitent. Il lui semble soudain que chacun de ses pas le conduit à l'allumage des moteurs, que les arbustes, toujours plus minces, accélèrent la chronologie. Le décompte a commencé quelque part.

Il profite de sa promenade pour récapituler le mode de fonctionnement de l'échographe à bord de la station. Il réalise qu'il va lui falloir déplacer l'appareil du module Kvant-1 jusqu'au module principal pour transmettre les images au sol. Or l'écoutille de passage est très étroite, le déplacement de la machine risque de l'endommager. Est-ce qu'il ne serait pas plus judicieux de prévoir une rallonge ? Des écriteaux manquent au pied des arbres, probablement arrachés par le vent. Ailleurs, les patronymes sont illisibles, gommés par la pluie, la neige, abrasés par le sable. Au bout, l'allée forme une rampe le long de l'océan de terre. Ivan s'approche de la frontière au-delà de laquelle la steppe reprend. Plus d'une centaine d'arbres ont vu le jour ici, dans son dos. Il devrait se sentir dans cette petite forêt comme dans une famille. Lui aussi a planté une pousse à son retour de la station orbitale Salyut-7. Il claque la langue. Pourquoi a-t-il tant de mal ? Cosmonaute. Le mot ne passe toujours pas. Est-ce que la Commission lui aurait confié cette mission si elle n'avait pas été sûre de sa compétence ? On l'a titularisé, lui, pour être le premier homme de l'humanité à rester en apesanteur plus de quatre cents jours. Est-ce à Samarov, sa doublure, qu'on l'a demandé ? Est-ce à Viktor, son commandant ? À Nikolaï, l'ingénieur de bord ? Non, c'est lui qu'on a prié de prendre ce risque insensé, son corps que l'apesanteur va délabrer. Viktor et Nikolaï reviendront dans six mois. Il est prévu qu'il en passe neuf de plus. Cosmonaute. Pourquoi le mot ne coïncide-t-il pas avec sa fonction ? Parce qu'il est médecin ? Qu'il n'a jamais été pilote ? D'ailleurs il ne retrouve pas son arbre.

Mais les panonceaux sont plus rares parmi les arbres jeunes. Il y a eu tellement d'hommes envoyés dans l'espace depuis Gagarine. Il songe à ce que lui avait dit Oksana, une fois, lorsqu'il s'était étonné qu'elle n'ait jamais entendu parler de Granovski et de Popp :

— Les premiers cosmonautes, on les reconnaissait quand on voyait leur photo dans le journal. On apprenait leurs noms à l'école.

— T'es allée à l'école, toi ?

— Maintenant, on ne sait même plus qui est là-haut.

Près de la rampe, les arbres sont plus chétifs encore. Il doute qu'un seul d'entre eux puisse donner de l'ombre en été. Il a maintenant le sentiment qu'il ne faudrait qu'une poignée de jours à la steppe pour tout reprendre le long de cette frange. Il retrouve les procédures d'urgence là où il les a laissées dans ses pensées, se promène sur l'arborescence des incidents, s'efforce d'en revisiter chaque ramification, chaque terminaison morte. Pourquoi ne peut-il pas s'empêcher de chercher, les yeux au sol ? Est-ce cet arbre-là, dressé comme une lame ? Ou celui-ci, de travers, harassé par les grains ? Reviens à tes procédures, pense-t-il pour ne pas s'égarer encore. Il s'approche du fossé, se tourne vers la steppe enneigée. Elle est figée comme une mer froide après l'embâcle. Son regard se perd, incapable d'accrocher immédiatement un point précis dans le miroitement. Il porte une main à son front pour se protéger les yeux. À l'hôtel, là-bas, la réunion de la Commission a dû recommencer. Peut-être même que la composition définitive de l'équipage titulaire et de l'équipage doublure a déjà été révélée. Il sait qu'il part, lui, puisque Samarov a jeté l'éponge il y a deux mois. À l'aéroport, au moment de rejoindre Baïkonour, l'un des instructeurs lui a même appris que c'était la première fois qu'un cosmonaute montait dans l'avion n° 1 sans être suivi d'une doublure dans l'avion n° 2.

Il entend un craquement dans la neige, devine la présence de Viktor dans son dos, troublé comme si leurs deux regards s'étaient croisés dans le miroir de la plaine. Sa compagnie le décourage brusquement, nouvel obstacle à sa concentration. Il se retourne, aperçoit son commandant qui s'avance jusqu'à lui sur le promontoire, la joue enflée par un bonbon. Cette fois, c'est sûr, je vais perdre le fil de mes procédures, pense-t-il. Il aurait mieux fait de rester enfermé dans sa chambre d'hôtel. Viktor attend d'être à sa hauteur pour lui adresser la parole. Il aurait pu le faire en s'approchant, lorsqu'ils n'étaient plus séparés que d'une poignée de mètres. Mais non, il ne veut pas avoir à porter la voix, attend d'être exactement à sa hauteur pour lui parler.

— Tu pensais être tranquille, hein ?

— J'étais en plein accostage manuel, dit Ivan.

— Je te dérange, alors ?

— Pas du tout.

— Je suis titularisé. Nikolaï aussi.

— Je ne vais pas faire comme si j'étais surpris, dit Ivan avec un sourire. Je ne vous ai rien dit, mais je le sais depuis hier.

Il l'affirme avec l'assurance qui sied à celui qu'on a mis dans la confidence avant les autres.

— Je suis au courant depuis hier soir exactement, précise-t-il.

Viktor ne lui demande pas qui a vendu la mèche, comment, où, dans quelles circonstances. Les yeux du commandant ont pris un éclat lointain. Sa confirmation apaiserait-elle un doute caché ? Et il ne s'étonne pas que lui, Ivan, l'ait appris avant lui ? Peut-être Viktor le savait-il aussi, et depuis longtemps encore ? Ivan regrette d'avoir insisté pour forcer une question, laisser croire qu'il était dans la confidence de ceux qui décident, ou insinuer qu'étant déjà titularisé, il avait sur eux un maigre ascendant qui justifierait à lui seul d'être mieux informé. Il vient peut-être de se rendre ridicule. Son compagnon peut avoir été mis au parfum il y a un moment et l'avoir tu depuis. Mieux, il est bien capable de ne pas lui révéler aujourd'hui, maintenant que sa titularisation est officielle, qu'il la savait certaine depuis des mois. Garder un secret, c'est dissimuler jusqu'à l'existence même du secret, songe Ivan, voilà pourquoi Viktor se tait. Il regarde en biais le large visage de son compagnon, légèrement écrasé, les sourcils presque joints. Il est difficile de se souvenir des traits de son commandant. L'expression d'ensemble s'échappe toujours. Lorsqu'il n'est pas là, elle s'efface aussitôt de la mémoire. On ne retient que ses yeux, si noirs que l'iris et la pupille peinent à se distinguer. Dans le simulateur, lorsqu'il était de mauvaise humeur, il jetait parfois des regards impossibles à contenir. Ivan s'était surpris à détourner le sien plusieurs fois. Viktor a plus de légitimité que lui au milieu de ces arbres, c'est sûr. Le sien doit être en bonne santé, et si Ivan lui demandait, il n'aurait aucun mal à le lui montrer du doigt.

— Est-ce que Nikolaï t'a montré comment il faisait l'Américain ? demande Viktor en souriant.

— Non.

— Il s'exerce depuis hier dans sa chambre. Il prend la pose des astronautes de la Nasa.

— Pendant les séances photos ?

— Oui. Ce n'est pas encore parfait, mais il y est presque. Il s'entraîne pour la conférence de presse, demain. Tu te souviens de leurs têtes, ou pas ? Les membres d'équipage des missions Apollo ?

— À peu près.

— Quand il te montrera, tu reconnaîtras tout de suite. D'abord, il lui faut un casque sous le bras, sinon ça ne prend pas. Ensuite, il rentre le ventre et il bombe un peu le torse. Pas trop. Surtout... C'est ça le plus important... Il prend une espèce de sourire... Comment te dire ? Je ne sais pas où il va le chercher, celui-là... Un sourire de héros national et de père de famille, les deux à la fois... Tu vois ce que je veux dire ? Il faut qu'il te le fasse en vrai.

— J'ai hâte. Et tu dis qu'il s'entraîne ?

— Il y a passé des heures.

Ils rient, font demi-tour pour revenir sur leurs pas, s'engagent ensemble dans le couloir des autographes.

Les arbres noirs se succèdent à n'en plus finir, de plus en plus hauts. Le chemin paraît plus long dans ce sens, admet Ivan.

Leonov, Belayev, Titov.

Gagarine, enfin.

Guerman, le chirurgien, lui sourit sous le masque :

— Tu as bien dormi ?

L'homme observe sa gorge, sa langue, la peau de ses mains et de ses pieds.

— Bouche-toi le nez, dit-il en examinant ses tympans. Ça va. Lève-toi, marche un peu.

— Je ferme les yeux ? demande Ivan.

— Bien sûr.

Ivan fait quelques pas.

— C'est bon. On te fait un lavement.

Depuis hier, ses compagnons et lui ne mangent quasiment plus rien de solide, mais le régime sans résidus ne suffira pas. La poursuite de la station dure près de deux jours. Un infirmier approche la potence à laquelle est suspendu le récipient en tôle.

— La pression n'est pas assez forte, dit Ivan à l'infirmier après un instant. Tu peux monter le réservoir.

— Tu es sûr ? intervient Guerman.

— On va mettre des heures avec ce débit. Monte encore.

Il fait mine de saisir le récipient pour le lever davantage, mais son geste est maladroit, embarrassé par la canule entre ses jambes. L'infirmier consent à hausser d'un cran le réservoir. Ivan ferme lui-même le robinet d'arrivée d'eau, retire la sonde. Le ventre plein, il rejoint le cabinet de toilette attenant. Le bruit doit s'entendre de l'autre côté de la cloison. Il s'en moque tellement qu'il s'en étonne. Comme s'il n'avait rien à voir avec ce glouglou dégoûtant, que son corps seul était concerné. Il ne sait plus, depuis le temps, la façon dont cela s'est passé, à quel moment il a désappris la honte exactement. Guerman et l'infirmier ont injecté une eau bouillie dans son gros intestin, et lui, Ivan, les y a aidés. Pour leur prêter main-forte, comme s'il s'occupait d'un autre patient ! Il sourit dans le cabinet de toilette. Des années de dressage pour en arriver là.

Il rejoint Viktor et Nikolaï dans la salle à manger, leur serre la main avec énergie. Ils sont beaux dans les tenues bleu roi qu'ils ont réservées pour ce voyage en bus de trente kilomètres, de l'hôtel au cosmodrome.

Une caméra les suit dans le couloir jusqu'à leurs chambres, dont ils doivent parapher les portes. Ivan ajoute son nom sur le bois déjà noirci d'écritures. En dessous il inscrit la date. Il est allé trop vite, des voix lui demandent de recommencer, de faire semblant de signer à nouveau. Il se prête au jeu pour les photographes, reste deux secondes supplémentaires devant le battant, le feutre immobile à la surface du bois. Les bus attendent déjà sur le parking, paraît-il.

Il se fond au mouvement en direction de la chambre du colonel. Ils doivent être une quarantaine à s'engouffrer dans la pièce, à se serrer de part et d'autre du lit. À quoi bon tout à l'heure les charlottes, les masques et les pantoufles en papier ? Mais c'était déjà la même chose avant son premier vol, le même foutoir. Narym débouche le champagne tandis que les verres circulent de main en main. Ivan agite mécaniquement le sien, lance à Nikolaï à côté de lui :

— Secoue bien pour ne pas avaler trop de gaz.

L'ingénieur de bord sourit, la mine gourmande et satisfaite.

— C'est le médecin qui parle ?

— Je t'assure. Tu vas nous asphyxier, sinon. Pas de ça dans le Soyouz, hein ?

Le colonel porte un toast à la prospérité de l'équipage. De l'autre côté du lit, Guerman leur adresse un clin d'œil bienveillant. Partout on les appelle du regard pour les gratifier d'un sourire, lever le verre à leur santé. Le calme attendu se fait de lui-même, sans effort, signifiant que le temps est venu de marquer la pause qui précède les grands départs. Chacun prend place où il peut, sur une chaise, sur le rebord du lit, par terre. Ivan avise une femme en tailleur, la poitrine bombée par un petit chemisier court, qui n'a toujours pas trouvé où s'asseoir. On n'a pas assisté au transfert de la fusée, pense-t-il, ce n'est pas le moment de nous porter la poisse en restant debout. La femme finit par s'agenouiller sur le tapis, et le silence se pose, étrange, dans la pièce bondée. Cosmonautes, doublures, ingénieurs, techniciens, médecins, infirmiers se taisent ensemble. Il y a, mélangés parmi eux, les serveurs qui ont apporté les verres et se sont retrouvés coincés au moment où le recueillement commençait. Les regards ne les cherchent plus, lui et ses compagnons, comme si cet effort pour exister était devenu inutile. Le mutisme de tous ces gens, maintenant, est plus étourdissant que la rumeur des voix, des raclements de gorge et des rires. La solennité de l'instant les ramène à une même pensée. L'immobilité les contraint à songer au formidable mouvement qui les attend tous les trois, au geste qu'ils s'apprêtent à faire : ils vont quitter la Terre. Dans l'écrin de chair, Ivan sent que le moment est venu d'appréhender cette folie, mais il ne peut s'empêcher de regarder Nikolaï à côté de lui, de contempler son visage grêlé par les égratignures d'une vieille acné. Il a dû être défiguré pendant plusieurs années, à l'adolescence, et même une partie de sa vie adulte. De près, les ravages de sa peau font songer à la surface bouillie d'une planète morte. Le colonel se lève déjà, donnant le signal du départ. Les voix sont basses, les déplacements discrets, engourdis par la paix qui a précédé. Doucement, le flux les emporte vers la sortie puisque les bus sont là, puisqu'il faut partir, abandonner l'hôtel, quitter la Terre. Ivan se surprend à ralentir le pas dans le couloir pour gagner du temps. Il lui vient l'idée saugrenue de retourner dans sa chambre et de s'y enfermer un instant pour prendre une bonne fois la mesure de l'événement, réfléchir à ce qui va se passer. Il avait des mois pour le faire et maintenant il n'est pas prêt. Il pourrait prétexter qu'il a oublié quelque chose dans un tiroir. Son fil dentaire. Il l'a laissé sur la tablette de la salle de bain. Il fermerait la porte, s'étendrait sur le lit. Mais cette liberté-là est désormais hors de portée. Les préparateurs le soupçonneraient de dissimuler un problème de santé. Ils l'épieraient, chuchoteraient dans le couloir, tambourineraient à sa porte. Alors que plusieurs heures le séparent de l'ignition des moteurs, il ne peut déjà plus s'échapper. Il n'en a pas l'intention, mais tout de même, il n'a plus le choix, n'est-ce pas ? Qui le doublerait, s'il renonçait ?

Dans le hall, le pope de Baïkonour les attend depuis quelques minutes. Jamais Ivan n'aurait soupçonné que sa présence le réjouirait ainsi. L'homme va les retenir encore un peu.

— Ça, c'est pour l'angine, prévient Nikolaï.

Le sacristain présente un bénitier en ferraille. Le pope les asperge si généreusement d'eau bénite qu'ils ne peuvent s'empêcher de sourire tous les trois. Ils vont donc sortir dans le froid le torse trempé ?

La porte, le perron.

Plus bas, une haie s'est formée jusqu'au parking. À leur apparition, des acclamations retentissent.

— Vous savez pourquoi ils applaudissent ? demande Ivan tout à coup.

Il saisit le fer à cheval qu'une main lui tend.

— Il y a des moments, je ne sais pas pourquoi ils s'énervent comme ça.

Deux bus attendent devant l'entrée, garés de travers. Devant lui, Viktor et Nikolaï ignorent celui dans lequel ils sont censés monter. Ils ont soudain l'air de trois guignols avec leurs fétiches à la main, les vêtements mouillés, alors Ivan s'approche du premier chauffeur.

— Le pope, il a béni quel bus ?

— Montez.

Le convoi démarre, lent et solennel. Ils sortent de la ville, pénètrent dans la steppe blanchie par la neige, longent les files de wagons rouillés laissés à l'abandon sur les rails, les lignes électriques, les postes de transformation, dépassent les antennes paraboliques des stations de poursuite.

La steppe est nue de part et d'autre de la route maintenant. Ivan n'a pas senti le basculement, le moment où ils quittaient la société des hommes pour le désert.

Au printemps, les épaves scintillaient au Soleil, donnaient à la plaine l'aspect tranquille d'un cimetière marin. Ivan ne les voit plus, mais elles sont encore là, cachées sous le drap. La neige a recouvert les milliers de déchets recrachés par le ciel, les carcasses des lanceurs, les coiffes, les capots protecteurs, les sangles, les bouts de tôle, les boulons des étages propulsifs. Il imagine dans quelques heures les cadavres des accélérateurs latéraux. Éparpillés à travers la plaine, les quatre faisceaux du premier étage sont étendus dans la nuit. Autour des ogives, quatre ronds de terre noire ; la chaleur des réservoirs a fait fondre la neige.

L'image l'effraie.

Il revient mentalement dans le bus, préoccupé : à quoi était-il en train de penser, au juste ? À quatre réservoirs vides ! Que faisait-il là-bas, en pleine nuit, dans la steppe, à contempler des accélérateurs qui ne sont pas encore tombés ? Vraiment, il n'est plus à ce qu'il fait. Il tente bien depuis quinze jours de se concentrer sur la mission. Il sait qu'il doit s'effacer derrière elle, comme il était si bien parvenu à le faire lors de la précédente. Et maintenant les carcasses fumantes, la neige fondue tout autour. Reste dans l'autocar. Reste assis au lieu d'aller faire du rase-mottes sur la dépouille du premier étage de la fusée. Tout va bien se passer, tu es prêt. Les réservoirs n'ont pas encore été éjectés, tu n'as même pas encore décollé. Tu te souviens des mouchetures de boue sur les flancs, près des roues ? Regarde le pare-soleil teinté, le dégradé turquoise en haut du pare-brise qui évite au conducteur d'être ébloui.

L'homme a branché la radio en sourdine pour ne pas les déranger. La voix de Roxette vibre doucement dans les enceintes, le long de la travée. Ivan identifie le parfum de la moquette moisie. Un vrai bus avec un vrai chauffeur, dont les dents métalliques éclairent le fond de la bouche. Lui va quitter la Terre, mais cet homme, ce soir, va rentrer chez lui, retrouver ses enfants, ses amis, les meubles dans son salon, la courroie crénelée de sa machine à laver, les poussières de fil, la calamine.

Ils s'essuient les pieds sur la serpillière chiffonnée devant l'entrée du hall d'intégration, remontent le corridor qui jouxte la nef de l'usine. Viktor et sa doublure disparaissent dans le cabinet attenant à la salle de conférences. Nikolaï et la sienne y pénètrent à leur tour. Pourquoi passent-ils dans cet ordre ? C'est idiot, pense Ivan. Il devrait s'habiller le premier, puisqu'il n'a pas de doublure qui puisse l'aider.

Au lieu de l'appeler, un infirmier se déplace jusqu'à lui, lui saisit le bras pour le conduire, d'un geste presque féminin. Ils me font des caresses parce qu'ils ont peur que je m'enfuie, pense-t-il en se plaçant dans le flux d'air propre. Près du mur, une table : son scaphandre étendu, le torse à plat, les jambes ballantes. Autour de lui vibre un essaim de cinq hommes vêtus de blouses dont il ne voit que les yeux. Il se dénude complètement pour qu'ils puissent le désinfecter à l'aide de serviettes imbibées d'alcool. Bientôt, il y a tant de mains sur lui qu'il ne sait plus dire à qui elles appartiennent. Elles passent sur son corps, se croisent, se mêlent pour le bouchonner comme un cheval. Ses muscles glissent sous les frictions, reviennent. Le sang se met à vivre dans ses membres. Il n'est pas bien haut, ni bien épais, mais après ces mois d'entraînement, ces années, il se dit qu'il faudrait bien trois hommes pour le terrasser, peut-être quatre.

L'un des infirmiers déchire la cellophane dans laquelle sont enveloppés ses sous-vêtements stériles.

— Est-ce que tu veux une protection ? demande l'homme.

— Une protection ?

— Une couche.

Ils le prennent pour un Américain maintenant ? C'est une blague, n'est-ce pas ? Nikolaï leur a passé le mot ? Ivan écarte la garniture d'un geste agacé, en espérant que ses compagnons ont refusé de mettre ça dans la culotte.

— Est-ce qu'on t'a appliqué le vernis dentaire ?

— Oui, deux fois.

Il ajuste à hauteur du thorax le harnais élastique qui informera le sol de sa fréquence respiratoire et de sa température. En enfilant la ceinture de contrôle, il trouve forts ses bras épais, ses avant-bras surtout. Il gonfle ses poumons, sent l'infime pression de la courroie qui se tend sur sa cage thoracique.

Il garrotte la naissance de ses cuisses à l'aide de manchettes élastiques qui permettront de piéger le sang dans ses membres inférieurs. Le contour des muscles se détache nettement, rendu plus saillant encore par les deux bracelets.

Il enfile le long caleçon de coton qui lui couvre entièrement les jambes, puis l'épais maillot de corps blanc.

Les hommes saisissent le scaphandre sur la table, ouvrent la fermeture éclair du plastron, le lui présentent. La combinaison est cousue d'une seule pièce, doublée à l'intérieur d'une vessie de caoutchouc qui en assurera l'étanchéité. Ivan glisse une première jambe, puis l'autre. Il se tasse autant que possible pour passer la tête dans le cerclage du collier, s'agace de la résistance de l'anneau. Tu vas voir que je vais m'attraper un tour de reins au dernier moment ! pense-t-il. Il laisse retomber le collier derrière lui, tire à nouveau sur les jambes du scaphandre, jusqu'à se cisailler le pli de l'aine, essayant de gagner les quelques centimètres qui lui manquent. Il redemande l'anneau dans son dos, se cambre mieux. Sa tête frotte contre le métal, jaillit dans le cerclage. À présent, la vessie de caoutchouc pendouille de part et d'autre du torse par l'échancrure. Il se laisse descendre sur une chaise, reprend son souffle, commence à saucissonner nerveusement le trop-plein de la membrane. La gomme entre ses mains a la consistance d'une chambre à air de vélo. Il assure l'herméticité en l'enrobant d'un élastique, coince le chignon caoutchouteux contre ses côtes, tire la double fermeture éclair pour rabattre le plastron sur la poitrine.

Il se lève, fait quelques pas inutiles sur le tapis persan, le dos courbé.

Voilà. La bagarre l'a réveillé.

Endosser l'habit l'a mieux confirmé dans son poste que n'importe quelle titularisation. Il se sent prêt à affronter les photographes dans l'autre pièce.

Il enfile le bonnet en filet noir, positionne les écouteurs sur ses oreilles, les micros sous le menton, à la cassure du cou, au plus près des vibrations de sa voix. Il attache le bracelet de sa montre autour de la manche, glisse les pieds dans les deux bottes en cuir souple, coince les gants dans les poches de ses tibias.

Lorsqu'il les rejoint, Viktor et Nikolaï sont déjà assis face à la vitre. Leurs scaphandres bossus lui tournent le dos. On se bouscule derrière la baie. Les cameramen ont réglé les trépieds à différentes hauteurs pour étager leurs objectifs. Il en aperçoit les reflets violines derrière la vitre qui les protège des germes. Les spectateurs sont debout pour la plupart, tendent le cou pour les apercevoir, entrant et sortant continuellement dans un roulement qui permet au plus grand nombre de les voir ne serait-ce qu'un court instant. Ivan s'assoit sur la chaise de gauche restée vacante, salue ses deux compagnons d'un hochement de tête. De l'autre côté de la vitre, un vieux cosmonaute dont il a oublié le nom le fixe tranquillement. Pourquoi lui échappe-t-il alors qu'il ne connaît que lui ? Des coups sourds résonnent dans l'aquarium. Les photographes tapent sur le verre pour attirer son regard. Il ne connaît pas ces gens.

Un homme vient de poser une main sur son bras. C'est son tour de vérifier l'imperméabilité de son scaphandre. Il se lève, se dirige vers le siège installé au fond de la pièce, identique à celui dans lequel il prendra place tout à l'heure dans le lanceur. On le guide par le dos comme s'il pouvait tomber. Il enfile ses gants, enclenche les cercles des poignets à ceux des manches, grimpe sur le marchepied, le visage rongé par les flashes. Il s'assoit au fond du baquet métallique, ramène les genoux contre sa poitrine, fait coulisser la demi-coquille de son casque pour la verrouiller sur le collier.

Il sent l'oxygène gicler dans le scaphandre, l'étoffe qui se boudine.

Cette immobilité soudaine après l'agitation.

Le plafond qui arrête son regard.

Il a la lumière des tubes dans les yeux, c'est désagréable. Pourquoi ne se soucient-ils jamais de ce genre de détails ? Il faudra qu'il pense à leur dire d'en diminuer l'intensité.

Les sons lui parviennent assourdis, étouffés par le casque, l'épaisseur de la vitre.

Il ressent une gêne qu'il n'avait pas prévue.

Est-ce parce qu'il a le ventre vide ? Cette bière de métal, son corps engoncé dans le capiton du scaphandre ? Tous ces hommes masqués, les murs vert bouteille ?

Les photographes continuent de taper sur la vitre pour une dernière photo.

Il songe aux voix éteintes après les minutes de silence observées dans la chambre du colonel, basses, respectueuses.

Le pope en travers de leur chemin pour l'extrême-onction.

On lui a nettoyé le côlon.

Oui, c'est cela, pense-t-il, surpris par l'évidence. On l'a toiletté comme on maquille un mort. C'est surprenant de n'y songer que maintenant. Comme un cadavre qui va céder ses liquides.

Un doigt s'approche de son casque. L'opérateur qui a effectué les tests de pression est en train de lui parler. L'homme tapote la bulle en plexiglas. Ivan le regarde, surpris d'être là, dans ce silence, dans la lumière blanche des plafonniers. Il déverrouille son casque, respire profondément. Des mains le tiennent, indiquent qu'il est l'heure de partir. Viktor et Nikolaï l'observent avec bienveillance. Leurs deux sourires le réconfortent. Ils vont voler, c'est merveilleux. Ils reviendront. Il ne sait pas ce qui lui a pris de penser que... Il branche son scaphandre au ventilateur portatif, saisit la poignée du boîtier. Mais son regard se fige. Il a cru apercevoir Oksana au troisième rang, dans une trouée de Soleil. Elle est masquée par les journalistes, elle va sûrement réapparaître. Comme cette femme lui ressemble ! Il l'a confondue à cause de ses cheveux presque blonds, cette manière de sourire, loin derrière, dans ses pensées. Quelqu'un est en train de lui parler. Elle écoute en se suçant les lèvres, rit à une plaisanterie qu'il n'entend pas avec une sorte de douceur indulgente. Elle porte un pull noir à paillettes parcourues de minuscules reflets roses et bleus. Elle n'est pas aussi belle qu'Oksana, à cause de ses joues qui ne sont pas aussi étagées, de cette petite boule de cheveux qu'elle a réunis en chignon en bas de la nuque, qui lui donne un air défait. Et puis Oksana a de longs yeux de fille, gris, en amande, très humbles et très beaux, que cette femme n'a pas.

— Vas-y, montre-lui, lance Viktor en riant.

— Il me faut un casque sous le bras ! proteste Nikolaï en cherchant autour de lui.

— Tant pis, fais-le quand même.

L'ingénieur de bord tourne le dos à la vitre pour se cacher des photographes. En une poignée de secondes, Ivan le voit se métamorphoser sous ses yeux, ouvrir les épaules, gonfler la poitrine. En retenant sa respiration, leur compagnon s'efforce de fixer un point au hasard au fond de la pièce. Son visage devient plus rond, plus coloré, comme si la vie, vraiment, le réjouissait. Ses yeux se mettent à rire sans motif et voilà qu'il dégage une impression de santé, un air volontaire, l'esprit délesté de la moindre arrière-pensée. Nikolaï semble tellement content de lui tout à coup qu'Ivan ne peut s'empêcher de sourire.

— J'y suis ou pas ? demande l'ingénieur de bord sans bouger les lèvres.

— Génial, dit Ivan.

— Alors attention.

— Oh non ! dit Viktor. Il le fait !

Nikolaï pivote sur lui-même pour s'offrir aux photographes, le visage épanoui. Les flashes pétillent sur la vitre.

— Je ne pensais pas qu'il oserait, soupire Viktor.

— Je t'avais prévenu, dit l'ingénieur dans les clignotements.

— Je veux voir les photos à mon retour !

— Moi aussi, dit Ivan.

— Je vais les envoyer à Buzz Aldrin, menace Viktor.

Ils passent dans le couloir, se faufilent entre les spectateurs, freinés par les caresses, les tapes qu'on leur assène sur la tête, les fesses, les épaules. Collés au mur, les photographes laissent pendre un instant leurs appareils au bout des sangles pour les acclamer. Ivan croise Nikita et Aleksandr du regard, qui seront certainement titularisés sur l'un des prochains vols. En travers de sa route, un officier lui tend la main, qu'il se sent obligé de saisir. L'homme le tire imperceptiblement vers le bas pour l'obliger à se pencher. Ivan reçoit une accolade dont il ne voulait pas, de grandes tapes dans le dos comme s'il avait avalé de travers. Devant, ses camarades sont aussi en difficulté. Voilà quinze jours qu'on les maintient à l'écart de tout, qu'on ne les touche qu'avec des gants, et maintenant les postillons. Tant pis, reconnaît Ivan. Il préfère ce désordre à un recueillement qui l'intimiderait davantage.

Ils sortent à l'air libre sur l'esplanade, maladroits dans leurs combinaisons blanches, le lourd climatiseur à la main. À leur apparition, un feu d'applaudissements retentit, plus fort que tous les autres. À l'extrémité du parvis, une tribune noire de monde. Deux traits blancs dessinent un couloir sur l'asphalte mouillé. De part et d'autre, la foule des invités privilégiés forme une nouvelle haie. Au bout de la trace, trois carrés blancs indiquent l'endroit où chacun devra se rendre. Le président de la Commission d'État les y attend, les pieds joints, sanglé dans un lourd manteau de l'armée. Tandis qu'ils marquent un temps d'arrêt à l'entrée des deux lignes parallèles, Nikolaï cherche à se souvenir de sa place, ne sait plus s'il est du bon côté du commandant.

— Je suis à gauche dans le protocole ? C'est bien comme à bord du Soyouz ?

— C'est ça, dit Viktor.

Ils s'élancent tous les trois, le dos voûté, les fesses en arrière, les bras qui semblent vouloir toucher le sol, tendus par le poids de l'aérateur, avec la démarche de l'hominidé lorsqu'il savait à peine se tenir debout.

Ils s'immobilisent dans les traces en esquissant un bref salut militaire. Dans le ronflement des pales de leurs aérateurs portatifs, Ivan entend que Viktor a pris la parole. Il informe le président de leur capacité à accomplir la mission qui leur est confiée. Des phrases apprises par cœur, maladroites. L'homme les félicite, remet officiellement le vaisseau sous leur responsabilité. Des applaudissements, encore. La scène n'a pas duré trente secondes. Il faut déjà percer la foule massée le long des lignes blanches pour rejoindre le bus dont les gyrophares se sont mis à clignoter. Dans la bousculade, des hommes et des femmes tentent encore de les toucher, de leur serrer la main. Ivan atteint la marche avec soulagement, s'engouffre dans le car. À l'abri, rejoint par Viktor et Nikolaï, il continue de saluer les uns et les autres de sa main gantée. Une voiture de police précède l'autobus en faisant piailler sa sirène pour leur ouvrir la voie. Ils fendent la cohue, longent le parking attenant au hall d'intégration. Ivan entend sonner les flancs du véhicule. Des spectateurs à pied continuent de taper sur les parois. Il reconnaît Anatoli, un préparateur physique. Tout en marchant le long de l'autocar, l'homme appuie une main sur la vitre. Que veut-il ? Ivan croit bien que… Oui, Anatoli voudrait qu'il pose la sienne de l'autre côté du verre, en miroir. Quelle satisfaction étrange va-t-il en tirer ? Ils se connaissent à peine, tous les deux. Ils ont travaillé ensemble quelques semaines, rien de plus. Sentant que le mouvement du bus va les séparer, Ivan pose rapidement sa main contre la sienne, à plat sur la vitre, comme s'il s'agissait de son père, de son frère, de son propre fils. Je vais quitter la Terre, comprend-il brusquement en s'éloignant.

Le chauffeur stoppe le véhicule sur le bas-côté. Ils débranchent leurs ventilateurs, souriant d'avance à la tradition à laquelle ils vont sacrifier, la plus respectée, la seule qui leur fasse vraiment plaisir. Comme eux, il y a trente ans, Gagarine a demandé au conducteur de s'arrêter. Comme eux, le cosmonaute n° 1 est descendu du bus dans la steppe, sur le chemin qui mène au pas de tir. Comme eux, il a contourné le véhicule.

Leurs bottes crissent dans la neige. Ils dégrafent le plastron du scaphandre, font sauter l'élastique pour plonger la main dans la doublure en caoutchouc. Ensemble, ils urinent sur le pneu arrière droit.

— Je n'ai jamais compris, dit Nikolaï.

— Quoi ?

— En pleine nature ! Est-ce que Iouri ne pouvait pas faire ça un peu plus loin ?

— Qu'est-ce que tu veux dire ?

— Pourquoi sur le pneu ? Il avait l'embarras du choix. Lui, il fait ça sur la roue arrière. Il n'est pas net, ce mec.

Ils rient en silence, en essayant de ne pas se faire remarquer. D'habitude, ils évitent de se moquer du premier homme.

Ils se déportent sur leurs sièges pour mieux la regarder à travers le pare-brise. Elle fume, à moitié engloutie par la structure. Des bras métalliques la soutiennent de toutes parts, le long du corps ou en renfort, penchés comme des arcs-boutants. Les herses des projecteurs font étinceler ses cristaux de glace. Le jour a baissé, il fera nuit au moment de l'allumage des moteurs.

L'autobus stoppe sur le pas de tir. Il grouille de monde. Les spectateurs de choix ont eu le droit de les suivre jusqu'ici. Les chauffeurs connaissaient la route qui permettait de les prendre de vitesse et de les accueillir sur la dalle. Le site est un joyeux débraillé de journalistes, de militaires, de femmes en fourrure qui semblent presque là par hasard, en promenade. Ivan aperçoit les enfants de Viktor qui se courent après en riant. Il regarde les doigts pointés vers la fusée, les bras qui se tendent comme pour la toucher. On dirait des badauds égarés, pense-t-il. Il met pied à terre. Le lanceur n'est pas si grand puisqu'il n'arrive pas à la hauteur des mâts d'éclairage. La base a disparu sous le niveau de la plateforme, baignée de buée blanche.

Ensemble, ils avancent en se dandinant dans les éclairs, les gueulements. Ivan voit les invités s'approcher. Ils veulent encore le palper, l'embrasser. Il sent le fourmillement des mains qui s'efforcent de coincer des petits objets dans ses poches, dans ses bottes. Il voit disparaître une tranche de lard, des bonbons, une grappe de petites tomates. Je ferai le tri là-haut, décide-t-il, conscient que cela ne sert à rien de protester maintenant. En s'approchant de la fusée, il sent sur son visage la caresse des lourdes vapeurs blanches. Derrière le cordon de sécurité, il regarde Viktor embrasser ses trois filles. Puis sa femme, sur les lèvres. La bouche du commandant murmure des mots qu'il ne parvient pas à entendre, qui ont l'air rassurants et très tendres. Il aperçoit la main de son épouse qui glisse sur son torse, le saisit pour le retenir. Elle le fixe avec tant d'émotion qu'Ivan en est presque étonné. Est-ce que Viktor ne lui a pas expliqué ? On dirait qu'elle ne vient d'apprendre son départ qu'à l'instant.

Ne pas tomber, pense-t-il en grimpant le long de l'échelle qui mène à la cage de l'ascenseur. Il se retourne une dernière fois pour qu'on puisse le photographier avec ses compagnons sur la verticale de l'escalier. Il aperçoit une lanière qui dépasse de son scaphandre, la glisse sous le rabat avant de sourire au hasard devant lui, le regard indécis, ne sachant pas qui regarder.

La cabine est si étroite qu'ils doivent l'emprunter chacun leur tour. Nikolaï monte le premier. Quelques instants plus tard, Ivan aperçoit la boucle du câble qui s'arrondit dans la fosse, l'ascenseur qui réapparaît.

À lui.

Le corps givré de la fusée défile sur le côté de la cage. Là-bas, le disque voilé du Soleil va plonger dans la steppe. En montant, Ivan a la sensation d'un mouvement de balancier, que l'étoile fait levier.

L'ascenseur s'immobilise au sommet du lanceur, près de la coiffe. Ivan s'engage sur la passerelle d'embarquement arrondie autour du fuselage. Des techniciens lui tendent la main pour le guider. Ils ont protégé l'accès immédiat de la trappe par un bout de toile escamotable, dont les coins tremblent dans le vent. Ivan débranche son ventilateur, retrousse ses gants de soie, quitte ses bottes de protection. Il avise celles de Nikolaï, laisse les siennes à côté. Il tente d'imaginer les formes du Soyouz sous la coiffe : le compartiment sphérique et, plus bas, le module de commande en forme de cloche qui servira de module de descente à Viktor et Nikolaï, dans six mois.

Avant de disparaître, il jette machinalement un regard à l'étendue blanche. D'ici, la steppe couverte de taches paraît malade. Sur le pas de tir, il aperçoit la foule qui se disperse pour gagner les gradins dressés à un kilomètre du carneau. Il doit entrer les pieds en avant dans cette bouche noire, à peine assez grande pour avaler un homme. Une inquiétude le saisit : lui ne passera pas. Il est plus large que son compagnon. Le scaphandre va accrocher le pourtour. Deux techniciens le soulèvent à pleines mains. À demi assis dans leurs bras, il tend les chaussons vers la cavité. Il enfonce les jambes dans le vaisseau, les paumes sur le collier de la trappe, cherche des orteils un appui. Son regard bute sur la paroi grenue de la fusée. Il est surpris de la voir de si près, comme s'il bénéficiait d'un point de vue insolite dont il faudrait profiter. Il contemple cette peau qui va résister au froid, au feu. Il est là, sous ses yeux, ce matériau surprenant. Tandis que ses jambes font des ciseaux, il a pour lui de la reconnaissance. Il se sent tiré vers le bas. Il fait le dos rond, rentre les épaules, tourne sur lui-même pour forer le passage. Son pied rencontre une surface solide, probablement le faux plancher du compartiment orbital. Sa tête pénètre dans l'habitacle. Au début, il ne voit rien tant il fait sombre. Il règne ici une fraîcheur de caveau. Il distingue le bosselage des équipements sanglés aux parois, cachés sous les toiles de protection crème. Il s'agenouille avec précaution, ne doit rien déplacer qui perturbe le centrage de la capsule bourrée jusqu'à la gueule.

Sous ses pieds, percée dans la cloison, une deuxième trappe communique avec le module de commande. Il doit continuer de descendre dans ce puits sombre pour rejoindre son siège. Dans l'ouverture, il aperçoit la place vide de Viktor, celle du milieu. Il s'accroupit, laisse pendre une jambe, puis l'autre. Assis au bord du trou, il descend en se retenant à la force des poignets, en veillant à ne pas heurter le tableau de bord. Il sent la main de Nikolaï agripper l'une de ses chevilles pour le guider.

— Attends, je tourne d'abord, prévient Ivan.

Il pivote de manière à être tout de suite dans le bon sens lorsqu'il va s'asseoir.

— Sers-toi de la poignée, conseille Nikolaï.

Les techniciens ont fixé une barre amovible qu'Ivan saisit pour se laisser descendre dans le siège central.

— Et voilà, dit l'ingénieur de bord. On n'est pas bien, là ?

Blotti contre son compagnon, épaule contre épaule, Ivan reprend sa respiration.

— Attends, je ne suis pas encore arrivé.

Les trois baquets sont disposés en épi. Il doit gagner le sien, collé contre la joue droite de la capsule. Il se lève sur les coudes, passe une jambe, se hisse à bras, bascule son corps d'un coup de reins, ramène l'autre jambe, trouve la garniture de son siège, ferme les yeux. C'est sa place, elle l'attendait, moulée aux dimensions de son corps. Il reste à demi allongé sur le dos, la nuque tenue, les fesses collées au fond du baquet. Il a les genoux relevés contre la poitrine, les pieds en appui sur le rebord. Les index lumineux du pupitre luisent doucement dans la capsule. Il entend derrière lui le lointain sifflement des purges dans les circuits d'alimentation. Le lanceur respire dans son dos, claque la langue lorsque les relais s'enclenchent. Ivan balaye du regard la planche de bord. À portée de main, la procédure de vol. Chaque chose est à sa place, rassurante. Il a passé des centaines d'heures dans une réplique de cette cabine, à la Cité des étoiles. Il a subi le rabâchage infernal de toutes les manœuvres, le harcèlement des instructeurs, la mémorisation forcée par la répétition. Ici, dans le Soyouz, il n'est plus dans une fusée. Il est chez lui de nouveau, aux portes de Moscou, en place droite, dans le simulateur du bâtiment 1-A.

Les techniciens apparaissent à tour de rôle dans le rond de l'écoutille qu'il vient de traverser, se penchent dans le vide pour lui tendre ses gants, l'aider à brancher la connexion électrique, les tuyaux annelés de sa ventilation. Avant qu'ils l'immobilisent dans le siège, Ivan nettoie rapidement les plis de son scaphandre, répartit dans la cabine ce qu'on a fourré dans ses poches.

— Tu es prêt ? demande l'un des techniciens.

— Vas-y.

L'homme assujettit son torse au baquet au moyen d'une ceinture trois points, serre fort pour contenir la forme du scaphandre lorsqu'il se gonflera. Des genouillères achèvent de le paralyser en appuyant sur les charnières de ses jambes. C'en est fait de lui. Il n'a plus deux centimètres de battement.

Il entend de l'agitation là-haut, Viktor qui descend. Ses jambes apparaissent dans la trappe. D'une simple torsion des hanches, le commandant se glisse dans le siège central. À présent, Ivan ne voit plus Nikolaï, masqué par le casque de son voisin, le carénage molletonné des parachutes entre leurs têtes.

— Qu'est-ce que c'est ? demande l'ingénieur de bord. Un petit mouton ?

Viktor a sorti de sa poche ventrale une peluche, se dresse pour le ficeler à la vanne au-dessus du pupitre.

— Une brebis.

— C'est la même chose.

— Bah, non.

— J'adore quand tu es précis, ça me fait des choses.

Les techniciens aident Viktor à se sangler, puis leur serrent la main à tour de rôle avec chaleur. Au plafond, l'un d'eux réapparaît, leur tend un paquet d'enveloppes et de documents officiels qu'il leur faudra signer et oblitérer à bord de la station. Ils serviront à récompenser au retour quelques-uns de ceux qui ont œuvré pour la mission. Ivan s'empare de la liasse, la coince dans l'une des trousses rangées à ses pieds. Le technicien lui tend un papier et un stylo. Ivan le regarde, amusé, fait semblant de ne pas comprendre. L'homme veut une signature pour attester qu'il a bien reçu les documents.

— Des fois que tu files en douce, hein ? dit l'autre.

Ivan paraphe en prenant appui sur le plat du genou, rend le récépissé avec un sourire ironique. L'homme leur serre la main à nouveau, ému tout à coup.

— Bonne chance.

— Attends, dit Ivan.

Il extrait les tomates qui bossellent le tissu de sa trousse, les lui donne pour qu'il l'en débarrasse.

— Qu'est-ce que tu fais ? demande Viktor.

— Je n'ai pas de place.

— Moi j'en ai.

— Elles vont s'abîmer.

— J'ai de la place, je te dis.

— Tu as plus de deux kilos, là.

— Mais non.

— Tu vas être en excédent.

— Et alors ? Tu vas me faire payer un supplément ?

— Qu'est-ce que je fais ? s'impatiente le technicien.

— Rien, dit Viktor. Prends tes tomates et ferme la trappe.

— Sûr ?

L'homme rabat l'écoutille qui les sépare du module orbital.

Plus aucun bruit ne filtre.

Ils doivent être tous sortis de la fusée, en train de boulonner la porte de la coiffe.

En train de plier la toile du sas.

D'escamoter les garde-corps.

Viktor et Nikolaï viennent d'ouvrir leurs procédures de vol. Pour ne pas les retarder, Ivan s'empare de l'épais tapuscrit hérissé de marque-pages, relié par trois anneaux. Hier, Nikolaï s'est moqué de lui parce qu'il avait renforcé les perforations avec des bouts de scotch.

— On est page 28, paragraphe 3, indique Viktor.

Sur le côté gauche, Ivan aperçoit l'embout caoutchouté de la baguette de Nikolaï qui va et vient sur la planche de bord. À l'aide du bâton, il gagne les quelques centimètres qui lui manquent pour atteindre les poussoirs de la matrice. Les voyants s'allument au fur et à mesure de la mise en fonction des systèmes.

Lorsqu'ils s'apprêtent à exécuter un deuxième contrôle d'étanchéité des scaphandres, Ivan vérifie rapidement qu'il n'a plus besoin de faire un geste qui nécessiterait une préhension fine. Une fois le test achevé, il sait qu'il n'aura plus le droit de retirer ses gants. Il tire sur les jambes du scaphandre pour en atténuer la morsure sous les jarrets, tâtonne sur les côtés de son siège, vérifie l'emplacement de sa gourde, de ses trousses. Il enclenche ses gants dans le cerclage métallique de ses manches, abaisse le heaume de son casque et en verrouille le collier.

— C'est bon pour moi.

L'oxygène emplit de nouveau la combinaison, la raidit, finit par prendre toute la place. Lorsqu'il porte à hauteur des yeux le manomètre de son avant-bras, il peine à rompre l'articulation du coude.

— On est page 64, paragraphe 4, reprend Nikolaï.

Ivan vérifie qu'il a bien les yeux au même endroit. La première fois, il n'avait pas été marqué par le souci obsédant de bien lire les mêmes mots au même moment. Il n'en comprend que maintenant le sens caché. Dans la répétition des paroles, des gestes, les souvenirs se mêlent. Avec la fatigue, le souvenir de l'étape franchie il y a dix minutes n'a déjà plus de consistance, se confond avec tous les autres dans le simulateur. C'est le même livre de bord qu'à la Cité des étoiles, la même procédure, la même scansion. Alors qu'ils progressent dans le texte, sa mémoire s'embrouille. Il est au cœur d'une séquence d'instructions factices, n'est-ce pas ? L'attention détournée, il ne parvient plus à avoir de l'événement une vision globale. Le manuel fait écran dans sa perception de l'essentiel : il n'y a plus que cette page du protocole, qui le rassure parce qu'il l'a lue mille fois et qu'il la parcourt simplement une fois encore. C'est ce livre, sous ses yeux, qui le précipite vers le décollage, le foliotage qui va commander la mise à feu.

Ils sont recroquevillés dans leurs baquets depuis plus de deux heures. Ivan ramène un peu les genoux, essaie de croiser les pieds pour éviter les courbatures. Le déplacement du sang dans les jambes les fait fourmiller, réveille un désir tyrannique de les étendre. Il lui semble que des poches de sang se sont formées dans son dos.

Ils mettent sous tension la centrale inertielle de guidage.

Les pleins sont complétés.

Le sol leur indique que le pas de tir a été évacué, que le décompte a commencé. La séquence est irréversible. S'ils devaient évacuer maintenant, il faudrait déclencher la mise à feu de la tour de sauvetage, éjecter la capsule. Ivan se revoit monter dans le Tupolev qui l'a conduit ici, dans le bus, dans l'ascenseur. Il n'en finit pas de partir depuis des jours, des semaines, des mois, des années, alors oui, la chronologie peut commencer.

Viktor regarde sa montre, semble guetter quelque chose.

— Mir est à la verticale, dit-il brusquement, comme s'il suivait la station des yeux.

Ivan l'avait oubliée. Viktor, lui, n'est déjà plus au décollage, il est au rendez-vous. Il doit poursuivre le complexe orbital dans son sommeil depuis des nuits. La fusée va les catapulter derrière la station, bénéficier à plein de l'effet de fronde créé par la rotation de la Terre.

— *Nous vous transférons l'autonomie*, prévient le sol.

Le poids du livre est passé dans la main gauche d'Ivan, il n'y a plus que quelques feuillets dans l'autre.

Sept minutes.

Il entend des voix qui se chevauchent dans le bunker, une nervosité qui détonne dans leur immobilité silencieuse.

— *La séquence automatique est engagée.*

Au poste de contrôle, sous le pas de tir, un homme a tourné la clef dans le pupitre. La fusée n'est plus reliée au sol que par un seul cordon ombilical, celui de la pompe qui continue de compenser les niveaux.

Ils reçoivent l'ordre d'abaisser leurs heaumes.

— *Ombilical débranché. Soupapes fermées. Deux minutes quarante secondes.*

L'étoffe du scaphandre lui tire l'arrière des genoux.

— *Vingt secondes.*

Il a oublié d'appeler chez lui ce matin.

— La station est au-dessus de la mer du Japon, prévient Viktor.

Les turbopompes aspirent les propergols, les relais claquent, le carburant gicle dans les chambres. Il aurait dû téléphoner hier. Il entend derrière lui un gargouillement sourd, le mélange qui s'enflamme.

— *Stade préliminaire.*

La rumeur monte.

— *Stade intermédiaire.*

Les moteurs commencent à pousser.

— *Décollage.*

Les tuyères s'embrasent.

— C'est parti, dit Viktor.

S'élèvent-ils ? Il n'en sait rien. Les indicateurs lumineux du pupitre le prétendent. Ils bougent, c'est certain, mais si lentement.

La cabine se met à trembler violemment.

L'accélération a raison des secousses, les noie dans un seul et même mouvement de poussée. Il lui semble entendre éclater la gangue de glace qui enserrait les réservoirs. Dans son dos, il imagine les flammes des vingt tuyères d'éjection qui ne forment plus qu'une, bouillonnent dans les profondeurs du carneau, remontent le long des pentes du déflecteur pour aveugler la plaine. La Semyorka s'arrache lentement du sol. Elle pousse, en lutte avec une résistance obscure.

La Terre ne veut pas.

Il faut déjà faire un effort pour respirer. Il entend un grondement guttural, qui n'émane pas de la fusée mais des profondeurs souterraines de la steppe.

La masse de la planète les retient.

Mille tendons invisibles les empêchent.

C'est un combat de début du monde, un mouvement d'une lenteur géologique.

Ivan sent son corps s'incruster dans le siège. Les coutures lui rentrent dans la chair des bras, des jambes. Les muscles de son visage s'affaissent, tirés en arrière.

La poussée n'en finit pas de grandir. Ce n'est pas l'oppression qui l'inquiète, mais le temps qui passe, de savoir que le lanceur est loin d'avoir atteint sa puissance de feu.

Voilà qu'il entend claquer une à une les fibres tendineuses. Il sent dans son dos la rupture attendue, le déchirement organique des tissus.

Les moteurs du premier étage s'arrêtent brusquement.

L'image se brouille sur le pupitre.

Un instant, la fusée semble retomber en arrière.

Une main jaillie des entrailles de la planète l'agrippe par la cheville. Comme celle de Nikolaï tout à l'heure, pense-t-il.

Il faut fuir, glisser, ne pas donner prise.

Une chaîne pyrotechnique détache les quatre accélérateurs latéraux.

— Séparation du premier étage, dit Nikolaï.

— *Séparation du premier étage*, confirme le sol.

Le lanceur est de nouveau propulsé en avant, plus léger. Un bruit sourd : la tour de sauvetage est éjectée.

— Nous sommes sur le dos, annonce Viktor.

Sans qu'ils s'en rendent compte, la fusée s'est inclinée dans le plan de tangage. Nikolaï ne cesse de lire les paramètres affichés sur le tableau de bord pour les confronter à ceux du sol. Ils ont quitté les couches denses de l'atmosphère, les molécules sont déjà plus rares, facilitant encore leur accélération.

— *Éjection de la coiffe dans cinq secondes.*

Le capot de protection se fend. Les deux copeaux démasquent les hublots. Une clarté brute déferle dans la capsule, blanche et primitive. La lucarne est trop haute pour qu'il puisse voir au travers. Il tente bien de soulever la tête pour attraper l'autre du regard, près de Nikolaï, mais l'accélération transversale l'en dissuade aussitôt.

La fusée brûle le carburant, s'allège.

La poussée grandit. Elle l'écrase. Il ne peut s'empêcher de penser : encore vingt secondes comme cela, encore dix, et je suffoque.

Il bande les muscles pour repousser le siège à son tour, résister aux forces qui veulent l'accabler.

Derrière, le grondement devient plus caverneux. Le réservoir siphonné fait caisse de résonance. Sous peu, le fût métallique va se tordre et se froisser, creusé de l'intérieur.

Une détonation, le corps central est éjecté.

À nouveau, la séparation laisse planer un silence troublant. Le lanceur se dépouille, toujours plus léger. Ils sont à cent soixante-sept kilomètres d'altitude. Ils ont décollé il y a deux cent quatre-vingt-huit secondes, une éternité.

— *Allumage du troisième étage.*

Ivan est rejeté dans son siège, prisonnier d'une pente sans fin. L'accélération reprend, plus bruyante, plus fruste à cause de la proximité immédiate du troisième moteur, juste dans leurs dos.

— *4,6 kilomètres par seconde.*

La poussée continue d'augmenter, insoutenable. La fusée tire avec l'intention de tout arracher, jusqu'aux plus maigres racines.

— *Extinction dans quarante secondes.*

Cette fois, c'est fini, pense-t-il. Ils ont atteint leur vitesse de satellisation. La trajectoire épouse déjà la courbure de la Terre.

— *Extinction dans cinq secondes.*

La note du réservoir devient plus grave.

Cette fois, il va…

— *Extinction.*

Il se sent projeté dans les bretelles du harnais.

Les boulons explosifs sautent, le réservoir du troisième étage se détache avec un claquement de métal.

Le silence fait irruption dans la cabine.

orbite 1 La peur de lâcher prise, un sursaut de sommeil.

L'absence de vibrations lui soulève le cœur.

Il sent une caresse dans les chaussons. Ses doigts avancent dans les gants, reculent.

L'étoffe de son scaphandre est devenue plus lâche.

Il flotte en secret.

Il se sent nu sous les épaisseurs de nylon, de caoutchouc, d'aluminium et de plastique.

Dans le silence de sa combinaison, il entend battre son aorte. Dans sa tête, dans son cou, dans ses poignets. Ces bruits sourds, son corps les reconnaît. Il les entendait dans le ventre, amortis par l'épaisseur du liquide, les genoux repliés contre le foie de sa mère.

Là-bas, la brebis de Viktor a pris vie au bout de sa ficelle. Autour de lui, les objets s'ensorcellent. Les extrémités des sangles battent doucement, les livres de procédure s'envolent, soulevés par quelques mains invisibles.

Dans le casque, un dernier morceau de voix monte du sol, indiquant que la liaison va être perdue d'un instant à l'autre :

— *… entendez ? Meilleurs vœux de succès…*

Sa main flotte devant lui comme un corps étranger. Il la porte jusqu'au hublot, oriente son miroir de manche pour regarder au travers. La surface argentée de son bras n'est plus qu'un rectangle opaque, d'un noir si profond qu'il semble teint. Il en bouge un peu l'inclinaison, l'étoffe se met à luire. Le noir cède, mordu par une buée bleue, phosphorescente. La courbe de la Terre est entrée dans sa manche.

Il sent les tissus de son visage qui se gorgent. Le sang n'a plus le poids qu'il avait sur Terre. La pesanteur l'attirait naturellement dans les jambes. Le myocarde était tout près de la tête parce qu'il était plus difficile de le pomper au sommet du corps. Maintenant que la gravité a disparu, son cœur est mal placé. Il est trop près du cerveau et y envoie trop de sang inutile.

orbite 2 Nikolaï s'est déjà coulé hors de ses bretelles. Il a ouvert l'écoutille de la sphère du bloc orbital au-dessus de leurs têtes pour aller s'y changer. Ivan dégrafe son harnais et attend de se laisser porter. L'apesanteur finira bien par le sortir du siège. Il suffira que l'un de ses pieds ou de ses coudes effleure la garniture du baquet pour qu'il s'envole dans la cabine. La face gonflée de sang, il a un éclat de rire gloussé. Oui, il s'élève ! Comme s'il s'était vidé de sa substance ! Il lévite dans la capsule, délivré. De l'attente, des siens, du poids du monde à califourchon sur ses épaules. Soulagé d'un fardeau confus dont il avait oublié jusqu'à l'existence.

— Bah ! Qu'est-ce que tu… ? Tu voles ! Tu voles ! s'écrie Viktor pour plaisanter.

Son compagnon est encore arrimé au siège central, contraint de rester à son poste. Ivan se projette doucement vers l'ouverture au plafond. Il a sur les lèvres un sourire d'un autre temps, perdu, qui n'est plus de son âge.

— Attention, Nikolaï, j'arrive !

Il dévisse lentement autour de son axe, saisit les lèvres de l'écoutille pour se projeter dans la sphère du bloc orbital. Elle n'a plus rien à voir avec celle qu'il a traversée en entrant dans la fusée. Il n'y avait pas tant d'espace lorsque, soutenu par les techniciens, il tâtonnait misérablement pour trouver un appui, les jambes battantes. Il avise les conteneurs vissés sur les racks, les protubérances des équipements sous les toiles de protection. La densité n'est plus la même, le volume utile a quadruplé. Il passait à peine tout à l'heure, en pénétrant dans le lanceur !

Nikolaï et lui se regardent, tête-bêche. Deux poissons qui se croiseraient sous l'eau.

— Ça recommence, dit Ivan en souriant.

— Tu as mal au cœur ?

— Non. Je suis perdu, je ne reconnais plus rien.

— Ce n'est pas grand pourtant.

— Il y a ce que je vois et… il y a ce que je sais que je vois. Ça ne correspond plus. Tu n'as pas cette impression ?

— C'est toi qui vas me donner mal à la tête.

— Si je ferme les yeux, alors là, je suis foutu.

Pour ne pas être pris de vertige, il s'invente une minerve qui le dissuaderait de tourner la tête trop facilement. Nikolaï a pris un air espiègle.

— Gagarine, dit-il, à bord de Vostok-1…

— Oui ?

— Tu te rends compte ? Il avait déjà fini. À cette heure-ci, il était déjà rentré. Alors que toi, tu commences à peine.

— Casse-toi ! dit Ivan en riant. Va voir en bas si j'y suis.

Il s'extrait de son scaphandre en quelques coups de reins. La membrane de caoutchouc tremble dans ses mains, flasque, trempée de sueur. Il la retrousse pour la faire sécher, arrime la combinaison à côté de celle de l'ingénieur. Il se débarrasse des vêtements de coton, du harnais de contrôle médical. Un instant, il prend plaisir à rester nu dans la lumière du hublot, les cheveux libres, les genoux remontés, au milieu des grains de poussière. Il passe une lingette sur son visage bourrelé, essuie le tour de son cou raidi par le sang. Il déchire le sachet plastique de ses vêtements stériles, va pour se changer, mais s'arrête. Là-bas, une ligne rose pâle griffe la nuit. Elle s'insinue dans l'obscurité à la manière d'un fil. Il crie par l'écoutille, pour alerter les deux autres :

— Viktor ! Nikolaï ! Regardez vite !

La ligne devient lilas, s'épaissit, se creuse. Une veine dans la pierre. Les ténèbres vont se briser le long de ce défaut. Un croissant bleu chlore apparaît dans le néant. Voilà que la tendre lunule se bosselle, qu'une bulle s'élève à l'horizon, déformant le limbe. La planète est caressée par des traits de clarté jetés en filet. La petite boule enflammée du Soleil se détache brusquement. La lumière ruisselle pour de bon, étourdissante, fait miroiter les océans bombés, échancre les continents, la matière cotonneuse des nuages, réchauffant tout, jusqu'à leurs visages émerveillés derrière le verre des hublots.

— Le mari revient d'une mission un jour plus tôt, lance Nikolaï. Il ne sait pas pourquoi, mais il sent que quelqu'un est venu voir sa femme. Il cherche partout, dans toutes les pièces, dans les placards. À la fin, il a l'idée de regarder sous le lit. Là, il voit un mec tout nu qui lui tend un billet de cent dollars. Alors il prend le fric, se gratte la tête, et il dit : « Bizarre, là non plus, personne. »

Ils rient, pris d'une joie bête, les joues rouges comme de grosses pommes. Nikolaï rugit de plaisir à sa propre plaisanterie, s'étrangle presque, victime d'une salivation anormale. Ivan ne s'était pas senti aussi euphorique depuis longtemps, alors que la même histoire, sur Terre, ne l'aurait jamais amusé ainsi.

— On dort jusqu'à quelle heure ? demande-t-il.

— Jusqu'à l'orbite numéro onze, dit Viktor en réglant sa montre. Je vais monter le chauffage, il y a de la condensation.

Ils déroulent leurs duvets en travers du module. Ivan tire la fermeture éclair jusqu'au menton pour que son corps ne s'en échappe pas pendant son sommeil, feint un appui en positionnant l'oreiller du sac derrière sa tête avec un bandeau de sherpa. Au plafond, Nikolaï semble déjà endormi, les deux bras à demi fléchis devant lui.

Les yeux disparus sous le masque, Ivan se laisse bercer par les bruits du vaisseau. Il entend le bruissement des pales des ventilateurs changer de note, s'atténuer lorsque le vaisseau pénètre dans l'ombre de la Terre. Il pense : ce n'est rien, c'est le moteur qui passe sur batterie. Puis le ronronnement enfle de nouveau. Dehors, il devine que la lumière du Soleil frappe de nouveau les panneaux. Des craquements secs le font sursauter. La peau du vaisseau peut-être qui se dilate, avec le retour de la chaleur ? Il confond les révolutions. Combien de fois a-t-il entendu les batteries s'enclencher ? Il ne sait plus. Il est ailleurs, survole la plaine, les faisceaux du premier étage étendus dans la nuit. Autour de chaque ogive, un rond de terre noire. La chaleur a fait fondre la neige.

En se réveillant, il peine à respirer tant son nez est pris. Il attrape le bras d'un scaphandre attaché à la paroi, promène le miroir de manche sur son visage. Les tissus ont encore gonflé. Si j'étais sous cortisone, cela ne pourrait pas être pire, reconnaît-il. Même ses globes oculaires sont devenus saillants. Le blanc a rougi. Oh, non… Il peut à peine baisser le menton vers la poitrine ! Son cou s'est tellement gonflé de sang que le peaucier est devenu trop raide ! *orbite 11*

Il resserre les manchettes fémorales autour de ses cuisses, tire sur les velcros pour dissuader le sang de remonter vers le haut du corps. Vraiment, son cœur est bien trop près de sa face à présent que le sang n'a plus de poids.

Il passe la tête par l'écoutille, salue ses compagnons qui ont repris leur place devant la planche de bord.

— Je t'ai tiré vers moi tout à l'heure, informe Viktor.

— Ah oui ?

— Tu avais le nez au plafond entre deux sacs, j'ai eu peur que tu étouffes.

— J'ai dû mal m'attacher.

Il passe une main sur ses paupières pour en chasser un reste de sommeil, remonte dans le bloc orbital jusqu'au hublot. Il ne voit qu'un cataplasme blanchâtre derrière la vitre enténébrée. Même dans ce maigre reflet, il peut distinguer ses yeux bombés, son cou de taureau ! Il faudrait qu'il boive davantage, qu'il urine pour se désengorger. Il songe à la station, quelque part devant eux, sur une orbite plus élevée, qu'ils frôlent de plus en plus près à chaque nouveau tour de la Terre. Il y aura plus de place là-haut, de vraies toilettes au lieu de vulgaires sacs. En regardant passer la surface de l'océan Pacifique, lentement balayée par le mouvement du vaisseau, il se souvient que le Soyouz tourne sur lui-même pour maintenir l'orientation des ailes vers le Soleil. Pourquoi ne se l'est-il pas rappelé plus tôt ? Il doit rester une gravité résiduelle dans le sens perpendiculaire. Il regarde autour de lui, dans le bloc orbital, comme si cette énergie pouvait être visible maintenant qu'il pense à elle. Il est dans le tambour d'une machine à laver paresseuse, si lente qu'elle n'a pas la force de le rejeter contre les parois. Il existe une force centrifuge, là, toute proche. Deux tours par minute ce n'est pas rien, admet-il. Il devrait s'allonger dans le courant, s'aligner dans le chemin secret de cette gravité minuscule. Il est collé au hublot. Puisque le sang lui monte à la tête, il est mal placé. Il lui faut pivoter, avoir les pieds à la fenêtre, la tête au centre de la capsule. Il coince ses orteils sous des passants, repousse le reste de son corps au cœur de l'habitacle. À tâtons, il cherche l'endroit où le reliquat de pesanteur pourra freiner un peu l'afflux du sang à son cerveau.

— Qu'est-ce que tu fais ? demande Nikolaï en se tirant le nez.

— T'occupe.

— Tu te fais un petit coup de force centrifuge ?

— C'est ça.

— Viktor, viens voir !

— On ne peut pas être tranquille cinq minutes, geint Ivan.

— Il y a le médecin qui... Il est allongé en travers du module... Je ne sais pas ce qu'il fabrique... Il bloque tout le passage...

— Ils en prennent encore des comme toi ? J'aurais dû regarder tes radios avant de partir, je t'aurais trouvé une petite glande surrénale hypertrophiée.

— Ça y est, le médecin veut déjà me réformer. Viktor ! En moins de vingt-quatre heures, pas mal !

Ce n'est qu'un point dans la nuit, une goutte d'or fondu.

La macule grandit dans le quadrillage du périscope. Ils savaient bien qu'ils la trouveraient, voilà deux jours qu'ils sont derrière. Viktor la suivait déjà des yeux avant le décollage. Maintenant qu'ils voient grossir cette tache sur le dépoli, c'est encore une surprise. Il n'y avait rien, et maintenant… C'est elle, n'est-ce pas ? Cette forme, capturée dans leurs optiques…

Elle grandit, éclate, se fragmente, s'étire en lignes et en surfaces. Une intersection apparaît dans la nuit du ciel. Sur l'écran mat du dépoli, l'architecture de la station prend la forme d'un T. L'impression est de plus en plus anarchique par le hublot. C'est un hanneton aux ailes bleu pétrole, une complication de corps enchâssés les uns dans les autres, hérissés de panneaux solaires inclinés en tous sens, un aéronef qu'on dirait impossible à dessiner sur un seul plan. La structure est bien plus massive que celle des anciennes stations Salyut. Celle-ci lui évoque confusément une machine du siècle dernier, quelque part entre l'insecte et l'oiseau, incapable de s'élever, mais d'une telle beauté ! Le train orbital se colore peu à peu. Le blanc des protections matelassées se casse, se fonce, tire vers le beige. Il distingue maintenant les brillances mordorées des panneaux, les reflets turquoise, azur et pourpres des photopiles.

— *Je vous vois par la fenêtre*, dit une voix dans la nuit.

— Sergueï ? Tu nous entends ?

— *Oui.*

— Va préparer à manger, va !

— *Nikolaï ?*

— Oui.

— *Ils t'ont confirmé finalement ?*

— Tu vois ! dit Ivan. Même lui ça l'étonne.

— Si ce n'est pas prêt quand j'arrive, tu vas voir ! menace l'ingénieur.

Viktor branche le système de rendez-vous Kurs pour garantir une trajectoire de collision. Ivan le voit qui surveille le défilement des chiffres sur l'écran, consulte un à un ses points de vérification, les yeux rivés sur la cible. Une tige munie d'une croix apparaît à côté de la cavité qui doit les recevoir. À la racine, une autre est peinte à même la coque. Si le Soyouz est dans l'axe, les deux repères doivent se confondre.

orbite
38

— On tape dans une minute dix, prévient Nikolaï.

Le vaisseau avance par à-coups vers la carène jaunie. Il ne leur reste qu'une poignée de mètres à parcourir. La poussée n'est plus délivrée que par les moteurs de manœuvre et d'attitude, aux impulsions plus fines.

Trente mètres les séparent.

La croix s'est épaissie.

Ivan l'a vu mais se tait. Ce n'est peut-être rien.

Si, Viktor la montre du doigt à l'intention de Nikolaï. La croix devrait être moins large. Il y a des déformations dans les lignes angulaires. Le vaisseau est en train de sortir de ses marges.

— Alors ? demande Nikolaï. Tu veux finir à la main ?

Viktor est en train de mesurer la dérive sur la graduation de l'écran.

— On va voir.

La dérivation n'est peut-être pas si grande. L'entonnoir est juste là, creusé dans la coque.

Mais il y a bien deux croix maintenant.

Cinq mètres.

Quatre.

Trois.

Ils entendent le déclenchement des réacteurs de freinage. Un voyant clignote au-dessus de la matrice. L'approche est annulée. Le Soyouz repart en arrière, pareil à un aimant mal polarisé que la station repousserait.

— Salauds d'Ukrainiens.

— Tu n'avais qu'à les payer, toi.

— Ils ont changé l'antenne, marmonne Nikolaï, ils ont changé le logiciel, ils ont bricolé sur du bricolé. Merde, à la fin.

Viktor s'est tu. Ivan ne peut s'empêcher de penser : tu le souhaitais au fond de toi. Tu t'entraînais depuis trop longtemps pour ne pas espérer l'incident.

Ils sont à douze mètres, treize, quatorze, s'éloignent du cône femelle. Le vaisseau s'écarte par brèves secousses avec les mouvements saccadés d'une barque à reculons sur l'eau noire.

— Je demande l'autorisation de passer en manuel, déclare Viktor.

— *Autorisation accordée*, dit le sol.

— Sergueï ? Tu as entendu ?

— *Oui, on va se planquer.*

— Mir entre dans son orbite nocturne dans quatre minutes, prévient Nikolaï.

Là-bas, Ivan voit s'approcher la ligne terminatrice qui départage la face éclairée de la Terre de celle enténébrée.

— Quatre minutes ? Ah, mais je n'amarre pas de nuit, moi ! s'exclame Viktor en manière de plaisanterie.

Bien sûr que tu vas amarrer de nuit, songe Ivan. Et tu en crèves d'envie encore ! Il avise les zones de couverture radio, constate qu'ils s'apprêtent aussi à perdre la visibilité phonique. Il n'en dit rien. L'obscurité, le silence du sol, une approche difficile... Sans se l'expliquer, il aimerait que Viktor perde de son sang-froid, que les commandes glissent dans ses mains moites, qu'il jure un peu.

Dans la station, leurs deux collègues doivent être en train de flotter jusqu'à leur vaisseau, prêts à évacuer en cas de dépressurisation.

Viktor saisit les poignées sculptées de part et d'autre du siège central. Là-bas, le cône n'est plus qu'un pur rond argenté, briqué par les rayons du Soleil. Le commandant va devoir engager l'éperon d'amarrage dans le cône, enfoncer le mât avec suffisamment de force pour que les mécanismes s'enclenchent et tirent le vaisseau. L'entrée doit être douce pour que le moins d'énergie possible soit transmis à la station, mais virile aussi, sous peine que le vaisseau ne soit repoussé une fois engagé.

Le Soleil a disparu derrière la Terre. La vitesse relative des deux engins est presque nulle à présent. Viktor a allumé les phares d'appoint pour distinguer les moindres reliefs du port d'amarrage. Il ne manipule plus la poignée que de l'auriculaire, les yeux accrochés à la cible. Sous son doigt, le vaisseau est devenu vivant, intelligent. Plus rien n'est dit qui ne soit essentiel. Ça y est, pense Ivan, nous…

— Est-ce qu'on n'arrive pas trop vite ? intervient Nikolaï.

— Non.

— On va taper trop fort.

— Non.

Ils y sont. L'orifice se dilate sur l'écran, l'éperon cogne, le Soyouz chasse de l'arrière, la pointe glisse le long de la pente, serpente dans l'entonnoir, pénètre. Ils sentent un léger choc lorsque la sonde s'encliquette dans les mécanismes de capture.

— On a l'amarrage, souffle Nikolaï.

Au fond, les dents métalliques ont commencé à les tirer.

— Ils avaient prévu une prime dans ton contrat, Viktor ? demande Ivan. Pour une approche aux instruments ?

Le commandant fait mine de ne pas l'entendre. Comme s'il souhaitait lui éviter d'être grossier. Depuis quand parlait-on d'argent ?

— Cinq cents, mille dollars ? insiste Ivan.

Les deux cônes s'épousent dans un crissement métallique.

— Allez, c'est mérité, quoi ! Tu as fait du bon travail.

L'écoutille commence à jouer. Ils la poussent doucement pour la sortir de son logement. Le fracas des ventilateurs explose à leurs oreilles, piqué de cris. Une main apparaît dans l'ouverture, saisit le bras de Viktor, qui est aussitôt aspiré dans l'entrebâillement. En apercevant Ivan qui passe la tête, Sergueï et Grigori l'attrapent à son tour, l'extraient du Soyouz par les poignets, les bras, les épaules, le ceinturant sans cesser de lui sourire avec une joie proche de l'ébriété, comme s'il était leur meilleur ami. Il les sent se détourner de lui pour empoigner Nikolaï, qui vient de s'avancer. Près de l'ouverture percée entre les deux véhicules, on dirait la gaieté bruyante de tunneliers qui se seraient rejoints dans la galerie, s'embrassant à grands cris à côté des fraises de forage. Ils ont les jambes à demi engagées dans les boyaux des modules qui rayonnent autour du nœud, agglutinés dans le carrefour de la station, une rotule de deux mètres dix qui peine à les contenir tous les cinq. Plus de quatre cents jours se seront écoulés lorsque je passerai la porte dans l'autre sens, songe Ivan dans les éclats de rire. Il sera l'homme qui, au monde, aura effectué le plus long séjour en apesanteur. Au moment de redescendre, dans quatorze mois, il se remémorera le moment où il est entré. Il sera ému, parce qu'il laissera des souvenirs ici, et celui, justement, de ces hommes hilares agrippés à lui. Je pouvais bien me moquer de Viktor tout à l'heure, reconnaît-il. Ma solde n'aura rien à voir avec la sienne. Je recevrai de l'argent pour chaque jour passé ici, une promotion, les clefs d'un nouvel appartement rue Khovanskaya, probablement une nouvelle voiture pour remplacer ma vieille Jigouli. Peut-être qu'on m'offrira aussi des vacances au bord de la mer Noire, ou au Vietnam.

orbite
39
Il décèle un parfum de cellier, avec des traces de sueur froide. L'odeur de la station aurait probablement été insupportable s'il n'avait pas le nez congestionné par l'afflux du sang.

Assis dans le vide, en chaussettes et en short, Grigori tient à la main une seringue de saumure qu'il pique dans un bout de brioche pour l'humecter.

— Tiens, dit-il en lui proposant un morceau.

Je connais cette haleine-là, pense Ivan en regardant Grigori, c'est celle des gens qui parlent trop peu. Les deux locataires se sont calmés maintenant, mais continuent de leur presser l'épaule ou le gras du bras pour finir d'évacuer un trop-plein d'émotion. Leur ardeur est presque inquiétante. Ils ne se sont croisés qu'une douzaine de fois dans leur vie à la Cité des étoiles. Tu sais, je te le dis très sérieusement. Et leurs gorges se serrent. Je t'aime beaucoup, vraiment. Tu m'as manqué. Il ne faudra plus que tu me laisses, jamais. Ce n'est pas moi qu'ils serrent dans leurs bras, admet Ivan. Ce n'est pas l'épaule de Viktor qu'ils pincent. Ce n'est pas la hanche de Nikolaï à laquelle ils se retiennent pour la photo. Ils ont besoin de nous palper, de nous toucher, pour vérifier. Des hommes, oui. Les yeux de Grigori brillent encore d'émotion. Il a toujours dans la main le pain et le sel de l'hospitalité. Les deux hommes n'oseront peut-être pas l'avouer, n'est-ce pas ? qu'ils ne se parlent presque plus depuis des semaines...

— Allez, je commence la visite, propose Grigori.

Quand il tourne le dos au vaisseau, un tube s'ouvre sur la gauche d'Ivan, un autre en face, un troisième à droite.

Grigori fait signe de le suivre, ramène les genoux contre son torse, disparaît dans le boyau central. Ivan se coule derrière lui, entre les faisceaux de câbles et les boas de ventilation, jaillit dans le vaste cylindre du module principal. Sa première impression est celle que lui ferait le saccage d'un appartement cambriolé. Il n'a jamais vu désordre plus extravagant. Il dépasse des livres en cours de consultation, écartelés par des tendeurs, un ordinateur portable constellé de post-it, un établi escamotable, des marqueurs en flottaison dans des sacs plastique, des câbles trop longs saucissonnés plusieurs fois sur eux-mêmes, d'autres qui ne mènent nulle part, des tresses de masse coincées sous des rondelles, des fanions, des photos, des barbouillages d'enfants, des cartes froissées, des morceaux d'adhésif oubliés, du linge en train de sécher. Il éprouve une fatigue anticipée à l'idée qu'il va devoir s'approprier tout cela, apprendre où sont les choses. À gauche, un mur de cassettes de tous formats, des piles ventrues, maintenues à la verticale ou à l'horizontale par des cordelettes usées. Sur l'autre cloison, en face, les cyclogrammes des instructions quotidiennes qui tirebouchonnent, punaisés à un pêle-mêle. Plus loin, une batterie d'appareils photographiques occupe un pan entier de la paroi, mêlé à des objectifs sous des bouts de ficelle tirés à la diable, des caches, des caméras dont les dragonnes l'effleurent au passage. Autant d'algues paresseuses. Retenus aux cloisons, les accessoires continuent de flotter dans un mouvement incessant. Il connaît cette sensation qui l'avait oppressé à bord de Salyut-7 : cette immobilité impossible, l'entropie permanente des choses, leur agitation somnambule dans la lumière gommée des tubes fluorescents. Le sentiment que tout bouge par rapport à tout, que chaque pièce de matière solide a sa vie propre, inquiétante. En guise de main courante, une corde distendue longe le matériel noir. En tous sens, des fils électriques sont gaffés aux parois pour que les pieds ne s'y prennent pas. La ventilation court entre les tubes néon. C'est donc le plafond, là, au bout de son bras ? Des flèches ont été tracées au feutre sur le tissu des manches à air. Par endroits, des bouts de schémas apparaissent, scotchés à même la gaine. Il se sent étouffer. Partout plane la menace d'un étranglement inévitable. Ce n'est plus le module d'une station orbitale mais un tunnel étréci, infesté d'instruments et d'outils. Les parois n'existent déjà plus, formant avec les objets cramponnés à elles un tout inextricable. Les murs semblent avoir sécrété eux-mêmes ces rugosités, se rapprocher peu à peu dans l'espoir de se rejoindre.

Au plancher, il débusque quelques fragments encore visibles d'une moquette vert olive. Sur les côtés, il devine les aplats de peinture vert pistache des murs originels, ne peut s'empêcher de sourire en attrapant du regard la feutrine du pêle-mêle, vert épinard. Les concepteurs de la station ont eu le projet d'apaiser les occupants en badigeonnant ce qu'ils pouvaient d'un peu de chlorophylle triste.

— Pas la peine de défaire le matériel, il repart tout de suite, lance Ivan.

— Pourquoi ? demande Grigori.

— Où veux-tu qu'on le mette ?

— Tu rigoles, il y a encore plein de place.

— Ah oui ?

— Attention, tu es en train de te plaindre.

— C'est vrai, pardon.

— Tu te crois déjà chez toi ?

Jusqu'à la fin de la rotation, ils sont placés sous le commandement de Sergueï et de Grigori. Viktor ne prendra le sien qu'une fois l'écoutille rabattue sur l'équipage descendant.

— C'est la faute des Autrichiens et des Allemands, proteste Grigori, ils ont laissé tout leur matériel en plan. Reconnais au moins que c'est propre.

— Ah ça, rien à dire !

Autour de lui, les surfaces sont nettes, même les plus inaccessibles. Sur les tuyaux, les protections plastique, les cloisons, Ivan pourrait bien passer un doigt, il ne ramasserait rien. La poussière ne se dépose nulle part, flotte partout dans le volume de la station.

Ivan s'approche de la table couleur lie-de-vin encastrée dans le mur de gauche, au fond du bloc.

Derrière, de part et d'autre, il reconnaît les deux cabines en forme d'alcôves. Il aperçoit en passant les sacs de couchage verticaux, le petit miroir pour se raser, les photos de famille, les dessins naïfs. Et, toujours, ce bruyant cauchemar mécanique, le grondement incessant des hélices en batterie.

— J'avais oublié que le bruit était si fort !

— Qu'est-ce que tu dis ?

— J'avais oublié que le bruit était si...

— Que le bruit était quoi ?

Ivan sourit.

— La dernière fois qu'on l'a mesuré, dit Grigori, on était à soixante-douze décibels. Moi, je ne l'entends plus.

Au fond, dans le prolongement du bloc de base, un passage ouvre sur le module Kvant-1. Le vaste cylindre se referme ici pour n'être plus qu'un goulot de quatre-vingt-dix centimètres de diamètre. Ivan se glisse entre les fils électriques et les manchons blancs de ventilation qu'il entend se froisser à son contact. En cas de dépressurisation, il s'agace à l'idée qu'il faudrait, pour descendre l'écoutille, débrancher des poignées de câbles, les arracher, les scier peut-être. Savent-ils seulement l'origine et la destination de chaque fil ?

En pénétrant dans le petit module, il réalise que ce qui a dû être dans le passé un laboratoire d'astrophysique fait maintenant office de débarras. Sergueï et Grigori y ont entassé le matériel au rebut et les sacs d'ordures ménagères.

Ivan fait demi-tour, revient dans le module principal où Viktor et Nikolaï ont commencé à distribuer le courrier, contourne les quatre hommes pour poursuivre seul le tour des lieux. Il survole les écrans et les claviers du poste de pilotage, s'enfonce dans le boyau par lequel il est entré.

La gueule du Soyouz lui fait face dans le nœud de jonction. À droite et à gauche, les deux cylindres donnent à l'ensemble la structure en forme de T qu'il apercevait sur le dépoli du périscope en arrivant. Au-dessus de sa tête, le plafond s'ouvre sur le vaisseau de Sergueï et Grigori, emmanché perpendiculairement au plan de la station.

D'une traction il se faufile dans l'ouverture de Kvant-2, sur sa gauche, embarrassé par les jambes qui traînent maintenant sous son bassin. Il est d'abord surpris par la touffeur de l'air. Il se souvient de la présence des générateurs d'oxygène, quelque part derrière les panneaux. Les toilettes principales de la station sont là. Il entre dans la cabine, ferme la coulisse. Il n'a pas encore d'entonnoir attitré. Et pourquoi pas celui-ci, tiens, le vert pomme ? Il le libère de son sachet stérile, le visse au pistolet avant de la cuvette, ceinture la sangle matelassée autour de son ventre, déclenche l'aspiration. D'une main, il se retient à la poignée latérale. De l'autre, il force son pénis à rester dans le cornet. Dans le bourdonnement sonore de la succion d'air, il ressent une satisfaction curieuse, comme si, perdant son eau, il asséchait les tissus qui lui boursouflent le visage.

En sortant, il s'avance plus avant dans le module, longe les racks de matériel. À droite, il remarque la fermeture à glissière de la cabine de douche, reconvertie en placard de rangement. Plus loin, il reconnaît les formes des scaphandres de sortie extravéhiculaire, grossièrement pliés dans leurs filets. Il fait plus frais, tout à coup, au fond du sas, comme si les circuits d'échange de chaleur de la station ne parvenaient plus à réchauffer l'extrémité de ce bras. Hérissée d'un volant massique, l'écoutille extérieure lui donne l'impression fugitive d'être sous l'eau, dans un sous-marin. Alors derrière ce couvercle cabossé, c'est le vide ?

Il fait demi-tour, se hisse jusqu'au carrefour, traverse le nœud de jonction.

Il tire généreusement sur ses mains repliées de part et d'autre de l'écoutille, pénètre dans le module Kristall, en miroir de l'autre. D'un seul tenant, le large tube doit faire une bonne douzaine de mètres de profondeur. Dans le Soyouz il était tout de suite en contact avec les parois. Il y a tellement de place autour de lui à présent qu'il se sent désorienté. Les verticales et les horizontales sont devenues moins rigides. Sur tout le pourtour du module, il doit bien y avoir une demi-tonne d'appareils. La concentration des blocs expérimentaux le convainc d'arrimer son sac de couchage quelque part au centre. Sur le tapis de course, pourquoi pas ? Près de la petite serre ? Au moins, il sera protégé des rayonnements solaires par l'épaisseur des batteries. Soudain, il constate qu'il s'est trop éloigné du bord. Plus rien ne le touche ! Voilà qu'il flotte en l'air sans la moindre prise pour le sécuriser. Il regarde autour de lui, cherche encore une poignée à laquelle se rattraper. Craint-il de rester coincé en l'air pour l'éternité ? Il pousse des jambes et des bras en pure perte, encore pétri de réflexes aquatiques, sans parvenir à avancer. Un muscle se met à frétiller sous sa paupière. Ça y est, pense-t-il en clignant des yeux pour chasser la poussière qui s'y est mise, agacé de n'avoir aucun répit.

— Propre ? Tu parles, Grigori ! Ça fait combien de temps que vous n'avez pas changé les filtres ?

Mais sa voix ne porte pas, aussitôt étouffée par la ventilation. S'il criait, il n'est pas sûr que les autres l'entendraient.

Tandis que Sergueï et Grigori s'affairent à préparer le repas, ils font mine d'être assis autour de la table, les jambes fléchies, les fesses dans le vide. Ivan remarque les icônes de voyage au-dessus de l'entrée de Kvant-1, punaisées au mur. À côté, Gagarine leur sourit sous les quatre lettres de son casque : CCCP.

— Qu'est-ce que tu nous as préparé, mon grand ? demande Nikolaï.

Sergueï se glisse entre leurs épaules pour accéder au four incorporé à la table.

— C'est du veau, mon petit, dit-il en plaçant les conserves une à une dans les alvéoles.

Ils ne sont plus à bord de Mir, mais dans la datcha de l'espace, serrés les uns contre les autres dans la cuisine, après une longue marche dans la nuit.

— Et ça ?

Grigori agite un sachet rosâtre qu'il vient de réhydrater.

— Du jus d'airelle.

— Je prends.

— Et vous ? demande Sergueï. Le soutien psychologique ?

— Je…

Viktor est embarrassé, probablement parce qu'il ne saura pas retrouver la bouteille de vodka dans les nombreuses valises de conditionnement.

— Vous avez oublié ?

— Mais non, c'est juste que…

— Attendez, je reviens, dit Ivan.

Il survole le pupitre de commande, s'enfonce dans le conduit central en direction du Soyouz. Il réapparaît les doigts entrelardés de tubes à échantillons.

— Comment as-tu fait ? demande Grigori.

— Je les ai passés dans la trousse à pharmacie.

— Ils n'ont pas vérifié ?

— Non.

— C'est bien d'avoir un médecin à bord.

De petites billes tremblotantes s'échappent des éprouvettes, qu'ils s'amusent à gober d'un claquement de langue. Viktor désigne le reste de la brioche sur la table, retenu par un élastique :

— On se sert ?

— Bien sûr, dit Sergueï.

— C'est quoi ? demande Grigori en désignant une feuille d'aluminium froissée que Nikolaï tient à la main.

— Du fenouil. On me l'a mis dans la poche.

— Donne.

Grigori soulève un coin de l'emballage, porte la branche à ses narines. Il reste un instant le regard vague, jusqu'à ce que Sergueï la lui prenne des mains et la hume à son tour.

— Au moins c'est facile de vous faire plaisir, ricane Nikolaï. Un peu de fenouil, dix grammes de vodka. Vlan, on ne vous entend plus.

— Fais le malin, toi, prévient Sergueï. On verra la tête que tu feras dans six mois.

— Et puis vous pouvez parler, vous ! s'écrie Grigori. Vous avez vu ce que vous avez fait à la brioche ? Si on avait su, on l'aurait cachée avant que vous arriviez.

orbite 40 — On a faim, marmonne Viktor la bouche pleine.

— On avait une grappe de tomates aussi, ajoute Nikolaï, mais le médecin a estimé qu'on était en surpoids.

— Des tomates fraîches ! ? s'exclame Grigori.

— Bah tiens.

— Et puis moi, explique Viktor, quand je vois de la brioche et du sel, ça me fait quelque chose.

— Tu as eu une enfance difficile, c'est ça ? demande Grigori.

— Non, ça me rappelle Salyut-7.

— C'est toi qui es monté, quand c'était éteint là-haut ?

— Tu sais très bien que oui, dit Viktor. Pourquoi tu demandes ?

— Parce que ça me fait plaisir que tu le redises, susurre Grigori en le dévisageant avec adoration. La station était restée inhabitée pendant… quoi, cinq mois ?

— Quelque chose comme ça. Le sol la réveillait de temps en temps par des contrôles radio. Un jour, plus rien. Plus de signal, le silence.

— La tuile, hein ?

— Même ta maison, sur Terre, tu ne la laisses pas inhabitée l'hiver. Alors là.

Ils plantent leurs cuillères dans les canettes, détachent des bouchées de viande en surveillant les bribes de nourriture qui menacent de s'échapper.

— Derenkhov et moi, on a été envoyés pour la ranimer. Au début, quand on s'est approchés, on ne voyait rien depuis la capsule. On la poursuivait depuis deux jours, on aurait dû l'apercevoir. On savait qu'on était sur son orbite, qu'elle devait être quelque part devant.

— Elle se cachait, tu penses, dit Sergueï. Elle savait que vous arriviez.

— D'un coup, ses panneaux se sont irisés. Le Soleil l'a démasquée. On a vu qu'il y avait des photopiles qui manquaient, des plaques entières. On aurait dit qu'elles avaient été arrachées. Je me souviens, ça m'a fait froid dans le dos tous ces panneaux vrillés. Les hublots étaient aveuglés de l'intérieur. Il y avait des dégueulures de rouille sur la coque, avec des traînées verdâtres, une vraie épave. On a accroché la cible, on s'est amarrés. La porte du sas était complètement bloquée. Il y avait ce silence, tu sais, terrible. Quand j'ai compris qu'on allait forcer le passage, j'ai hésité.

— Pourquoi ? demande Nikolaï.

— J'ai eu envie de faire demi-tour, de rentrer. J'avais peur. J'avais l'impression qu'on allait violer une tombe. Comme si on se mêlait de ce qui ne nous regardait pas, qu'on allait découvrir quelque chose…

— Quoi ?

— Je ne sais pas…

— Les cadavres des types qu'ils avaient oubliés ?

Ils rient.

— Et puis on a poussé l'écoutille et on est entrés. Les instruments étaient couverts de glace. Impossible d'allumer quoi que ce soit. Les batteries étaient à plat. Le noir complet, le noir infini du cosmos. On a commencé à avoir mal à la tête. L'air était saturé de gaz carbonique. On est revenus dans le vaisseau, on a enfilé des masques à oxygène, on a mis des fourrures par-dessus nos combinaisons. J'entendais le souffle de ma respiration dans l'appareil, le bruit des vêtements sur ma peau. On avait des airs terrifiants. Il fallait nous voir avec nos torches, les yeux affolés derrière la vitre. On promenait le faisceau sur les murs, les équipements, les pupitres. Les objets surgissaient tout seuls devant nous, comme si on était au fond de l'eau. Je te jure qu'il n'aurait pas fallu me faire peur à ce moment-là. Et puis j'ai braqué ma lampe sur la table. Vous savez ce que j'ai vu ?

— Arrête, dit Nikolaï en souriant, c'est toi qui nous fais peur.

— De la brioche et du sel. Oleg et Leonid les avaient laissés en partant, coincés sous un élastique, avec un mot.

— Un mot ?

— Bienvenue à la maison, bonne chance, un truc comme ça. Quand j'y repense, ça m'émeut encore. Vous vous rendez compte ? Ils y avaient pensé avant de partir. Ils avaient eu cette attention-là avant de fermer les volets, de rabattre l'écoutille. De la brioche et du sel !

Dans son module, Ivan éteint la lumière pour allumer les étoiles. Il se rapproche du hublot, ne les trouve pas, probablement à cause du clair de Terre. Ses pupilles sont encore trop fermées. Il regarde à droite, à gauche. Partout son regard bute sur un mur d'obscurité. La nuit est si mate autour du limbe. Il se laisse à nouveau surprendre par sa noirceur, l'absence totale de couleur. Il n'y a guère qu'ici, en orbite, qu'il éprouve un tel vertige. Il y a tant de choses à explorer encore. Nous irons plus loin, estime-t-il tout à coup, traversé par des pensées définitives. Les hommes retourneront d'abord sur la Lune, où ils construiront des bases permanentes. Puis ils gagneront Mars, où ils en bâtiront de nouvelles. Ils iront toujours plus loin, et il participe à cela. Il lui semble que le mouvement commencé ne pourra jamais s'arrêter. Romanenko et Gretchko ont passé quatre-vingt-seize jours dans l'espace en 1977… Rioumine cent soixante-quinze en… Il se souvient… Il a mémorisé chacun des efforts passés… En 1978, non, c'était en 1979… Berezovoï et Lebedev, eux, sont restés deux cent dix jours en 1982… Il connaît les années par cœur, les records… Solovyov deux cent trente-six jours en 1984… Titov et Manarov, trois cent soixante-six jours… Maintenant c'est à son tour de les battre, de ramener à Moscou un nouvel exploit que d'autres, demain, déclasseront. Mission après mission ils prouveront, en ajoutant des jours aux jours, que l'Homme a en lui les ressources nécessaires pour se libérer de sa planète et en toucher une autre.

Dans les hublots, derrière lui, la Terre a disparu. Il n'a pas besoin de se retourner pour se convaincre que la station vient d'entrer dans son ombre. Immédiatement, un rideau se lève. Les astres surgissent de plus en plus nombreux. Une fine criblure blanche grise le ciel. Il n'y a plus d'obstacles pour ralentir la lumière des étoiles, plus de vapeur pour la déformer et la faire trembler. Au sol, il les voyait scintiller à travers la poche transparente de l'atmosphère. Elles lui semblaient toujours clignoter légèrement. Sur ce fond complètement noir, elles ont une fixité implacable. Il ne reconnaît plus le paysage familier du ciel, peine à identifier les constellations dans la nuée. Des traces de lait apparaissent là où les points sont le plus serrés. Bien sûr qu'il y aura d'autres découvertes, de nouveaux moyens de propulsion, qu'ils iront plus loin, toujours, parce que Tsiolkovski avait raison, le destin de l'humanité est de quitter la Terre demain. De nouveaux orbiteurs verront le jour, des ballons d'exploration, des voiles solaires, de nouvelles sondes, de nouveaux moteurs. Il décide qu'on saura bientôt utiliser la fission nucléaire, les gaz, les métaux ionisés, qu'on saura accélérer le plasma, utiliser les masses colossales des corps célestes pour modifier les vitesses et les trajectoires des

vaisseaux, naviguer par rebonds gravitationnels dans un jeu de billard à trois dimensions. Il fait le vœu que l'humanité s'éparpillera bientôt dans l'univers, que les hommes se répandront dans la nuit cosmique, deviendront des gamètes frétillants et tâtonnants à la recherche de planètes à féconder. N'est-ce pas la panspermie de l'humanité, en ensemençant les astres, qui lui permettra de se perpétuer et de survivre ? Il pense à cet au-delà comme à une évidence qui n'aurait besoin que de temps pour se réaliser. Il sait que les solutions viendront, que des chiffres décideront de tout. Ici, à cet instant, la marche en avant du progrès lui semble irrésistible, le prolongement d'une logique qui lui apparaît brusquement dans sa vérité nue : le projet de la Semyorka était déjà en germe dans celui du train qui l'a tractée jusqu'au pas de tir. Il n'y aurait jamais eu de scaphandres sans la mise au point, d'abord, du métier à tisser. De manuels de bord sans la découverte de l'imprimerie. Les inventions se tiennent toutes, depuis celle de la roue qui laminait si bien les roubles des soldats il y a quelques jours. Toutes ces avancées se répondent, s'entraînent mutuellement pour l'exécution de quelque projet qui les dépasse. Au loin, il perçoit le battement d'un superbe mouvement de montre. Prudent, *orbite*
il admet que les cosmonautes qui iront sur Mars ne *46*
sont probablement pas encore nés. Ou seulement à l'école. Qui sait ? Pacha ou Guennadi marcheront peut-être dans ses pas ? En attendant, c'est à lui de prouver à l'Humanité qu'elle est physiquement capable de survivre à ce voyage comme aux suivants, que l'être humain peut vivre en apesanteur,

qu'il peut s'arracher au système solaire, que… Pour qu'à son retour, on puisse dire : c'est possible.

Il a froid tout à coup.

Non, ce n'est qu'un frisson d'excitation qui rayonne le long de sa colonne, un trait de crayon hâtif le long des vertèbres. Bien sûr que les hommes quitteront la Terre. Puis le système solaire. Puis la Voie lactée. Un jour, oui. Et il y aura contribué.

Il arrime le sac de couchage à la surface plane du tapis roulant, se sert de l'écart entre les galets pour passer les sangles. Il se glisse dans l'ouverture, ajuste l'élastique de l'oreiller sur son front, fait la nuit à l'aide de son bandeau.

Le souffle des ventilateurs devient plus lointain, ses yeux se révulsent.

Non, il revient, se retient.

Il remarque que d'infimes contacts repoussent *orbite*
ses jambes et les promènent. Son bras droit effleure *47*
la barre de maintien et s'écarte, en biais. Il a beau être attaché, il ignore maintenant la position exacte de son corps. Il a mémorisé les formes du volume autour de lui lorsqu'il plaçait le masque sur ses yeux, mais il y a du jeu à présent, il se sent aller et venir dans le duvet. Il n'est plus jamais immobile, à l'arrêt. Ce sont de simples rebonds, très doux, très lents, déjà insupportables. Ses fesses sont renvoyées de la surface du tapis avec une délicatesse infinie. Plus tard, c'est son talon qui frôle le plancher, son pied qui repart mollement à l'intérieur de l'étoffe et qui l'oblige à se demander : quand ? Quand vais-je retoucher la prochaine fois ? Parce

qu'il retouchera. Et chaque impact, aussi minime soit-il, le conforte dans cette idée : il va toucher encore, tout de suite ou dans quelques minutes, mais il retouchera, et les rebonds de son corps dureront mille ans.

— *Ivan, tu m'entends ?*

— Oksana ?

— *Ivan, tu m'entends ?*

— Oksana ?

— *Ivan ?*

— Je t'entends.

— *Tu es bien arrivé ?*

— Oui…

— *Comment tu te sens ?*

— Tu me verrais, je suis tout rouge, même les yeux.

— …

— …

— *La poignée de la porte du salon…*

La voix d'Oksana est dévorée de parasites.

— Oui ?

— *Elle m'est restée dans la main !*

— C'est la vis qui est partie ?

Peut-être que ce n'est pas vrai, qu'elle dit cela pour lui faire plaisir, parce qu'elle pense que cela va l'amuser.

— *Je ne sais pas.*

— Si, forcément. Elle est toute petite, tu sais. Elle doit être par terre, quelque part dans la moquette.

— *Attends, il y a Pacha qui veut te parler...*

— *Papa ?*

orbite 55

— Oui, Pacha.

— *Tu voles ?*

— Tout le temps.

— *Tu nous vois ?*

— Non, je ne peux pas. Mais j'ai aperçu Moscou et j'ai regardé à gauche, dans la forêt, c'est là que vous êtes.

— *Et comment tu es entré ?*

— Ils nous ont ouvert la porte, tiens.

— *Il y a des étoiles ?*

— Des milliards et des milliards. Il y en a encore plus que sur Terre !

— ...

— Pacha ?

Une bouffée de crépitements indique qu'ils vont perdre la liaison.

— ...

— Hé ! Oksana ?

— ...

— Faut que tu retrouves la vis, hein ? Sinon c'est Guennadi qui va la trouver. Il va la mettre dans la bouche. Oksana ?

Des craquements explosent dans le casque.

— ...

— Oksana ? Cherche la vis, d'accord ? Oksana ! ? Putain, j'entends rien.

— Tiens, prends la poignée de ce côté, dit Nikolaï.

— Et le sac ? demande Ivan.

— Mets-le dans le bloc de base pour l'instant.

Plié dans le compartiment orbital du Soyouz, l'ingénieur de bord extrait les ballots de linge, dégage les cantines de nourriture, dévisse les coffres à équipements. Ivan les ventile dans les différents modules en ne sachant pas toujours ce qu'il convoie. Ni même s'il aurait été capable sur Terre de soulever seul tel ou tel conteneur. Les objets, d'abord, lui semblent tous à égalité. Un simple doigt suffit à en corriger la trajectoire. Il pousse devant lui avec la même facilité un bloc électronique ou un bidon d'eau. Pourtant, au fil des va-et-vient, la manipulation des paquetages en trahit le contenu. En les déplaçant, il parvient peu à peu à se faire une idée de leur masse. À l'arrêt, il en est bien incapable. Mais dès que l'objet s'anime, son inertie le renseigne. Si l'accélération en est aisée, il sent d'instinct que son immobilisation le sera également, et que sa masse ne doit pas être exceptionnelle. S'il est plus lent à se mettre en mouvement, Ivan se méfie, comprenant qu'il aura plus de mal à le freiner en bout de course.

Il survole le pupitre du module principal, le plan de la table, passe dans le module Kvant-1. C'est là qu'il doit entreposer l'un des gyrodynes de secours, ces roues chargées de corriger la position de Mir et de maintenir l'orientation des panneaux vers le Soleil. La petite dépendance est si mal éclairée qu'il peine d'abord à trouver un emplacement où le sangler. Il avise le grand hublot d'observation, amène une poignée pour rabattre son couvercle. Un jour violent inonde le volume. Ivan a l'impression d'avoir été trop brusque, comme s'il venait de séparer, sans prévenir, les rideaux d'une chambre sombre et poussiéreuse. En passant devant le verre, il jette un œil à l'extérieur. Est-ce bien le Soleil, là-bas ? Non, il est redevenu une étoile parmi d'autres, blanche et immobile. Dans le ciel noir, l'astre le scrute avec la fixité d'un œil mort. Ivan détourne le regard, préfère ne considérer que ce rai
orbite 57
de lumière qui accroche les particules en suspension. Là-bas, ce n'est plus tout à fait le Soleil, mais ici, dans le petit habitacle, c'est encore la lumière d'une journée d'hiver en train de jouer dans la poussière du tapis.

— Ne reste pas là, prévient Grigori dans son dos.

Ivan se retourne, la moitié du visage rongée par la lumière, plissant les yeux pour le trouver.

— Pourquoi ?

— Le hublot. C'est le seul qui ne filtre pas les UV.

— C'est vrai, j'avais oublié.

— Tu ne dois pas t'exposer plus de deux minutes.

— Deux minutes, répète Ivan.

— Viens, je vais te montrer quelque chose.

Grigori le prend par le bras, le tire dans l'ombre.

— Ne bouge pas.

Côte à côte, silencieux, ils restent sur le bord du faisceau. Le couloir lumineux semble se figer, matérialisé par les grains de poussière. Grigori a l'air de guetter un événement qui ne vient pas.

— Écoute bien.

Ivan ne comprend pas ce qu'il y a d'autre à entendre que le braille des ventilateurs. Son compagnon est maintenant aux aguets, le regard fixé sur la barre de Soleil, comme si elle devait soudain se mettre à grouiller de vie. Il a l'air si concentré qu'Ivan se prend à fouiller le ronronnement à son tour.

Voilà qu'il perçoit un grésillement lointain.

Il penche l'oreille, indécis. Est-ce bien ce que son compagnon cherche à lui faire entendre ? Il identifie une succession de craquements, qui lui évoquent confusément le crépitement d'une flambée.

— Tu entends comme ça pétille ? demande Grigori.

— Qu'est-ce que c'est ?

— C'est le bruit que font les rayons du Soleil en dissociant les molécules d'oxygène.

— Si fort ?

— Oui. Celui des ions en train de se former dans la cabine.

Grigori rabat le capot sur le hublot. Le bruit cesse.

— Pas plus de deux minutes, sinon tu vas te brûler la rétine.

— On dirait que vous chargez le coffre comme si vous partiez en Crimée, lance Ivan.

orbite 78

Le Soyouz de Sergueï et Grigori est déjà plein à craquer. Depuis ce matin, les fenêtres de communication radio n'ont été dévolues qu'aux arbitrages du sol, qui leur indiquait ce qui devait être laissé à bord, ramené sur Terre, ou consumé dans l'atmosphère.

Grigori continue de ranger un à un les objets qu'on lui apporte dans le compartiment orbital, celui qui est destiné à disparaître. Il visse de vieux conteneurs sur les racks, encastre les équipements hors d'usage, répartit les objets de la manière le plus homogène possible en surveillant à vue l'équilibre général du vaisseau. Il roule les blocs électroniques défectueux dans les vêtements à incendier, tasse les déchets dans les cantines, se sert des emballages usagés comme d'une bourre de fortune pour les empêcher de jouer. Au fond, dans le petit module de commande – le seul qui survivra aux frottements du retour atmosphérique –, il place ce qu'il y a à sauver entre leurs deux sièges. Il disperse soigneusement le résultat de six mois de travail en comblant les moindres espaces disponibles de comptes-rendus, de pellicules, de disquettes magnétiques.

— Qu'est-ce que tu comptes faire ? interroge Ivan en le voyant réapparaître avec une brassée de boîtiers.

La capsule est si petite qu'ils ne ramèneront presque rien.

— Je voudrais effectuer un dernier tri avec Sergueï.

— Tu n'as plus de place ?

— Non.

— Tu es sûr ?

— On est chargés à bloc.

— Attends, dit Ivan en saisissant une cassette dont il reconnaît le format. C'est un enregistrement de l'échographe ?

— Oui.

— Regarde.

Ivan saisit le boîtier à pleines mains, le tord pour le faire exploser.

— Tu es fou ! Qu'est-ce que tu fais ?

Ivan extrait du plastique fracturé le petit rouleau de bande magnétique.

— Ça prend moins de place, dit-il en libérant le noyau récepteur d'un coup de dents.

— Et comment je…

— Tu le scotches pour que ça ne fasse pas de perruque. Tu donnes ça à Chtchapov au bâtiment 3-D. Il sait lire les bandes magnétiques de l'échographe, il n'a pas besoin du boîtier. Va le voir de ma part.

— De ta part ?

— Oui. Chtchapov.

— Et s'il n'y arrive pas ?

— Tu plaisantes ? Donne-moi les autres cassettes.

— Non.

Instinctivement, Grigori a fait le geste de serrer ses boîtiers contre sa poitrine.

— Allez !

— Non, je préfère demander à Sergueï d'abord.

— Donne !

— Arrête…

— Mais donne !

— Tu me fais peur, minaude Grigori.

— Pas trop vite, hein ? dit Viktor. Et pas trop bas non plus.

Sergueï semble à peine avoir entendu la formule d'usage. Engoncé dans son scaphandre, il les regarde d'un air soucieux, comme si, la main sur la poignée de la porte, il craignait d'avoir oublié quelque chose. Tout à l'heure, Ivan l'a vu embrasser les images saintes à l'entrée de Kvant-1.

— Vous avez vos passeports ? demande Nikolaï pour plaisanter.

— C'est moi qui les ai, dit Grigori.

Ils se serrent la main une dernière fois à travers l'écoutille.

— Et l'appareil photo ?

— Je l'ai aussi.

Avant de s'éloigner, le sol leur a demandé de procéder à un tour complet de la station pour effectuer une série de clichés qui permettront de vérifier *orbite*
l'état extérieur de la coque. *88*

— Tu es sûr ?

— Là, regarde.

— Et ta petite laine ? C'est l'hiver en bas, il fait froid.

— Allez, tais-toi.

Nikolaï rabat l'écoutille, colle sa bouche à la porte pour crier au travers :

— Et ton petit bonnet ?

Viktor et Nikolaï

Un claquement retentit dans le carrefour central *orbite*
de Mir. Les ressorts viennent de chasser le vaisseau *89*
de Sergueï et Grigori en l'éjectant à une poignée de mètres. Ivan songe à la descente brutale qui attend les deux hommes. Dans trois heures à peine, ils percuteront le sol kazakh.

Dans le bloc de base, sanglés aux sièges du pupitre de commande, Viktor et Nikolaï doivent probablement surveiller les manœuvres du vaisseau autour du complexe orbital. La voix de Sergueï résonne encore dans les bouches des interphones disséminées à travers la station.

Ivan profite de ce temps libre pour prendre d'assaut le tapis roulant du module Kristall et ne suit que d'une oreille les étapes de l'inspection. Lorsque l'écoutille du Soyouz s'est refermée sur les deux hommes, Mir est passée sous le commandement de Viktor. Il se demande si l'autre s'en est fait la réflexion au moment où la porte s'est encliquetée.

À l'extérieur, le vaisseau doit être en train de contourner le module Kvant-2. Jusqu'à maintenant, leur compagnon ânonnait des suites de chiffres, entrecoupées d'acronymes. L'irruption d'une phrase attire son attention :

— *... problème avec la propulsion... ne répond plus...*

Ivan n'en mesure pas l'enjeu immédiatement, ralentit sa course sur le tapis roulant. La propulsion ? Il se représente la poignée sculptée dans la main gauche de Sergueï. Elle ne répond plus ? Il se dessangle du tapis, s'approche de l'interphone pour mieux entendre. Il croit percevoir un cliquetis frénétique, urgent, celui d'une manette dans sa rotule. La voix de Sergueï confirme :

— *J'ai perdu la propulsion.*

En dépit de la mauvaise qualité du son, il semble que la voix de leur compagnon est plus calme face à une fatalité qu'il serait inutile de contester. La poignée de gauche, d'accord, mais celle de droite ? pense Ivan. La direction ? Que dit-elle ? S'il n'en parle pas, c'est qu'il a encore le contrôle n'est-ce pas ?

— *Je suis trop près*, prévient Sergueï.

Il l'a annoncé d'une manière trop lisse, trop résignée.

— *Je vais vous toucher.*

La voix de Viktor retentit brusquement dans le communicateur :

— *Qu'est-ce que tu viens de dire ?*

La bande passante se met à postillonner, jusqu'à ce que Sergueï répète :

— *Je vais vous toucher.*

— Tu es sûr ?

— *Je suis sûr.*

Il n'est pas assez loin pour avoir le temps de braquer, comprend Ivan. Même si Sergueï voulait corriger la trajectoire, il n'aurait pas la distance nécessaire pour le faire. Ivan se jette hors de Kristall, tourne à gauche, se hisse dans le boyau pour retrouver les deux autres dans le bloc de base, penchés sur les écrans du poste de pilotage.

— Donne-nous ta distance, ordonne Viktor.

Ivan survole ses deux compagnons pour passer dans leur dos. Sur le quadrillage du périscope, la forme du Soyouz occupe déjà deux segments.

— Sergueï ? Ta distance ? !

Ivan s'approche du hublot, cherche le vaisseau à l'œil nu dans la nuit, colle son visage au plus près du cerclage pour adopter un point de vue rasant. Son souffle nappe le verre d'une pellicule de buée. De quel côté du module Kvant-2 leur Soyouz va-t-il surgir ? À quelle vitesse ? Il fait noir à s'abîmer les yeux. La condensation apparaît et disparaît au rythme de sa respiration, dans un minuscule mouvement de flux et de reflux. Dans l'interphone, Sergueï continue de débiter une série de chiffres dangereusement décroissants. Leur compagnon risque de perforer la coque, mais continue d'articuler des coordonnées de position comme si de rien n'était. Ivan n'en revient pas de ce timbre de voix égal, retourne dans le dos de Viktor et de Nikolaï, si concentrés qu'ils ne semblent même pas avoir conscience de sa présence. Sur le quadrillage du dépoli, la tache a grandi, menaçante. Il devrait l'apercevoir par la vitre ! Pourquoi ne le trouve-t-il pas ? Il jette à nouveau un œil vers le hublot, pousse un cri : le Soyouz a jailli de derrière une rangée de panneaux solaires ! Le vaisseau fonce droit sur eux ! Viktor et Nikolaï se jettent hors des sangles. Ils n'auront pas le temps d'évacuer. Ils l'ont compris tous les trois au même instant, figés en l'air, suspendus à trois fils de différentes hauteurs. Si le trou est trop large, la décompression va être explosive. Ils ne sentent toujours rien. Ils auraient peut-être eu le temps de…

— Tu as touché ? demande Viktor dans le micro.

— *J'ai rebondi.*

— Tu as quoi ?

— *J'ai touché et j'ai rebondi*, reprend Sergueï.

— Où ?

— *Au niveau du module principal, près du nœud.*

Est-ce qu'il peut nous avoir éperonnés ? se demande Ivan. S'ils étaient en train de dépressuriser, leurs oreilles bourdonneraient.

— Tu n'as pas touché fort alors ?

— *Je ne sais pas.*

— Grigori ? Est-ce que tu peux photographier l'impact ?

— *Non, il est dans notre dos.*

— *Attendez*, coupe Sergueï, *je crois que je viens de perdre le contrôle.*

— Qu'est-ce que tu veux dire ?

— *Je viens de perdre le contrôle*, répète-t-il.

— La propulsion ou le contrôle ?

— *Les deux. Les commandes sont bloquées.*

— Tu n'as plus rien ? Quelle est ta direction ?

— *Je vais impacter une deuxième fois.*

Sergueï l'a décrété de sa voix monocorde, résolue au simple commentaire.

— Cette fois on évacue, ordonne Viktor.

Cette phrase qu'Ivan pensait ne jamais entendre. Déjà ? Il en oublie le danger, pense malgré lui : je n'aurai pas obtenu de résultats. Les expériences dont on lui a confié la réalisation ? Les réactions de son corps à l'apesanteur ? Et Mars ? Les nouveaux orbiteurs ? Les ballons d'exploration ? Les voiles solaires ? Les planètes sœurs ? Mais les deux autres ont déjà disparu. Son brusque isolement l'oblige à sortir de sa torpeur. Il se propulse d'un mouvement bref dans le conduit, gagne le carrefour, contourne Viktor et Nikolaï qui désencombrent le vaisseau des boas de ventilation. Il se réfugie à l'intérieur, entend l'écoutille se refermer. Ils se plient tous les trois dans leurs baquets, retrouvant un décor trop familier, des garnitures qu'ils diraient encore tièdes de leur chaleur. Ils restent les yeux en l'air, attendant le coup de poing, prêts à repousser la station des pieds et des mains à la seconde. Ivan surprend le regard de Viktor. Celui d'une bête traquée dans la forêt. Son visage écarlate s'est marbré de blanc.

Comme la secousse ne vient toujours pas, que l'attente est devenue insupportable, son compagnon finit par demander :

— Sergueï, tu m'entends ?

— *Oui, je te reçois.*

— Parle-nous.

— *Quoi, vous n'avez pas entendu ?*

— Non, on n'avait plus la liaison.

— *J'ai touché.*

— Une deuxième fois ?

— *Oui, et on a rebondi !*

— Encore ? Où est-ce que vous nous avez percutés ?

— *À l'arrière de Kvant-1. Alors vous n'avez rien senti non plus ?*

— Non !

— *J'ai récupéré la propulsion.*

— Tu as tout ? La direction aussi ?

— *Oui. Les deux poignées répondent. On est à plus de cinquante mètres maintenant, on s'éloigne pour de bon.*

— C'est vrai ? intervient Nikolaï. On est débarrassés de vous ?

— *Cette fois on s'en va.*

— Allez-vous-en, espèces de brutes !

— *Les commandes se sont bloquées*, explique Sergueï, embarrassé. *Ensuite elles sont revenues, je ne sais pas ce qu'il s'est passé.*

La station s'emplit doucement d'un brouillard de parasites. Au début, c'est un grésillement lointain, un morceau de beurre dans une poêle, puis le souffle tempête, des bribes de mots commencent à leur parvenir, des phrases tronquées. Ils entrent progressivement dans la zone de visibilité radio, vont devoir s'expliquer. Viktor coiffe un casque d'écoute pour s'isoler du vacarme de la station.

— On ne sait pas ce qui a pu être endommagé, dit-il.

— *Sergueï prétend qu'il n'y a aucun dégât*, répond le sol, *qu'il a juste rebondi.*

— Comment peut-il savoir ? Il a pu accrocher une main courante, une vieille antenne. Ils nous ont percutés deux fois !

— *Sergueï et Grigori affirment qu'ils n'ont rien vu.*

— Ils n'avaient aucune visibilité à ce moment-là, les impacts étaient dans leur dos. Et s'ils ont déchiré un morceau de protection thermique ?

— *On verra ce que disent les rapports télémétriques.*

Lorsque vient son tour de parole, Ivan saisit le micro. C'est à lui d'expliquer la manière dont les choses se sont déroulées.

orbite 94 — On a eu un premier avertissement de Sergueï, Viktor lui a demandé de répéter. Sergueï a confirmé qu'il allait nous toucher, ensuite il a rebondi une première fois. Puis il nous a prévenus qu'il allait impacter à nouveau. C'est là que Viktor a donné l'ordre d'évacuer. D'ailleurs, est-ce que nous n'aurions pas dû rejoindre le Soyouz tout de suite, dès le premier avertissement de Sergueï ? Je ne sais pas.

Ivan a formulé la question à haute voix, comme s'il réfléchissait en même temps qu'il parlait. Il surprend un regard dépité de Nikolaï à l'intention de Viktor. L'ingénieur de bord fait « non » de la tête, lentement. Ivan se retourne, cherche Viktor des yeux. Le commandant le dévisage d'un air dur. Quoi ? Il n'avait pas le droit de poser la question ?

— *Et ensuite ?* demande le sol.

— Nous avons intégré le Soyouz, poursuit Ivan. Dans l'évacuation, nous avons perdu la liaison avec Sergueï pendant quelques instants. Nous n'avons pas su tout de suite qu'il avait rebondi une deuxième fois.

Viktor a les lèvres fermées dans un sourire d'incompréhension, continue de l'épier comme s'il voulait en avoir le cœur net : était-ce une simple maladresse ou bien a-t-il essayé de prendre le sol à partie pour contester le moment où il a donné l'ordre de leur évacuation ? Un reflet froid passe dans son regard. L'ordre d'abandonner le navire est le plus dur à donner ! S'il y avait eu un trou dans la coque, ils auraient peut-être pu le colmater, ou choisir de sacrifier l'un des modules pour sauver la station. Comme si lui, le médecin, avait déjà eu à donner un ordre une fois dans sa vie, qu'il lui avait appartenu d'hésiter, tout à l'heure, lorsqu'il fallait choisir dans le danger… Mais sa question était formulée si ouvertement que le doute n'est pas possible, n'est-ce pas ? Viktor doit bien se rendre compte que ce n'était qu'une gaffe de sa part. Il n'y avait pas de malice dans sa voix ! « Est-ce que nous n'aurions pas dû rejoindre le Soyouz tout de suite, dès le premier avertissement de Sergueï ? » Était-ce braver son autorité que de le demander ? Allez, ils mettront ça sur le compte de ma sale gueule, pense Ivan. Encore cette morgue des médecins qui croient tout savoir, hein ? Lui n'est même pas pilote. Se rendent-ils compte ? Et il ose donner son avis ?

Ivan porte une main en écran au-dessus des yeux pour se protéger du Soleil qui passe dans le hublot. La communication avec le sol s'est interrompue. La Terre n'est plus là pour le protéger des remontrances des deux autres. Il essaye de sourire, les yeux mi-clos, aveuglé.

— Qu'est-ce qu'il y a ? demande-t-il pour crever l'abcès. Pourquoi vous me regardez comme ça ?

— Pour rien, dit Viktor.

— Je sais ce que vous pensez, dit Ivan. Alors quoi ? On n'a plus le droit de parler ?

— Mais si.

— J'aime mieux ça.

Ivan déroule l'emploi du temps de la journée pour se remémorer l'heure de son rendez-vous avec Nikolaï. Hier soir, l'imprimante s'est mise à grésiller pendant qu'ils étaient à table. Les instructions sont maintenant accrochées au pêle-mêle du bloc de base. Son compagnon doit être dans Kvant-2, il y était tout à l'heure.

Nikolaï travaille sur l'une des enceintes de confinement, une planche de bord sanglée autour de la cuisse. Il est sur le point d'amorcer l'expérience sur les plasmas à structure cristalline dont il a la charge.

— Qu'est-ce que tu fais ? demande timidement Ivan.

— Je vérifie que les données s'enregistrent sur le bon répertoire.

Nikolaï doit injecter des particules en suspension dans de l'argon pour en étudier le comportement. Ivan montre du doigt le minuscule hublot d'observation percé dans la chambre à basse pression.

— C'est par ici que tu vas filmer le nuage de particules ?

— Oui.

— Ils t'ont donné un objectif plein champ ?

— Évidemment, sinon comment veux-tu que…

Nikolaï ne se donne pas la peine d'achever sa phrase, concentré sur la mémorisation des paramètres dans l'ordinateur dédié.

— Est-ce que je peux en profiter pour faire ton prélèvement ? demande Ivan.

— Attends.

Nikolaï griffonne quelques chiffres sur sa cuisse.

— Je te retrouve dans le bloc de base dans cinq minutes, négocie-t-il, les yeux rivés sur sa tablette.

— Oh non, s'il te plaît, gémit Ivan. Tu ne vas pas me faire courir à chaque fois…

Il saisit la main de Nikolaï, passe ses doigts en revue.

— Je pique l'annulaire, comme ça tu ne seras pas gêné. Si je choisis l'index ou le pouce, tu…

— Prends celui que tu veux, tranche Nikolaï, pressé.

Ivan plante l'aiguille sur le côté, masse la phalange pour faire grossir la goutte, tamponne le doigt de son compagnon sur un médaillon-témoin. Il baisse les yeux, avise les manchettes fémorales à la racine de ses cuisses, chargées de bloquer le retour veineux. Nikolaï a glissé une serviette sous chacun de ses bracelets.

— Ils te pinçaient la peau ? demande Ivan.

— Oui.

— Ils ne sont pas assez serrés.

— Oh si.

— Je t'assure, je le vois d'ici.

— Ils me font mal.

— Il faut les tendre mieux que ça si tu ne veux pas avoir la tête comme une pastèque.

— Ça va, marmonne Nikolaï en resserrant le velcro de contention pour se débarrasser de lui.

— Et les serviettes ?

— Je les garde.

— Tu es sûr ?

— Nikolaï, tu en es où ? s'informe Viktor depuis l'entrée du module.

— J'allais injecter les premières particules, répond-il en riant, mais Ivan est arrivé. Saletés de médecins ! D'habitude, ils nous mettent l'enfer au sol. Maintenant ils nous poursuivent à bord !

— Au moins, au sol, tu retrouves tes fourchettes et tes couteaux comme tu les avais laissés dans le tiroir, dit Ivan la bouche pleine.

— Sauf si un Ukrainien est passé par là, lance Nikolaï en ouvrant une poche de petits pois.

— Parce qu'il m'aura piqué tous mes couverts, c'est ça ? demande Ivan.

— Bah oui, si tu as oublié de fermer à clef.

— Au sol, tu poses une chose à un endroit, elle y reste, continue-t-il. Avec l'apesanteur, je suis perdu. Il faut tout refaire, la droite, la gauche, le haut, le bas…

— Je vais te donner un repère, dit Viktor. Un vieux truc qu'un poisson m'a appris.

— Un sandre, je parie ? précise Nikolaï.

— Oui, un filet de sandre en gelée. Il m'a dit : « Viktor, le haut, c'est facile, c'est toujours du même côté. — Ah oui ? Lequel ? — Tu regardes d'où vient la lumière. »

— C'est vrai, reconnaît Ivan, heureusement qu'il y a les plafonniers, parce que sinon… Tu n'as qu'à voir les rapports face à face.

— Oh oui ! Parle-nous des rapports face à face, murmure Nikolaï.

— Est-ce que cela vous arrive souvent de discuter tête-bêche, franchement ? Cela ne vous viendrait même pas à l'idée.

— Comment ça ?

orbite *304*

— Vous n'avez pas remarqué qu'on ne se parle jamais quand on a la tête en bas. Ou en haut. Dans l'autre sens, quoi. Il y en a toujours un qui fait un demi-tour pour se mettre dans la même position.

— C'est vrai qu'on reconnaît mal les visages à l'envers, note Viktor.

C'est donc lui, n'est-ce pas, l'arbitre de leurs discussions ? reconnaît Ivan en l'admirant. En son for intérieur, il le remercie de s'intéresser à ce qu'il vient d'avancer. Viktor aurait pu continuer de discuter sur le mode de la plaisanterie, comme Nikolaï, mais il a consenti à le gratifier de cette remarque.

— En apesanteur aussi il y a des conventions, conclut-il.

Est-ce parce qu'il a l'appui de Viktor ? Il sent naître en lui une force, une aisance.

— Par exemple, ce que tu viens de faire, Nikolaï, survoler la table pour rejoindre les buses d'eau froide de l'autre côté, je te jure que ça me tape sur les nerfs.

— Tu plaisantes ?

— À chaque fois, j'ai tes chaussettes à dix centimètres de mon nez !

— Et alors ?

— Ce n'est pas grave, se radoucit-il, surpris par le ton de son compagnon. C'est juste que chez toi, j'imagine que tu ne montes pas sur la table. Quand tu manges, est-ce que tu laisses tes enfants…

— Je n'en ai pas, coupe Nikolaï.

— Toi, Viktor, tu laisses monter les tiens ?

— Ils n'ont pas intérêt.

— Tu vois, c'est sacré l'espace de la table ! s'exclame Ivan, en espérant qu'un bon mot remettra les choses.

— Ne compte plus sur moi pour faire pipi sur tes bandelettes, rétorque Nikolaï.

— Aïe…, souffle Ivan. Qu'est-ce que je vais faire de mes journées alors ?

— C'est vrai, on se le demande ! sourit Viktor.

— Vous avez vos expériences, vos fours à cristaux, vos chambres de confinement… Comment je vais m'occuper, moi, si je n'ai plus à vous courir après ?

— Justement, dit Nikolaï, il faut être plus gentil que ça.

— En fait, reconnaît Ivan, c'est moi le rat de laboratoire, ici.

Il éprouve une gêne en s'entendant le dire, comme s'il avait senti soudain le besoin de se déprécier pour conserver leur estime.

— Qu'est-ce que je disais ? lance Nikolaï à Viktor.

— Ou le cochon d'Inde, si tu préfères.

— Non, le rat, c'est bien.

— Je suis à la fois l'expérimentateur et le cobaye. À la fin, c'est sur moi que j'aurai prélevé le plus d'échantillons.

— Tu es là pour te regarder le nombril, quoi.

— Pour me le charcuter, oui.

— Et on te paye pour ça ! ajoute Viktor.

— Grassement, si vous saviez ! Avec votre solde, vous pourrez à peine vous payer… Quoi ? Une voiture ? Et encore, une Volga. Alors que moi, quand ça va tomber… Quatre cents jours, vous imaginez ?

— C'est injuste, geint Nikolaï.

— Et attends, ce n'est pas tout, poursuit-il pour achever de l'énerver. Tu sais qu'on va m'élever au rang de héros de l'Union soviétique ?

— Toi ? On va te donner le titre ?

— C'est vrai, confirme Viktor, j'ai entendu ça.

— N'importe quoi. Pour t'être mis des bouts de coton dans le cul ?

— Un peu de respect pour le héros national, fanfaronne Ivan.

— Mince, si j'avais su ! s'écrie Nikolaï en prenant tout à coup une mine effrayée.

— Qu'est-ce qu'il y a ?

— Tu ne vas pas me dénoncer, hein ? Pour avoir volé au-dessus de la table pendant que tu mangeais ?

— Vous avez senti les rayonnements cette nuit ? orbite 424
demande Nikolaï en tirant une poche de thé de la cantine.

— Ah, toi aussi ? soupire Viktor avec soulagement.

— Je n'ai rien remarqué, dit Ivan.

— Ça m'a carrément réveillé, avoue Nikolaï.

— Vraiment ?

— Trois ou quatre flashes, une pause, encore une giclée, une pause... Impossible de dormir. J'ai beau le savoir, je n'arrive pas à me faire à l'idée qu'on puisse être traversés comme ça en permanence...

— Pas en permanence.

— Attends, pour une particule que tu vois par hasard, parce qu'elle tape sur ta rétine...

— Ou qu'elle traverse ton nerf optique, précise Ivan.

— ... il y en a combien qui transpercent la cabine dans tous les sens, qui te passent dans le corps, le cerveau, la prostate, les parties, combien ?

— À quoi ressemblaient les flashes ?

— À des éclairs, dit Nikolaï.

— Des taches brillantes, très vives ?

— Oui.

— Les rayons te frappaient de face. Et toi, Viktor ?

— Moi, j'ai eu l'impression d'une lumière qui durait longtemps.

— Blanche ?

— Jaune pâle, presque verte sur la fin.

— Les particules devaient traverser ton œil par le côté. Quelle heure était-il ?

— Je ne me souviens pas, dit Nikolaï. J'aurais dû regarder.

— Je vais vous dire, moi, l'heure qu'il était.

Il libère ses pieds des sangles, flotte jusqu'au pêle-mêle pour consulter les horaires des dernières orbites. Le bouclier magnétique est plus faible au-dessus de l'Atlantique Sud, fragilisé sur une bonne centaine de kilomètres. Il se souvient que les sorties extravéhiculaires sont toujours programmées de façon à éviter le survol de ce périmètre. Il consulte les couloirs sur le planisphère scotché au plafond. En retrouvant le numéro de l'orbite nocturne pendant laquelle ils ont traversé cette zone, il devrait pouvoir en inférer l'heure à laquelle ils étaient le plus vulnérables.

— Cela a dû vous arriver vers quatre heures... cinq heures trente à la limite... et encore, ça m'étonnerait... quatre heures, oui.

Il sourit, heureux d'avoir pris l'ascendant.

— Pourquoi est-ce que je dors dans Kristall à votre avis, avec toutes les batteries autour de moi ? Il n'y a pas une particule qui passe. C'est la première chose que j'ai regardée en arrivant, où étaient les métaux lourds !

Et comme les autres se taisent, il continue :

— Le problème, c'est que les cabines sont collées à la paroi. Elle fait combien de millimètres d'épaisseur ? Trois ? C'est de l'aluminium en plus… Les protons entrent comme dans du beurre.

— Il a bien appris sa leçon, hein ? dit Viktor.

— Oh, ça va !

— Je plaisante, c'est toi qui as raison.

— Si le niveau des radiations devient trop important, poursuit Ivan, vous devriez aller vous réfugier dans le module de descente du Soyouz, il est mieux protégé.

Il ne leur propose pas de le rejoindre dans Kristall, mais de se tasser dans le petit vaisseau mal ventilé.

— Ou aller dormir dans Kvant-1 à la rigueur. Les parois sont plus épaisses, je crois.

— Au milieu des sacs-poubelle ? demande Nikolaï.

— En tout cas, il faudra que vous pensiez à me donner vos bandes magnétiques et vos pellicules. Pletnev a perdu un mois d'enregistrements comme cela. Toutes ses cassettes étaient criblées d'impacts. Il les mettait à l'abri dans un conteneur mais ça n'a pas suffi.

— Les particules traversaient quand même ?

— Non. Mais en heurtant les parois métalliques, elles laissaient une trace, si bien que les couleurs ont viré. Vous devriez me donner vos bandes, je les mettrai à l'abri.

— Les bandes, d'accord, mais mes testicules ? lance Nikolaï. Tu les gardes aussi ?

Avant le petit déjeuner, Ivan réclame à Viktor de la salive. Pour être sûr, il demeure à ses côtés jusqu'à ce qu'il ait introduit la tige dans la bouche, puis attend que trois minutes se soient écoulées en restant dans son sillage, jusqu'à récupérer le coton collecteur et l'enfermer dans un tube à échantillon.

Dans le courant de la matinée, il veut prélever du sang. Il part à la rencontre de Nikolaï, qui est en train d'aérer le terreau de la serre.

— C'est l'heure, mon vieux. J'ai pris quel bras la dernière fois ?

— Le droit.

— Montre. Oui, la veine ressort bien. Je te prends le même.

Puis il réapparaît pour un énième prélèvement capillaire. Il insère la lancette dans le stylo, en règle la profondeur.

— Si je pique encore sur le côté, ça te va ?

orbite *533* Dans la soirée, il distribue ses bandelettes, rôde dans le bloc de base jusqu'à ce qu'elles lui aient été rendues.

En le croisant par hasard dans le carrefour, au moment de se coucher, Nikolaï s'écarte brusquement, feignant un sursaut de terreur :

— Qu'est-ce que tu veux encore ? Tu m'as fait peur ! Tu veux quoi, cette fois ? De la salive, du sang ? Je n'ai plus rien, je te dis ! Tu m'as tout pris !

— Hé, Nikolaï !

— Quoi ?

— Je fais les mêmes prélèvements sur moi que sur vous.

— Je sais, va. Je plaisante.

— Vous sortez demain, Viktor et toi ?

— Oui, en fin de matinée.

Le sol a programmé une sortie extravéhiculaire pour évaluer les séquelles des impacts du vaisseau sur la coque.

— Alors dors bien, dit Ivan.

— Toi aussi, dit Nikolaï.

Ivan promène le pavillon du stéthoscope sur la poitrine de Nikolaï, puis le long de son dos, de part *orbite* *541* et d'autre de la colonne. Il pose la main sur son ventre, avance sur l'abdomen en le palpant du bout des doigts, de gauche à droite.

— Je te fais mal ?

— Non.

Il introduit dans sa bouche l'abaisse-langue en bois, dirige une lampe-stylo dans sa gorge.

— Ouvre plus.

Il inspecte ses voies respiratoires, ses oreilles.

— Il va bien, déclare Viktor en s'approchant.

Ivan serre le brassard autour du bras de Nikolaï, empaume le coude, maintient le pavillon du stéthoscope avec le pouce. Il gonfle la chambre à air pour écraser l'artère, jusqu'à ce qu'il ne puisse plus l'entendre battre dans les écouteurs, puis relâche, tête penchée, en surveillant le grondement du sang.

— Treize-huit, ça va.

Mais la main d'Ivan revient sur le ventre de Nikolaï pour vérifier quelque chose. Il dit du bout des lèvres :

— Quand je déprime la fosse iliaque, je sens une défense.

— Il va bien, répète Viktor.

Ivan lève les yeux, cherche son regard.

— Il va bien, je dis juste que je sens une défense…

— … quand tu déprimes la fosse iliaque, j'ai entendu. Il va bien.

Viktor a le visage écarlate, envahi d'un flot de sang. Ivan remarque une veine en forme de Y sur son front. Il hésite, alors que c'est évidemment l'apesanteur qui lui monte le sang aux joues, et non la colère.

— Il va bien, reconnaît Ivan.

— Alors on y va.

Posté à l'entrée de Kvant-2, il les regarde s'habiller en silence. Viktor et Nikolaï ont transporté le matériel dont ils auront besoin dans le compartiment de passage, à l'extrémité du module. Ils ont déjà passé leurs longs pyjamas blancs, les manches raidies par les brides glissées à chaque pouce. Leurs corps sont parcourus de reflets. La fine résille du circuit de refroidissement fait scintiller l'étoffe. Les deux scaphandres attendent ventre au mur. Ivan les regarde prendre vie avec l'entrée de Viktor et Nikolaï.

Les deux bibendums adressent à Ivan un dernier signe de la main.

De l'autre côté de l'écoutille ne lui parviennent plus que des bruits de voix étouffés. Les deux hommes doivent se rincer le sang à l'oxygène pur, procéder une dernière fois aux vérifications d'étanchéité du sas et des combinaisons.

Ivan profite que le champ soit libre pour s'affranchir de ses exercices quotidiens sur le tapis roulant.

orbite Entre deux séries, il fait sauter les sangles de
542 maintien, revient à proximité du sas. Il ne peut s'empêcher de guetter les bruits pour tenter de deviner où ils en sont. Il regarde sa montre : peut-être ont-ils fini de déboulonner l'écoutille extérieure ?

Il revient au carrefour, se glisse dans le conduit qui mène au bloc de base pour jouir enfin de la station à son aise. À peine a-t-il pénétré dans le large module qu'il ressent une gêne. Autour de lui, les objets lui semblent davantage immobiles. La station est trop vide tout à coup. Il circule dans une maison qui n'est plus la sienne, une demeure dont les propriétaires sont partis. Peut-être s'imaginait-il tirer des diagonales à travers les volumes, ivre d'espace ? Les serviettes de Viktor et Nikolaï se convulsent à son passage. Il regarde ces objets qui leur appartiennent, se demande s'il ne va pas trouver le temps long. Il observe les outils, les blocs électroniques que ses camarades ont démontés, se prend à regretter leur absence. Est-ce qu'ils lui manquent, déjà ? C'est drôle, pense-t-il, ils sont déjà tellement habitués à vivre ensemble depuis un mois ! Au niveau de la table, il fait demi-tour pour rejoindre ses quartiers, vaguement désœuvré. Il va pour survoler le tableau de bord, mais se retient à la structure du vélo escamotable, au plafond. Devant lui, le pupitre a changé. La console est traversée par un long morceau de chatterton rouge. Au début, il ne voit que ce trait : un segment de scotch déroulé à la va-vite sur toute la largeur, collé aux rebords de l'entablement, qui traverse grossièrement les claviers, les matrices, les dépolis, les tubes cathodiques. Rien qu'une ligne d'adhésif tirée en biais. Naïvement, il ne peut s'empêcher de penser : tiens, la console est en panne ? Pourtant, les témoins sont allumés, les écrans continuent de dérouler leurs colonnes de chiffres, les index lumineux des boutons-poussoirs luisent normalement. Alors ? Il regarde les manettes, les claviers des calculateurs, les témoins de surveillance, les tubes cathodiques des caméras extérieures… Les milliers de composants électroniques sifflent doucement, enfermés dans la planche. C'est de lui qu'on parle. C'est à son intention que Viktor et Nikolaï ont tiré ce morceau de scotch sur le pupitre. Pour lui en interdire l'accès. Cela signifie : ne touche pas au tableau de bord en notre absence. Un simple ruban rouge, fragile, qui rebique aux extrémités, une réprobation dont il mesure mal la portée. Avaient-ils besoin de poser cette interdiction rudimentaire, presque enfantine, pour le décourager ? Ne pouvaient-ils pas lui dire avant de partir : « Évite de toucher à la console lorsque nous ne sommes pas là » ? Pensent-ils qu'il est stupide au point de commettre quelque imprudence ? Il n'est ni commandant ni ingénieur de bord, il n'est jamais monté qu'en place droite, mais il lui semble avoir suffisamment démontré à ses compagnons sa compétence. Il entrevoit la défiance du cosmonaute pour le corps médical, dont la moindre réserve depuis le début de la sélection peut stopper la carrière. Tout de même, c'est insultant d'avoir pu penser qu'il profiterait de leur absence pour s'autoriser à consulter les systèmes. Pourquoi ressentirait-il le besoin d'aller fouiner dans les programmes ? Et quand bien même, quel mal y aurait-il à cela, quel danger ? S'il réactivait les panneaux solaires, à la rigueur. Ses compagnons pourraient recevoir une décharge électrique à leur contact. Ivan pense cela de manière théorique, en se sachant bien incapable de trouver l'adresse des terminaux dans l'ordinateur de bord. Lui n'est bon qu'à changer les courroies d'une machine à laver, à chicaner sur une fosse iliaque déprimée. Au-delà, il sait que sa vie dépend de leur savoir-faire. Bien sûr qu'il saurait activer le Soyouz si tous les systèmes fonctionnaient nominalement. Mais en cas d'incident, de panne ? Il ne pourrait rien. L'image se dresse devant lui, terrible. Elle ne coïncide plus avec celle qu'il pensait renvoyer. À leurs yeux, il n'est qu'une taupe prisonnière de sa galerie. Mais décidément, il ne comprend pas. L'ont-ils déjà vu toucher à ce pupitre ? Parce qu'il est médecin, qu'il les enquiquine avec des prélèvements, des échantillons, des sorties de veine, il ne pourrait être des leurs ? Cette pensée le rassure un instant. Il n'est qu'un simple docteur qui ne sait pas piloter et dont il est commode de se railler.

Non.

Il sent qu'il y a autre chose, qui lui interdit de se satisfaire des hypothèses que son imagination élabore pour lui. Il devine bien plus qu'une simple brimade. Son intelligence rechigne à déchiffrer le vrai message que lui délivrent ses compagnons. Il n'en saisit que confusément le sens sauvage. Ce morceau de scotch qui s'effiloche, il voudrait tirer dessus, le froisser rapidement. Il ne l'a jamais vu parce qu'il n'a jamais été déroulé. Mais il est trop tard, il y a eu quelqu'un pour l'appliquer, lui délivrer ce message plus cruel, qu'il entend maintenant : nous ne t'apprécions pas. Eux, si vulnérables à cet instant, en scaphandre dans la nuit, dans le vide, à l'extérieur du train orbital en marche, à la merci d'un descellement de rampe, de la moindre défaillance de leur système-vie. Quelle assurance dans leurs propres ressources ! Et ils ont encore la prétention de tirer un morceau de scotch avant de partir pour l'humilier ! Il vérifie mentalement les instruments : les claviers, les ordinateurs, les matrices, les viseurs. L'adhésif rouge vif là-dessus. Ils le détestent. Ivan sent ses mains devenir plus froides. Tout médecin qu'il est, est-ce qu'il n'a pas réussi à monter un peu d'alcool pour l'équipage ? Fallait-il qu'il gueule avec eux, le premier soir ? S'il a refusé, c'est simplement qu'il ne sait pas chanter. Est-ce qu'il n'essaie pas de les aider comme il peut ? Ils le détestent. Et c'est presque un soulagement de se l'avouer maintenant : ils ne m'aiment pas. C'est leur droit, admet-il soudain, à moi de vivre avec, d'être plus fort que ça ! Pourquoi cette résolution est-elle encore impuissante à l'apaiser ? Peut-être a-t-il tort d'être à ce point affecté ? Est-ce qu'il ne prend pas leur geste trop à cœur ? Peut-être qu'un coup aussi pendable à l'entraînement l'aurait fait sourire ? Est-ce que ce n'est pas l'apesanteur qui exacerbe sa réaction ? Serait-il si violemment ému en ayant les deux pieds plantés au sol et la tête sur les épaules ? Est-ce qu'il ne s'était pas surpris à rire dix minutes à l'écoute d'une pauvre histoire de Nikolaï qui, un mois plus tôt, sur Terre, l'aurait difficilement déridé ?

Non.

Il ne croit pas. Sa réaction n'est pas démesurée. Est-ce que tu ne vois pas qu'ils se moquent de toi ! ? se demande-t-il tout à coup en essayant la fureur. Il n'a aucune prise sur ces deux-là ! Les cosmonautes tremblent devant les médecins, les urologues, les cardiologues, les ostéopathes, les... Pas eux. Ils auraient pu se contenter de le mépriser secrètement, il a fallu qu'ils déroulent ce morceau de scotch. « Ne touche pas ! » Injonction à l'enfant. Mais pour qui se prennent-ils, à la fin ? Dire qu'ils ont étendu ce ruban en sachant qu'ils auraient encore à cohabiter avec lui des mois durant !

Décidément, non.

Il pense tristement qu'il n'y a pas de chef d'accusation suffisamment consistant pour un tel affront. C'est la brutalité du message qui le terrifie. Le morceau d'adhésif porte un jugement trop personnel, une condamnation trop entière de ce qu'il est. Il cherche des raisons objectives à leur geste, alors que depuis le début il sait qu'une part de lui-même ne parvient pas à s'étonner tout à fait. Un autre, en lui, a redouté ce moment depuis des jours qui font des semaines, des semaines qui font des mois, des années. Un autre en lui a cessé de le défendre. C'est une maladie pernicieuse qui a mis une éternité à se déclarer, dont la révélation ne surprend pas autant qu'elle le devrait. Et maintenant que c'est flagrant, matérialisé par ce ruban écarlate sur les claviers gris, il ne peut plus nier : il l'a toujours su.

Mais non.

Ça, tu l'ignorais. Qu'on pouvait avoir mal de cette façon. Que ça te creuserait un vide dans la poitrine. Ta vie entière n'a été qu'un long cheminement vers ce rendez-vous et maintenant tu n'es pas prêt. Il voudrait encore fouetter sa colère, ne parvient toujours pas à l'allumer, déçu de ne ressentir aucun mouvement de rage sincère, de ne se sentir qu'impuissant, démuni devant cette rayure rouge qui dit tout et ne détaille rien. Étonné comme devant une porte entrouverte. Tiens, c'est curieux. Cette porte qui devrait être fermée et qui ne l'est plus. Alors derrière on pouvait souffrir de cette façon ? D'une manière aussi imprécise ?

orbite 545 Il lui semble percevoir un filet de bruit en provenance du sas ; Viktor et Nikolaï doivent être en train de refermer la porte extérieure du sas.

Lorsqu'il entend des éclats de voix solides, il traverse le nœud central, présente sa tête à l'entrée de Kvant-2, dans le rond du collier de jonction, sans oser pénétrer plus avant dans le module. En l'apercevant, les deux autres lui font un signe de la main, souriants, le visage rougi par le froid, comme s'ils revenaient d'une longue marche un soir d'hiver, tapaient des bottes pour faire tomber la neige, heureux de rentrer. Ivan leur retourne le salut de la main, reste sans bouger dans le conduit, craignant de les encombrer inutilement. Leur sortie extravéhiculaire a dû les rapprocher encore, pense Ivan. Ils ont vécu une aventure dont il n'était pas et qui l'écarte un peu plus.

— Ça va ? demande Viktor.

Son compagnon est trempé, les cheveux liés par la sueur.

— Tout est normal, répond Ivan en prenant un ton léger, ponctuant sa phrase d'un petit rire affreux pour lui faire croire que tout va bien, vraiment.

— Ce sont les revêtements thermiques qui ont pris, déclare Nikolaï, rien de grave.

Ivan a tellement honte qu'il n'ose pas parler de… De quoi, au juste ? Il est venu les saluer pour qu'ils ne pensent pas qu'il s'est piqué en découvrant le trait de chatterton sur le pupitre. Peut-être même qu'ils l'ont déjà oublié ce bout de scotch. Il ne leur dira pas : « Écoutez, je ne comprends pas. Pourquoi avez-vous fait cela ? Franchement, je suis déçu. Et même, je suis triste, parce que ça veut dire que vous ne me faites pas confiance. » Il ne peut pas. Est-ce la trivialité de l'accessoire qui le retient ? Ce n'était rien qu'un adhésif tiré en vitesse avant de partir. Il a tellement peur d'une réponse qui minimiserait leur geste, ridiculiserait aussitôt sa réaction : « On ne pensait pas que… C'était juste pour te dire de ne pas manipuler les systèmes sans nous. Il ne fallait pas le prendre mal. Pardon si ça t'a vexé… Il n'y avait vraiment pas de quoi. »

Plus tard, il les rejoint pour dîner, offre à chacun *orbite*
un comprimé de Panagine et de Riboxine. D'un *548*
coup d'œil il note que le chatterton a disparu du poste de commande.

— On doit suivre ce traitement combien de jours, déjà ? demande Nikolaï.

— Douze.

L'ingénieur de bord lui saisit brusquement le poignet.

— Mais…

— Quoi ?

— Tu pèles, on dirait.

Ivan dégage sa main, s'empare d'un miroir accroché à la paroi. Sa peau s'effrite sur le front et sur le nez. Elle s'effiloche sur tout le pourtour des lunules, au bout de ses doigts.

— Ce n'est rien, dit-il pour balayer la curiosité de Nikolaï. Il fait sec, voilà.

Il blêmit. Voilà que sa peau le trahit maintenant, fait apparaître le masque. Il le sent qui tremble sur sa face. Il y a un léger retard dans ses gestes, qu'ils vont finir par voir. Dans ses répliques, qu'ils vont finir par entendre. Il joue, on ne voit plus que ça maintenant, on prend son voisin à témoin, on se désole. Il joue ! Il s'enlève de la table, grenouille des bras et des jambes pour fuir au plus vite. Ne plus être à portée de leurs voix, de leurs regards ! Au passage de l'écoutille, ses pieds cognent et le retiennent. Ses jambes traînent sous le bassin, trop longues à présent, trop musculeuses pour les efforts dérisoires que l'apesanteur demande ici. Voilà qu'il les tire derrière lui comme deux remorques, deux moignons de chair morte ligués contre lui.

Avant de se glisser dans le sac, il éteint les plafonniers du module. Il fait si sombre tout à coup. La station a dû entrer dans l'ombre de la Terre. Il prend quelques secondes pour s'habituer à l'obscurité, relever les obstacles entre lui et son duvet. Il identifie une tache d'une noirceur plus profonde que la nuit. Il ne comprend pas immédiatement de quoi il s'agit. Il en remarque une deuxième, plus loin, identique à la première. Les taches ont une forme trop ronde, trop géométrique. Ce noir, plus opaque et plus absorbant que le reste, il en devine la provenance. C'est celui du cosmos, découpé par les hublots. Il ne le remarque que maintenant. Il était habitué à ce que la lumière entre par le verre épais, étincelle sur le cerclage métallique. Il ne pensait pas que l'inverse fût possible. Que l'ombre aussi puisse pénétrer, jeter dans la pièce des rais de ténèbres.

— *Tu voulais nous parler du fonctionnement de l'échographe ?* demande l'opérateur de liaison.

Ivan profite de la transmission radio pour faire le point sur les expériences de la journée écoulée.

— Pour l'examen du cœur et de l'abdomen, il y a un capteur unique.

— *Tu parles du capteur C3-5 ?*

— Oui. Il serait plus pertinent d'avoir un capteur spécifique pour le cœur, et un autre pour l'abdomen.

— *Et la diurèse ?*

— Attends, je n'ai pas fini avec l'échographe. Il faudrait vérifier, mais je ne suis pas sûr que la prise de masse soit nécessaire. J'ai parfois de meilleurs résultats quand je ne l'utilise pas.

Est-ce que je ne fais pas trop de zèle ? se demande-t-il soudain, surpris de sa propre application.

— Et puisque tu me parles de la diurèse, la machine n'est pas pratique du tout. Il reste toujours un résidu d'urine au fond.

— *Comment fais-tu pour t'en débarrasser ?*

— Je centrifuge l'appareil à la main pour tout récupérer.

Pour la première fois, sa méticulosité lui paraît hypocrite.

— *Qu'est-ce que tu proposes ?*

— Viktor m'a dit que les Allemands utilisaient une pochette graduée avec un embout pénien en plastique, type préservatif. C'est cela qu'il nous faut.

— *Tu crois que ce serait plus pratique ?*

— Je pense. Et la centrifugeuse, pardon, mais je ne l'ai jamais vue fonctionner normalement. Il faut maintenir le couvercle fermé manuellement pour qu'elle puisse débuter la rotation. C'est n'importe quoi, vraiment.

Mais de quoi suis-je en train de parler ? se demande-t-il encore. À quoi bon ces détails, ces précisions ? Je n'ai qu'à me débrouiller, admet-il, au lieu de les enquiquiner avec un couvercle de centrifugeuse désaxé sur lequel ils ne peuvent rien.

— Encore une chose…

— *Oui ?*

— Il ne faut pas chercher à tout prix à utiliser le créneau qui m'est alloué. Je ne parle pas de la liaison du soir, qui permet de préparer la journée du lendemain, elle est importante. Je parle des autres, celles du matin ou de l'après-midi.

— *Pourquoi ?*

— Parce que pendant les transmissions radio, on s'arrête de travailler.

— *Tu parles en ton nom ou pour tout le monde ?*

— Je le dis surtout pour les communications qui me sont destinées, mais je suis sûr que les autres pensent comme moi. C'est idiot d'être obligé de s'interrompre en plein milieu d'un protocole ou d'un relevé d'expérience.

En raccrochant, il aperçoit Nikolaï de l'autre côté du passage, immobile, dans l'ombre du croisement.

— Qu'est-ce que tu fais là ? demande Ivan.

Espionnait-il son échange avec le sol ? Non, la ventilation ne lui permettait sûrement pas de l'entendre. Et quand bien même, il n'a rien à se reprocher.

— Eh bien j'attends, dit Nikolaï.

— Qu'est-ce que tu attends ?

— Que tu passes le premier.

Nikolaï ne veut pas avoir à me frôler, pense Ivan. Je lui répugne.

— Tu fais des manières, maintenant ? demande-t-il en essayant de placer correctement sa voix.

— Je te tiens la porte, c'est tout, dit Nikolaï.

— Ah, c'est de la politesse ?

— Il paraît qu'il y a des conventions, fait Nikolaï avec un petit sourire rentré.

orbite
997

Ce n'était que ça, une mauvaise plaisanterie. Les conduits, c'est vrai, sont encombrés. Il a tout de même eu le temps de se figurer que Nikolaï lui cédait le passage pour ne pas courir le risque de l'effleurer. Comme un nuisible dont il faudrait se tenir à l'écart.

Ivan se coule dans la chatière, débouche dans la rotule, près de son compagnon.

— Quel savoir-vivre ! s'écrie-t-il.

Sans répondre, l'ingénieur de bord s'élance derrière lui dans le passage, en sens inverse.

— Mais que je ne t'y prenne pas à déboîter sans clignotant, hein ! lance encore Ivan dans son dos, pour donner le change.

Le visage d'Oksana n'apparaît pas immédiatement sur l'écran. Ivan n'entend d'abord que sa voix chevrotante, affaiblie par la traversée de l'atmosphère :

— *Ivan ? Tu m'entends ? Ivan ?*

L'image sautille sur le moniteur. Elle a mis une jolie robe. Il reconnaît le col. Elle tient Pacha et Guennadi sur ses genoux, qui ne regardent pas au bon endroit.

— Vous attendez depuis longtemps ? demande Ivan.

— *Oui, on est là depuis une heure et demie.*

Il ne voit pas bien les yeux de ses enfants. Est-il si compliqué pour les opérateurs de placer l'écran dans l'axe de l'objectif ?

— Je crois qu'il y a eu un problème de liaison tout à l'heure. Et puis l'orbite suivante était sourde. Vous êtes mal tombés.

Ils sont tous les trois réunis dans la même image, encadrée par le bord noir de l'écran. Guennadi tremble légèrement sur la cuisse d'Oksana. Elle doit être en train de marquer un rythme de la jambe pour le bercer. C'est cela, ma famille, pense-t-il soudain, comme s'il avait besoin de se le dire pour ne pas se tromper de rôle.

— Et alors, Guennadi ? Toujours pas de cheveux ?

Oksana prend son fils contre l'épaule, dos à la caméra, caresse le duvet de son crâne.

— *Si, ils sont un peu plus longs que la dernière fois. Et toi, on dirait que tu pèles ?*

— Mais non.

— *Si, je t'assure.*

— C'est la vidéo qui doit te donner cette impression.

— *Papa !*

— *Attends, Pacha*, dit Oksana.

— *Papa ?*

— Qu'est-ce qu'il y a, Pachka ?

— *Il voudrait voir comment tu manges*, intervient Oksana.

— Maintenant ?

— *Tu penses qu'on n'a pas le temps ?*

— Si, je reviens.

Ivan sort du champ, réapparaît sur le côté muni d'un gâteau de semoule, détache un morceau qu'il catapulte dans sa bouche. Il entend Pacha rigoler dans le casque, creuse aussitôt une nouvelle bouchée. Il fait mine de disparaître et ressurgit pour gober la cuillère d'un claquement de gueule. Puis il revient devant la caméra, demande à Oksana ce qu'elle a fait dans la journée, si tout va bien. Elle lui parle des casseroles émaillées qu'elle voudrait acheter, qu'elle n'a pas encore réussi à trouver.

— *Les casseroles en zinc ou en aluminium, je trouve qu'elles donnent un goût à la cuisine*, explique-t-elle.

Il sait qu'ils doivent se parler sans cesse, profiter du peu de temps qu'ils ont. Ne pas se taire, surtout. Au moindre silence, la bande passante est dévorée de crépitements. Elle lui apprend qu'un oiseau est entré dans l'appartement.

— Comment l'as-tu fait sortir ?

— *J'ai ouvert la fenêtre, j'ai pris un journal, je l'ai poussé pour qu'il s'envole...*

— Ah oui ?

Il contient ses mains, son timbre. Il a peur qu'elle entende la blancheur triste de sa voix. Il s'efforce de lui donner du relief, de parler énergiquement. Il s'entend prononcer des phrases toutes faites, qui surgissent à l'improviste sans qu'il puisse les arrêter : « Vous me manquez », « Guennadi a grandi », « J'espère que tu es sage, Pachka. » Au Centre de contrôle, sa voix sera soumise à analyse. Des psychologues renseigneront dix-neuf paramètres, l'évalueront sur une échelle de valeur en sept points, il connaît tout cela. Ils épieront les dispersions harmoniques, les changements de fréquence, ils compareront l'enregistrement avec les échantillons sonores recueillis au cours de la journée pendant les échanges de travail avec l'officier de liaison. Ils étudieront les mots qu'il a utilisés, leur occurrence, la manière dont il a construit ses phrases. S'il change de note, s'il croise les bras devant la poitrine, ils en tireront des conclusions imbéciles.

— On crève de chaud ici, si tu savais. On est en T-shirt toute la journée.

Il songe au carénage du radar qui collecte en ce moment ces mots insensés, alors qu'il devrait dire à Oksana et à ses enfants : « Viktor et Nikolaï ne m'aiment pas. Ils me mènent la vie dure. Je me sens malheureux. » C'est impossible ! Il ne sait pas comment parler d'un vulgaire morceau de scotch, de quelque chose que l'autre n'a pas demandé ou n'a pas fait. « Lorsque je me suis retourné, le matin où je suis parti, je vous ai cherchés à la fenêtre. » Il sent bien que tout cela est impossible à dire, qu'il faudrait une longue habitude de la parole pour y parvenir, trouver des mots simples et sincères. S'ils n'étaient pas écoutés, peut-être… Mais Oksana le regarde sans le voir, fixe le verre bombé d'un objectif. Depuis combien de temps le dévisage-t-elle ainsi ? Un an ? Un peu plus ? Elle n'avait pas attendu qu'il soit en orbite pour le regarder de cette manière. Il se souvient que cela l'avait inquiété sur le coup, mais qu'il avait refusé de se tourmenter les jours suivants, craignant de créer un problème en revenant sur le sujet.

Il était de retour des courses. Il était passé à la poste, au bureau de la compagnie d'assurances, éparpillait ses achats sur la table.

« Pourquoi ? Qu'est-ce que tu voulais ? avait-elle demandé.

— Je me suis renseigné sur les assurances vie.

— Ah ? Ils font ça maintenant ? »

Elle avait posé la question avec une sorte d'étonnement un peu méfiant. Elle était enceinte de six mois, le ventre rond et déjà bas.

« Oui, je vais peut-être en ouvrir une.

— Pourquoi ? Tu n'en as pas besoin. »

Elle pensait que ne pas parler des choses permettait de les éviter. Il y avait le mot « vie » dans « assurance vie ». Sans bien savoir de quelle offre il s'agissait, il y avait une éventualité sous-jacente qui lui déplaisait immédiatement. C'était admettre qu'il puisse la perdre, n'est-ce pas ? Il valait mieux se prémunir d'un placement qui envisageait une telle possibilité, vraiment.

Il avait rétorqué d'une voix détachée et négligente :

« 7,5 %, ce n'est pas rien.

— C'est le taux ?

— Non ! »

Il avait ri.

« J'ai 7,5 % de chances d'y rester. »

Il l'avait annoncé sans tristesse au milieu des sacs éventrés. Elle était en train de l'aider à ranger les courses. Elle ouvrait et refermait la porte du réfrigérateur pour y placer la viande, les radis, le beurre, la crème. Elle ne s'est pas arrêtée tout de suite, ralentie d'abord par ce chiffre. Elle avait continué, mais très lentement. Elle réfléchissait si fort que toutes ses autres facultés semblaient en être ralenties.

« 7,5 % ?

— Oui. »

Accroupie devant la porte du frigo, elle avait encore demandé :

« Qui t'a donné ce chiffre ?

— Je ne sais plus. Tout le monde dit ça.

— Ah. »

Tirer la poignée du frigo lui avait paru tout à coup un geste inutile. Elle s'était redressée pour trouver son visage. Son regard allait et venait, cherchant sa bouche, son nez, son front, revenant toujours vers ses yeux.

« Je… 7,5 %… C'est énorme. »

Son regard s'écartait, fixait le vide, revenait brusquement sur lui pour le prendre par surprise, vérifier qu'il n'avait pas bougé, si c'était bien lui.

« Tu sais, pour Gagarine, la probabilité était de 60 %.

— Je me fous de Gagarine. »

Il avait cligné des yeux. Elle ne s'exprimait jamais ainsi. Il s'était aussitôt composé une tête dure, à deux doigts de lui parler efficacement comme à une bonne femme qui ne comprend rien. Fallait-il qu'elle soit naïve pour penser que les missions fussent sans risque ? Merde à Gagarine ? Elle les insultait tous les deux en disant cela. Mieux valait sortir de la cuisine sur-le-champ et la laisser regretter. Mais elle le tenait toujours. Quelque chose dans son attitude le dissuadait de le faire.

« Et tu me le dis ça comme ça ? » avait-elle demandé.

Maintenant elle fronçait les sourcils, cherchait à déchiffrer une énigme dont la réponse eût été cachée quelque part sur lui. Il avait compris qu'elle ne lui en voulait pas vraiment de prendre ces risques, ni de lui donner ce pourcentage. Elle lui reprochait la façon dont il le lui avait annoncé, le ton de sa voix.

— C'est trop mignon, tu verrais comme il le tient.

Dans le casque, Oksana lui explique à présent comment Guennadi humidifie le biscuit dans sa
orbite 1429 bouche avant de l'avaler, et il se demande, oui, comment ? Ce chiffre stupide, comment il a pu le lâcher ainsi, en rentrant des courses ? « J'ai 7,5 % de chances d'y rester. » Il l'avait balancé à bout

portant, en ricanant presque. Tel quel, le chiffre précis, la mort avec une décimale. Il l'avait accablée de ce pourcentage à haute et intelligible voix, un soir dans la cuisine, comme s'il n'était pas tout à fait concerné. Il ne le trouvait même pas démesuré, lui. Elle avait posé ses mains sous son ventre pour en soulager le poids, semblait avoir trouvé quelque chose d'intéressant au sol à regarder. C'est à ce moment qu'il aurait dû prendre sa main, qu'il aurait dû l'appeler à voix basse à travers la pièce :

« Oksana… »

Il aurait dû l'attirer dans ses bras, serrer contre son corps sa robe bien pleine. Et s'excuser ! Oh oui, s'excuser ! Demander pardon, reconnaître qu'il était méchant. Une sale bête puante qu'on envoyait dans l'espace pour l'empêcher de nuire. Elle aurait peut-être souri, la joue contre son épaule.

Mais il s'était tu. Elle avait relevé la tête, avec un air qu'il ne connaissait pas, une sorte d'indignation vraie. Elle avait ouvert les lèvres pour protester, les avait refermées, arrivée à ce stade où l'on va pleurer si on prononce un mot de plus. Elle avait attendu deux secondes pour garder à son timbre sa fermeté, ajouté d'une voix un peu voilée :

« Ne le dis pas à Pacha, jamais. »

Il l'avait trouvée très belle à cet instant.

— Oksana ?

— *Oui ?*

— Je n'ai plus d'image. Je ne sais pas pour combien de temps j'ai encore le son, mais si tu ne m'entends plus, c'est que…

Il se souvient du bruit qu'elle avait fait lorsqu'il était sorti de la cuisine. On aurait dit qu'elle venait de taper du plat de la main sur le plan de travail, ou sur la porte du frigo. Elle l'avait fait moins par colère que pour l'appeler, pour qu'il se retourne. Ce bruit, c'était celui que faisaient les photographes sur la vitre de l'aquarium, dans la salle de conférences, pour attirer son regard. Elle le fixait comme si c'était la dernière fois. Alors qu'il était bien vivant, qu'il passait simplement dans le salon. Il était mort ce jour-là sur la barre de seuil, entre deux pièces. Elle le photographiait mentalement avant qu'il s'en aille, avant d'abdiquer.

Il était tombé amoureux de cette fille il y a longtemps parce qu'elle était douce, jolie, mais aussi parce qu'elle l'aimait et qu'il avait eu l'intuition qu'aucune autre ne pourrait jamais aussi bien le supporter. Et depuis un an, depuis ces mots dans la cuisine, elle n'avait plus pour lui que de l'affection. Elle l'aimait encore, peut-être, mais avec une sorte de retenue. Qu'ai-je fait ? pense-t-il soudain, pris de panique. Qu'ai-je fait pour étouffer, chez elle, l'émotion d'amour ?

Il rouvre les poubelles entreposées dans Kvant-1 et en extrait les déchets un à un pour mieux les compacter. Il roule les tubes métalliques, les emballages en aluminium, encastre les boîtes de conserve les unes dans les autres, comble les espaces vides avec des serviettes sales et des poches alimentaires usagées, tasse, écrase jusqu'à ce qu'il n'y ait plus de jeu nulle part. Il détourne une cantine en fer-blanc dans laquelle ont été *orbite*
livrées les rations alimentaires, y comprime les *1909*
ordures avant d'étanchéifier le tour avec du gros scotch.

Puis il démonte les panneaux des ventilateurs pour en nettoyer les filtres à charbon. Le rectangle pelucheux est bossué de débris avalés par la bouche d'aspiration, disparus sous les filaments de saleté. Il les pince du bout des doigts, les éclaircit d'un rapide coup de chiffon, tente d'en identifier l'origine avant de les enfouir dans sa poche. Il passe l'aspirateur sur la toile, renouvelle les filtres.

Aux toilettes, il promène une lingette bactéricide sur la cuvette. Sous le siège, il remplace le cylindre où se sont amassées leurs selles.

Viktor travaillait dans Kristall la dernière fois qu'il l'a aperçu. Ivan s'approche timidement, craignant de le déranger :

— Viktor ?

Il lui tend les objets piégés dans les ouïes de ventilation pour qu'il reconnaisse les siens, ceux qu'il a égarés et qu'il enrageait peut-être de ne pas retrouver. Ivan ouvre prudemment la main, démasque un capuchon de stylo, des écrous, une vis moletée, un bouton-poussoir, un couvercle d'objectif, une clef alène… Il reste ainsi, les doigts pleins de pièces hétéroclites, maladroit, espérant que l'une de ces bricoles est à lui, que son visage va s'illuminer.

La main tendue, il a l'air d'un enfant qui voudrait offrir un bonbon en pensant qu'on va l'aimer un peu.

Depuis une dizaine de jours, il dort avec une sortie de veine dans le bras. Cette nuit, il a pour consigne de se réveiller toutes les trente minutes. Lorsque la sonnerie de l'alarme retentit, il rabat son masque, introduit un nouveau tube dans le corps de tulipe. Il pompe en serrant le poing, regarde trembler le sang noir dans la seringue. Il dévisse le réservoir, griffonne l'heure de prélèvement sur l'étiquette, repositionne son masque, se rendort brutalement.

Une demi-heure plus tard il introduit un nouveau tube, bat de la main pour se traire le bras. Le sang nappe l'intérieur du réservoir. Il se sent encore montré du doigt. Il y a du jeu, tu joues ! À force de ponctions, les veines de ses bras se sont affaissées. Dans les ricanements, son ridicule lui saute aux yeux. Quelle est cette voix qui demande et à laquelle il obéit ? On lui dit : enduis ton cuir chevelu de gel, il l'enduit de gel ! On lui dit : enfile ceci, il l'enfile ! Il pense à l'autre, celui qui n'est pas parti, Samarov, qui s'entraînait à ses côtés, qui devrait être en train de s'échantillonner à sa place. Il devait partir cette fois-ci, puisqu'il avait été sa

doublure lors de sa précédente mission à bord de Salyut-7. Lui, Ivan, avait été choisi de nouveau, alors qu'aux yeux de tous c'était évidemment le tour de Dmitri. La Commission de titularisation avait probablement considéré que sa première expérience en apesanteur lui serait utile pour la lon-
orbite 2337 gévité du vol suivant. Regarde ce que tu rates, pense-t-il, regarde bien ! Tu la voudrais, cette place, dis ? Tu la prendrais ? Il ne peut plus l'éviter, cette question qu'il regrette d'avoir posée à l'autre : se battrait-il encore pour l'avoir ?

Samarov et lui s'étaient prêtés au jeu, acceptant qu'on les palpe sans répit. La Commission médicale avait collectionné des chiffres, puis des radios de leurs poumons, de leurs sinus, de leurs colonnes vertébrales, de leurs crânes. D'eux elle avait obtenu des panoramiques dentaires, des explorations ophtalmologiques, des mesures anthropométriques segmentaires, des urographies intraveineuses, des échocardiographies, des bronchoscopies… Jusqu'à ce qu'ils acceptent de n'être plus que des poupées de chiffe.

Lorsqu'il avait compris qu'il ne serait toujours pas du voyage cette fois-ci, deux mois avant le départ, Samarov était entré dans une colère noire, dangereuse, celle d'un cosmonaute qui se prépare à voler depuis dix ans, dont la femme, les enfants, les amis, vivent secrètement dans cette attente, et à qui il va falloir dire que tout est fini, que son tour est passé. Il avait haussé le ton pour de bon, parce qu'il avait saisi qu'il ne partirait jamais, ni cette fois ni la suivante. Jusqu'à s'égosiller, déplacer des objets dans le bureau du chef de mission. Ivan l'avait d'abord vu soulever un cahier, sans comprendre. Dmitri l'avait fait claquer à plat sur le bureau. Pour rien, pour les voir sursauter. Ivan ignorait, lui, que quelques feuillets pouvaient faire autant de bruit.

S'il ne s'était agi que de radios, de diagrammes et de photocopies. Mais ils les avaient aussi plongés dans des piscines, des lacs. Ils les avaient assis dans des caissons d'altitude, sanglés à des tables basculantes. Ils les avaient juchés sur des tabourets tournants, leur demandant de pencher le buste en avant pour se désorienter. Samarov et lui tournaient à la vitesse d'un trente-trois tours, la tête à gauche, à droite, s'inclinant pendant qu'on évaluait cliniquement leur résistance suivant la cotation de Khilov : pâleur, suées, nausées, vomissements. Au point qu'un jour, Ivan avait commencé à ne plus vouloir prendre le volant. Lorsqu'il fallait aller accueillir des gens à l'aéroport ou à la gare, il se dérobait. Il demandait à Oksana si elle voulait bien y aller à sa place. Au début, elle pensait qu'il était fatigué. Et puis elle avait compris. À chaque ralentissement, à chaque Stop, à chaque feu rouge, il sentait son buste partir en avant, s'enfoncer dans la ceinture de sécurité. Un coup de frein suffisait à lui rappeler le tabouret.

Le geste de Samarov avait été si rapide, si naturel qu'il ne pouvait pas avoir été pensé à l'avance, comme s'il savait que déplacer l'air sous ce carnet allait produire une telle explosion. Ensuite, il avait tiré la chaise si violemment qu'elle avait basculé. Ivan s'était demandé si elle allait se renverser, mais elle était repartie dans l'autre sens, revenant ensuite pour mieux repartir, dans un mouvement de balancier qui s'était finalement résorbé de lui-même, offrant la vision fugitive d'une chaise vide en train de trépigner. Samarov s'était senti le droit de parler très vite et très fort, en disant que c'était une honte, un scandale, qu'ils étaient tous des enculés, ponctuait toutes ses phrases du mot « putain ». Le chef de mission était resté calme, plus méprisant encore par son mutisme. Ivan s'était figuré qu'il était probablement habitué à ce genre de confrontations. Avant de balayer l'ordinateur de l'avant-bras, son compagnon avait renversé le pot de crayons sur la table aussi simplement qu'il l'aurait fait d'un cornet de dés, décrétant qu'il n'en avait plus rien à foutre. Lui, à cet instant, l'avait trouvé pathétique.

Il n'y avait pas de quoi : ils les avaient aussi assis au bout de la centrifugeuse, dans le bulbe, pour leur faire éprouver un à un tous les profils possibles de décollage et de rentrée. Ils leur avaient fait subir toutes les pentes d'accélération et de décélération imaginables, cassant cent fois la rotation du bras pour les écraser, jusqu'au voile noir. Est-ce qu'il n'aurait pas dû lire un avertissement dans le regard de Pavel ? Est-ce qu'il n'aurait pas dû s'étonner de la réaction de son frère lorsqu'il était venu lui rendre visite à la Cité des étoiles la première fois ? Ivan lui avait proposé de venir à l'entraînement pour assister à la centrifugation depuis la salle de contrôle. Pavel avait regardé son visage sur l'écran de la console. Il avait vu ses yeux saillir, l'acharnement des muscles à vouloir retenir le sang chassé vers l'extérieur. Il avait observé le tremblement de ses bajoues, la contraction des traits jusqu'à la difformité. En rentrant, sur le chemin, Ivan avait essayé de lui expliquer que ce n'était rien, qu'il avait mal mais que c'était de la bonne souffrance. Pavel ne l'avait pas cru, parce qu'il avait encore en tête son masque de douleur, l'image d'un homme qu'on agressait. Lui avait continué de crâner le soir à table, en évoquant untel qu'un rein flottant avait disqualifié parce qu'il risquait d'éclater pendant les accélérations, ou un autre dont les fibres du cœur s'étaient déchirées après une séance trop brutale, à l'époque où l'on ne savait pas encore doser correctement la centrifugeuse.

Si bien que Samarov, en comprenant qu'il ne volerait jamais alors qu'il avait consenti tous ces sacrifices, avait claqué la porte. Si fort qu'elle avait manqué de se fausser. Au fond, Ivan s'était encore senti désolé : le premier venu savait qu'il risquait de s'entraîner des années sans jamais être titularisé. Ne plus s'appartenir au prétexte qu'on n'a pas été confirmé ? Mais c'était le jeu ! Et pouvait-on envoyer dans l'espace un homme capable d'un tel boucan, franchement ?

Samarov avait continué de pester dans le couloir longtemps. Il s'était éloigné, mais ne cessait toujours pas de gueuler. Ses cris se réverbéraient plus faiblement, comme s'il était parti mais que sa voix, elle, était restée prisonnière des circonvolutions du bâtiment 2-C.

En posant l'oreille contre l'un des murs aujourd'hui, on pourrait probablement l'entendre encore.

— Tu manges trop, dit Ivan en voyant Nikolaï ouvrir une nouvelle poche de fromage blanc.

— Passe-moi la confiture, plutôt.

— Et les protéines, c'est pour les chiens ?

— Pourquoi ça tombe encore sur moi ?

Nikolaï désigne Viktor du menton.

— Et lui, tu ne lui dis rien ?

— Il n'est pas en train de se goinfrer, rétorque Ivan. Je sais que c'est dur de doser, parce qu'on se dépense peu, mais là…

— C'est bon pour mes os, regarde, dit Nikolaï en nettoyant l'opercule d'un coup de langue.

— Justement, tu veux nous faire une colique néphrétique ?

Leurs maigres squelettes ont cessé de fixer le calcium depuis qu'ils sont en état d'apesanteur.

— Tiens, je ne sais pas si je vous l'ai déjà racontée, celle-là, dit Nikolaï. Un homme va voir son médecin, très ennuyé. « Qu'est-ce que je dois faire, docteur ? Ma femme me trompe et je n'ai toujours pas de cornes. »

Les yeux de Viktor se sont mis à briller de plaisir. Il hoche même la tête comme s'il était d'accord. Cette nouvelle blague gluante de Nikolaï le met aussitôt en joie, comme une distraction inespérée dans un jour sans pain. Il va éclater de rire, c'est sûr, quelle que soit l'idiotie que l'autre va proférer.

— « Allez donc, c'est juste une expression », dit le médecin. « Ouf ! » fait l'homme. « Pourquoi cela vous soulage-t-il tant ? » s'étonne le médecin. « Parce que je pensais manquer de calcium ! »

Ivan s'efforce de sourire en voyant ses deux compagnons exulter de bonheur. Viktor le déçoit plus que Nikolaï. Depuis le temps, comment peut-il continuer d'acquiescer aux stupidités de l'ingénieur de bord, résister à l'envie de lui faire dégorger sa bêtise ? Cet homme qui a su ranimer Salyut-7 à la torche électrique dans un froid glacial, en respirant une atmosphère saturée de gaz carbonique. Ce cosmonaute hors pair qui a su bricoler un circuit de ventilation provisoire, trouver l'origine de la panne après sept jours de travail acharné, qui a eu l'idée de dénuder les câbles des accumulateurs pour les brancher aux terminaux des panneaux solaires. Ce commandant qui a eu le génie de ranimer cette petite station morte, comment peut-il supporter les bouffonneries de Nikolaï, ces exclamations obscènes, ces crises d'épilepsie et de larmes ?

S'apercevant qu'il n'a pas remporté auprès d'Ivan autant de succès qu'il l'espérait, Nikolaï se tourne vers lui avec l'intention de lui arracher un peu de gaieté :

— Elle a appelé, au fait, Oksana ? Ça fait longtemps, non, tu ne trouves pas ?

Ivan aimerait pouvoir lui sourire. Qu'on se moque de lui, au fond, devrait le réjouir puisque c'est peut-être une manière de lui dire : tu es des nôtres. Pas cette fois, constate-t-il à regret, je n'en ai plus la force, même pour lui montrer qu'il n'a pas de prise, et que je dors tranquille à ce sujet. Ce n'est même pas le fait que Nikolaï fasse allusion à l'éventuelle infidélité d'Oksana qui le déstabilise, c'est d'entendre prononcer son prénom dans cette bouche-là. Ces syllabes intimes articulées par cet homme entre deux âneries. Que l'ingénieur de bord puisse connaître le prénom de sa femme, s'en souvenir, il ne s'y attendait pas. Il n'aurait jamais imaginé que le mot « Oksana » franchirait ses lèvres grasses, blanchies de fromage.

— C'est vrai, tu vas drôlement manquer de calcium, toi, dit Viktor en souriant, vu le temps que tu vas passer ici !

Le commandant a-t-il senti passer dans son regard une hésitation ? Fait-il exprès d'ajouter ce trait pour consolider la plaisanterie, être certain qu'il ne se méprenne pas sur leurs intentions ? Viktor veut me signifier que Nikolaï ne pensait pas à mal en évoquant l'honnêteté d'Oksana, admet Ivan, qu'il ne s'agissait que de le taquiner gentiment.

— Ça, c'est sûr, concède-t-il pour répondre quelque chose.

Il ne sait plus comment ne pas montrer d'impatience, épuisé par cette promiscuité nouvelle.

Il reste encore un peu à table, pour ne pas quitter ses compagnons trop vite. Il attend jusqu'à ce qu'ils ne puissent pas voir de lien de cause à effet entre leur boutade et son départ, puis regagne son module.

En se déshabillant, les poils de son torse et de ses bras se hérissent de toutes parts, mouvants et frémissants. Sa pilosité s'est tellement développée qu'il s'en inquiète. Il sait parfaitement que ses vêtements ne frottent plus contre sa peau, que ses poils poussent et se développent davantage que sur Terre, qu'il n'y a rien d'anormal à cette profusion. Pourtant, il ne peut s'empêcher de ressentir une impression de dégoût devant cette curiosité de foire, aussi gêné que devant la pilosité obscène d'une femme à barbe. L'autre jour, pendant leur vacation, Oksana lui a appris que les ultraconservateurs étaient entrés dans Moscou, que trois jeunes avaient été écrasés par les blindés, que Gorbatchev était séquestré dans sa datcha, en Crimée. Mais à la fin de leur conversation, curieusement, elle lui avait demandé comment il se sentait.

— *L'apesanteur, ça va ?*

Elle avait formulé cette question anodine alors qu'ils commençaient à perdre la visibilité, que l'état d'urgence avait été décrété, qu'on se battait dans les rues. Il aurait voulu lui dire, s'il en avait eu le temps, s'ils n'avaient pas été surveillés, combien elle avait raison de demander. Il a mal au dos, la douleur le lance dès le réveil dans les lombaires. À force de n'avoir aucune charge sur la charpente les courbures se relâchent. Il est probablement en train de grandir. Il lui aurait avoué bien sûr qu'il perdait de l'os dans les talons, dans les hanches, dans les jambes, partout. Que sans crier gare, son corps ne cessait de se débarrasser des sels de calcium dans ses urines. Il lui aurait dit, s'il en avait eu le courage, s'ils avaient été seuls, qu'à chaque fois qu'il allait aux toilettes sa carcasse rongée se liquéfiait. Qu'il la voyait se dissoudre et disparaître dans l'entonnoir vert pomme. Et que cela ne suffisait pas pour avoir le droit d'être ici. Que son sang était saturé de sels, que ses reins ne savaient plus les éliminer. Il lui aurait chuchoté au creux de l'oreille : « Ils se sont mis à fabriquer des pierres qui demain me tueront. »

Il retire ses chaussettes. Les peaux mortes se détachent. Oksana avait raison : il pèle. Il s'effrite, même. Les dermatologues l'avaient prévenu que les couches supérieures de l'épiderme partiraient. Guerman avait même prétendu que l'apesanteur finirait par le débarrasser de ses cors, que sa peau deviendrait plus douce que celle de son fils. Ivan l'avait laissé dire, parce que l'autre n'avait pas d'enfant. Il fallait avoir déjà passé un doigt sous le menton de Guennadi pour se permettre cette comparaison. Il est vrai que sa peau d'homme est devenue délicate dans ses paumes, tendre et soyeuse sous ses pieds, le long de la voûte plantaire. Il lui vient une idée étrange. Est-ce parce qu'elle est si fine que tout lui devient si pénible, que le moindre mot de travers, le plus innocent des regards, le premier morceau de chatterton venu agacent sa susceptibilité à un point insoupçonné ?

— Tu sais, sur Terre, c'est en te levant le matin que tu entretiens ce réflexe.

Il essayait d'expliquer à Oksana pourquoi ils n'avaient pas le droit de se mettre debout après l'atterrissage.

— Quel réflexe ?

— Celui qui permet de réguler ta pression sanguine. Tu sais, lorsque tu te lèves un peu vite, parfois, tu as la tête qui tourne ?

— Oui.

— C'est parce que le sang part dans les jambes.

— Je ne comprends pas.

— Lorsque tu te lèves, il tombe. À cause de la gravité. Alors les veines et les artères se contractent pour le repousser vers le cœur. Sinon il s'amasserait dans tes mollets, tu perdrais connaissance. C'est en te levant tous les matins que tu entretiens ce réflexe. Mais en apesanteur, tu le perds.

— Pourquoi ?

— Parce que tu ne te mets jamais debout. Les veines perdent l'habitude de se contracter. C'est comme si tu restais allongée en permanence. Et le jour du retour, lorsqu'on te sort de la capsule, si tu te lèves trop vite, tu peux…

— Quoi ?

— Tu peux…

— Vas-y.

— Tu peux faire une syncope.

orbite 3094

Dans le bloc de base, il retire son T-shirt, nettoie les surfaces de peau où il va appliquer les capteurs. Il frotte avec un papier de verre jusqu'à la rosée sanguine, positionne les électrodes sous les clavicules et sous les seins. Si le cœur dépasse les cent quarante battements à la minute, il a pour consigne d'arrêter l'exercice. Il doit se glisser dans le pantalon aspirateur jusqu'à la taille, enfermer ses jambes pour forcer les vaisseaux à se contracter. La dépressurisation du caisson va créer un appel sanguin dont il n'a plus l'habitude, forcer les artères et les veines de ses jambes à se raidir pour résister à l'afflux du sang. Il passe la ceinture d'étanchéité autour de la taille, pénètre dans le bibendum. Torse nu, le bas du corps disparu dans l'appareil, il a soudain l'air d'un homme-tronc.

Il achève de se mettre sous contrôle en plaçant les capteurs aortiques, cérébraux et carotidiens, enfile le brassard de pression artériel, passe le doigtier.

Ligoté, il lance l'aspiration de l'air.

Il sent la masse liquide de son corps se déplacer brusquement dans ses jambes. La ceinture le pince plus fort, au point qu'il doit passer d'un pied sur l'autre pour en atténuer la morsure.

L'appel est si prononcé sous la taille qu'il prend peur. Est-ce qu'il ne s'est pas trompé dans les réglages ? Est-ce que la succion n'est pas trop rapide ? Il sent son cœur palpiter. À quel rythme doit-il battre à présent pour continuer d'irriguer le haut de son corps ? Il accélère le mouvement de balancier dans le pantalon pour se soulager, cherche un point qu'il pourrait fixer pour détourner son attention. Il songe à la paroi de trois millimètres d'épaisseur sous ses pieds. Le vide est derrière, tout proche. Il lui semble que l'altitude du caisson communie avec le néant, qu'on le suce par les pieds, que ses joues se creusent à l'intérieur de sa bouche. Il entend qu'on le réclame de l'autre côté. Je vais traverser la coque, pense-t-il malgré lui, gagné par une peur absurde. Je vais être craché au-dehors comme… comme un noyau.

Viktor est là, devant l'établi escamotable, le nez plongé dans un boîtier électronique. Ivan voudrait l'appeler, lui dire un mot, n'importe lequel, susciter un regard de soutien. Ses lèvres articulent muettement son prénom. Viktor. Je sais que je ne suis pas le compagnon rêvé. Viktor. Pardon d'être si orgueilleux. Viktor. S'il te plaît. À l'aide. Viktor. Retiens-moi.

— Bonjour, ici Vladimir Bezïev, radio Mayak. Ivan, m'entendez-vous ?

— Je vous reçois.

— Vous n'ignorez certainement pas que dans nos villes, on souffre de la faim. Et que dans la maison de retraite de Khabarovsk, cet hiver, des gens sont morts de froid. Vous savez aussi que dans bien des exploitations agricoles, les champs n'ont toujours pas été fauchés. Ma question va peut-être vous surprendre, mais je sais que beaucoup d'auditeurs se la posent aussi. Est-ce que, grâce à vous, grâce aux cosmonautes, nous pourrions contrôler et surveiller ces plantations ?

— Je sais, cela nous serre le cœur, à nous aussi. Il nous est arrivé de constater par hasard que des champs n'ont pas encore été moissonnés…

— Justement. Si, après cet entretien, les députés voulaient savoir quelles sont les exploitations en question, et par conséquent dans quelles régions il faut redoubler de vigilance et de sévérité, pourriez-vous aider les autorités à les localiser ?

— Vous voulez dire… En survolant ces champs… Est-ce que nous pourrions…

— Pourriez-vous indiquer leur situation géographique ? Prendre des photos ? Transmettre les renseignements qui…

— Je ne sais pas, je…

— Je n'ai pas compris votre réponse.

En survolant la région de Kouban, une heure plus tard, Ivan dirige une lunette d'observation vers les régions cultivables, furète sans conviction entre les filaments de nuages. Les motifs géométriques des champs tremblent dans le rond de la visée. Ici ou là, un œil brillant le regarde dans la fourrure jaune, révélant la présence d'un point d'eau. Le printemps a cédé à l'été sans que cela provoque la moindre excitation à bord de la station. L'air baratté par les ventilateurs n'a pas changé d'odeur, ni l'éclairage d'intensité. La lumière stagne toujours dans le même brouillard de son. *orbite 3165*

Sur la route, le bitume ramollissait. Ils étaient encore une bonne vingtaine de candidats. C'était il y a des années, en plein mois d'août, bien avant son premier vol. Pacha n'était pas né. La campagne avait pris des airs de vieux lion pelé. Le Soleil tapait si fort qu'il nettoyait les ombres et que les couleurs pâlissaient. Au poste de contrôle de l'aérodrome, les chiens s'avançaient derrière la grille pour aboyer, puis renonçaient, trop harassés de chaleur pour ouvrir la gueule.

Il se souvient qu'ils n'étaient que cinq ou six dans l'avion ce jour-là. Dans le ciel, l'instructeur avait ouvert la porte latérale. Le vent chaud, en s'engouffrant, faisait trembler le fuselage. Ivan avait sauté le premier dans l'air élastique, bien cambré, le bassin projeté en avant. Dans son dos, les suspentes avaient jailli, libérant la voilure. Le parachute s'était déployé au-dessus de sa tête, l'épinglant en l'air. Ivan avait saisi les deux poignées, tiré vers le bas pour débloquer les freins de pliage. En contrebas, les rectangles or et brun donnaient à la terre l'aspect d'un vêtement rapiécé. Les odeurs d'absinthe et de seigle montaient avec le sol. Il avait rapidement réfléchi à son approche, choisi une prairie dégagée. D'un coup d'œil, il avait envisagé des allées de sortie possibles. À trois mètres de l'impact, pour casser encore la vitesse, il avait amené les poignées à ses hanches. En un quart de seconde, il avait compris qu'il avait peut-être décroché un peu tard. En touchant le sol, il avait complètement relâché les muscles de ses jambes pour diluer le choc. Il s'était laissé rouler dans l'herbe sèche sans opposer de résistance. Cette fois-ci encore, il s'en était sorti indemne.

En venant à sa rencontre, le conducteur du minibus lui avait appris que Vassili, par contre, avait eu un vrai problème à l'atterrissage.

Ivan avait rejoint les autres en cercle autour de leur camarade, allongé entre deux bourrelets de terre. L'une de ses jambes était trop raide, trop droite. Il n'autorisait pas qu'on la touche, menaçant, criant dès que quelqu'un tendait la main. Ivan s'était demandé si Vassili s'était traîné ici tout seul, ou si quelqu'un d'autre avait eu l'idée de le tirer jusque dans cette ornière pour en faire une attelle de fortune.

Leur compagnon s'était tu, dans un silence qui voulait dire qu'il avait compris. Il ne volerait jamais. Les autres s'étaient acharnés à le contredire alors qu'il ne leur demandait rien. Ils minimisaient à sa place la gravité de la blessure, se démenaient pour lui faire croire l'impossible, inventant des scénarios de rétablissements fantaisistes. Les voix passaient au-dessus de Vassili, en suspens dans l'air alourdi. Ivan s'était demandé si les encouragements ne l'enfonçaient pas un peu plus dans le sillon. La gêne des uns et des autres faisait peine à voir. Leur camarade savait bien qu'il était sorti de la course à l'instant même où il avait ressenti la première douleur dans sa jambe. Cet acharnement à l'en dissuader ne faisait probablement que le tourmenter davantage.

Une ambulance était finalement apparue au bout de l'allée pour le prendre et l'emporter.

Sur le chemin du retour, dans le minibus, un silence planait, grave et recueilli. Ivan avait ouvert la fenêtre coulissante pour respirer l'air du soir. Les arbustes projetaient une ombre déjà longue dans le jour finissant. Le van cahotait sur la route, soulevant à son passage un parfum de pierre à fusil. Lui respirait l'odeur de la poussière brassée avec celle du foin, amusé par les tressautements du véhicule. Il avait l'impression joyeuse d'être assis à l'arrière d'une carriole. Et tandis qu'il regardait les broussailles, les herbes dorées par le Soleil couchant, il avait trouvé normal d'être en bonne santé, de mesurer entre 1 mètre 68 et 1 mètre 86, de n'avoir pas été traîné sur plusieurs mètres dans la caillasse par la voile de son parachute. La caresse du vent tiède aurait dû lui paraître insupportable à cet instant, lui brûler le visage. Comment la campagne pouvait-elle continuer d'être belle ? Comment osait-elle ? Il se souvient d'avoir pensé : ton corps ne veut pas, Vassili. C'est presque toi qui as de la chance de le savoir avant les autres. Eux non plus ne voleront pas. Il revoit leurs sourires édentés. Plusieurs s'étaient fait arracher les dents plombées de crainte que l'examen de la bouche suffise à les disqualifier. Une rumeur courait selon laquelle une dent mal soignée pouvait tout arrêter.

Et lui, Ivan, avait accepté de jouer à ce jeu où le hasard dit : je te prends toi, et toi, et puis toi, et encore toi. Mais pas toi, ni toi ni toi ni toi ni toi ni toi ni toi ni toi ni toi ni toi ni toi ni toi ni toi ni toi ni toi ni toi ni toi ni toi ni toi. Et toi non plus. Et toi encore moins. Il avait joué à ce jeu en trouvant presque normal de répondre à tous les critères souhaités et qu'on le choisisse, lui.

— Tu vas t'user les yeux, dit Viktor en passant dans son dos.

Ivan écarte la lunette de son œil.

— Si les champs n'ont pas été fauchés, c'est peut-être que les moissons ne sont pas encore terminées. Tu n'as rien de mieux à faire, vraiment ?

— Je regardais simplement, dit Ivan.

— On n'a pas à s'en mêler. Les champs qui ont été moissonnés ou pas… Si on commence à mettre notre nez là-dedans, on est perdus.

— Tu as raison.

À lui aussi ils ont demandé de collaborer, pense Ivan, mais il a refusé. Parce qu'il n'est pas homme à dénoncer. Ni à essayer de prendre le sol à partie pour contester le moment de leur évacuation. Qui était-il, lui, Ivan, pour estimer qu'ils auraient dû rejoindre le Soyouz dès le premier avertissement de Sergueï ? Qu'est-ce qu'il lui avait pris, à leur arrivée, de critiquer son commandement devant le Centre de contrôle ?

— Est-ce que tu sais que la division blindée de Tamanskaya s'est ralliée à Eltsine ? demande-t-il pour faire diversion.

— Non, répond Viktor.

— Ils ont renversé les putschistes.

— Déjà ?

— En trois jours seulement.

Viktor a dû sentir qu'Ivan lui révélait un fait sensationnel, mais qu'il ne parvenait pas à mettre le ton, incapable, au fond, de s'y intéresser lui-même.

— C'est étonnant, dit Viktor avec hésitation. On ne se sent plus tout à fait concernés, tu ne trouves pas ?

Ivan sourit.

— C'est vrai, reconnaît-il.

— Ce qui est surprenant, c'est de voir le Soleil se lever et se coucher seize fois par jour, dit Viktor en désignant le hublot. Tu ne crois pas ?

En sentant le cargo de sept tonnes s'amarrer au port de Kvant-1, Ivan resserre les mains sur les poignées du tapis de course. Quelque chose le retient d'aller assister à la grand-messe de l'ouverture. Il voudrait que ses deux compagnons viennent le chercher pour lui proposer de se joindre à eux.

Les deux autres n'apparaissant pas, il finit par douter. Qu'espère-t-il ? Pourquoi se met-il lui-même en position d'échec ? En arrêt dans le carrefour, il pourrait s'engager dans le conduit qui mène au bloc de base pour les rejoindre dans Kvant-1, comme si de rien n'était. Non, il veut qu'on le demande, qu'on le réclame. Il choisit de tourner à droite, de se glisser dans l'ouverture du Soyouz, où il ne va jamais. Il faudra bien qu'ils viennent l'y trouver ; ils n'auront jamais l'idée de venir le cueillir ici, où il n'a pas à aller sans prévenir. Il passe l'écoutille du bloc orbital, celle du module de commande, se love dans le siège. Il fait frais dans la cabine, trop excentrée pour être bien ventilée. Il passe une sangle dans le but de se maintenir, et ce simple geste suffit à lui donner envie de rentrer. Le dos moulé dans la garniture du baquet, ses lom-

baires cessent de le faire souffrir. Il promène son regard sur les cadrans, les compte-tours, les vumètres. Serait-il capable de fermer l'écoutille ? De se mettre en autonomie ? De faire sortir le pigeon de la pièce ? Probablement puisqu'il connaît la séquence à enclencher. Puisqu'il est entré dans cette station par mégarde, qu'il bat de toutes parts. Et de désamarrer ? Oui, il a vu cent fois la manœuvre répétée. Et de désorbiter ? Sûrement. Un agissement aussi grave serait passible d'enfermement. Il dirait à Oksana qu'il est rentré pour elle, parce qu'elle lui manquait trop, qu'il fallait à tout prix qu'elle cesse de le regarder ainsi. Au fond, il se demande si elle ne s'est pas détachée de lui pour pouvoir survivre. Ce qu'elle avait commencé dans la cuisine, à l'époque, c'était son deuil. Il avait déjà eu cette impression à la gare, sur le quai, en raccompagnant un proche. Les sujets de conversation qui ne viennent plus aussi naturellement, les regards fuyants, cette tension de l'attente. L'émotion qui se dilue dans ce temps immobile, au point qu'on finit par souhaiter le départ du train ! Oksana connaissait les risques. Était-ce le ton de sa voix qui lui avait fait prendre conscience de sa mort possible ? Mais ce n'était plus un vulgaire *orbite*
pourcentage lorsqu'on savait mettre le ton. Cette *3175*
perspective devenait moins théorique tout à coup. Il jouait drôlement bien son rôle en ce temps-là. Si bien qu'Oksana avait fait partir le train avant l'heure. Puisque les statistiques recelaient une menace, il valait mieux qu'il s'en aille plutôt qu'ignorer l'heure de son départ. Il valait mieux se préparer au pire plutôt que de l'apprendre par surprise.

Il est ici depuis un moment maintenant. Viktor et Nikolaï ont-ils remarqué son absence ? Et s'ils ne venaient pas ? Il aimerait tant qu'ils aient un instant d'inquiétude, même court, qu'ils hurlent son prénom dans la station :

« Ivan ?

— Merde, où est-ce qu'il était la dernière fois ? IVAN ? »

À présent, il ne peut plus sortir du Soyouz avant qu'ils soient venus l'y trouver. Qu'ils n'aient exigé son aide pour débarder le cargo. Il a trop attendu. Il veut, il doit se faire engueuler par ces deux-là. Qu'ils se fâchent pour de vrai, dans les yeux. Qu'ils lui donnent un ordre, enfin, et le dominent comme il faut. Qu'ils disent : « Faut qu'on sache où tu es. Tu ne vas pas dans Soyouz sans nous prévenir. Est-ce que t'as bien compris ? » De cette bonne colère qui tient les hommes, une engueulade qui serait de l'affection, qui voudrait dire : tu existes. Quelque chose de plus sincère qu'une plaisanterie, qu'un morceau d'adhésif sur un pupitre, de plus chaud et de plus généreux que ce dont il est capable, lui.

orbite 3176 Il sursaute, pris d'un violent mal de tête. A-t-il pu s'évanouir un instant ? S'endormir sans s'en rendre compte, empoisonné par sa propre respiration ? Il se débrêle de son siège, glisse hors de Soyouz, va à la rencontre de Viktor et de Nikolaï.

— J'ai dormi, dit-il en s'approchant, mal en point.

Combien de temps ? Suffisamment pour qu'ils soient déjà en train d'achever le déchargement. À eux deux, ils ont dû multiplier les allers-retours, redoubler d'effort pour ventiler les bidons d'eau, les cantines, les pièces détachées, les balles de vêtements neufs, les vivres, les bonbonnes d'oxygène, les bouteilles d'hydrure de lithium, les pompes, les batteries.

— J'ai dormi, répète-t-il pour demander pardon.

Ses yeux commencent à tirer. Lorsqu'il les ferme, il se sent partir à la renverse. Il ne sait plus où se ranger, voudrait s'étendre, garder l'immobilité jusqu'à ce que son corps se souvienne et se réhabitue. Il regarde par l'un des hublots de Kristall pour détourner son attention de la nausée, de l'acidité qu'il sent monter. De ce côté, le Soleil continue de briller durement dans l'écrin noir du ciel. De l'autre, l'ombre des nuages ondule sur le plafond des forêts équatoriales. Ils longent les côtes du Brésil, vont bientôt boucler un nouveau tour en passant l'Équateur. Entre l'étoile et la Terre, la grande nappe bleue a disparu. Même en plein jour, maintenant, le ciel est noir.

orbite 3182

Il va pour reprendre l'inventaire de la pharmacie de bord, surprend son reflet dans le verre : un fantôme d'homme le regarde, les yeux crevés. Il n'est à bord que depuis six mois, il s'est déjà avachi ; il n'a plus à produire d'efforts pour se soutenir. Il remarque une tache près de son œil, qui en déforme le contour. Il porte la main au visage pour vérifier. Non, c'est un défaut dans le verre. En observant la surface, il décèle la présence d'un caillou dans l'épaisseur du hublot. Une micrométéorite a percuté la petite forme bombée. Le gravillon s'est incrusté dans la matière translucide pour y élire domicile, piégé comme un insecte dans de l'ambre. À quel moment l'impact s'est-il produit ? Pendant qu'il dormait ? Ou bien le minuscule caillou est là depuis toujours et il ne l'avait jamais encore détecté ? Heureusement, il n'a pas dépassé la première des trois couches feuilletées, tout de suite arrêté par la dureté de la lentille. Mais s'il avait rencontré l'étoffe d'un scaphandre lors d'une sortie extravéhiculaire, songe-t-il avec effroi, il l'aurait traversée comme une balle de fusil. D'ailleurs, la petite concrétion solide ne risque-t-elle pas de devenir un point de fragilité ? Si le hublot était frappé de nouveau ? Par un projectile plus lourd ? Ivan contemple la micrométéorite avec fascination, incapable de s'en détourner. Son sang est tellement saturé de calcium que son corps ne sait plus l'éliminer. Il fixe l'objet du délit coincé dans la tendreté de sa chair, les origines de son tourment. Un calcul fragile et rassurant qu'il suffirait d'extraire pour rester bien portant. Il aurait peut-être mis Oksana dans la confidence s'il en avait eu le loisir, le courage, s'ils avaient été seuls : mes reins se sont mis à fabriquer des pierres qui demain me tueront.

— Pourquoi ? Vous êtes fous !

— Mais elles restent sous le siège, dans le Soyouz. On n'y touche même pas.

— Alors à quoi ça sert de les monter ?

Il se souvient de la stupeur d'Oksana lorsqu'elle avait appris qu'ils emportaient des armes là-haut.

— À rien. C'est au retour que c'est important. Si on atterrit ailleurs qu'à l'endroit prévu, qu'on doit tenir jusqu'à l'arrivée des secours. On sera contents de trouver une hache sous le siège, un couteau, une carabine…

— Ailleurs que prévu ?

— Je ne sais pas, moi, dans la montagne, dans la forêt… Si on a besoin de construire un feu, de chasser, ce genre de choses.

— C'est idiot, vraiment.

— Zoudov et Rojdestvenski ont atterri sur un lac en plein hiver. La capsule a fracassé la glace. Ils sont restés pendus au plafond pendant douze heures. Il faisait moins vingt degrés. Quand tu rejoins la rive, explique-moi comment tu t'y prends pour couper du bois, pour construire un abri ? Et Makarov et Lazarev ? Ils ont atterri dans les montagnes, dans l'Altaï. Ils sont restés suspendus dans les mélèzes à cause du parachute qui s'était accroché aux branches. Ils y ont passé une nuit entière avant d'être localisés. C'est Makarov qui me l'a raconté. La cabine se balançait dans le vide. Ils bougeaient le moins possible pour ne pas qu'elle se décroche. Sais-tu ce qu'ils entendaient en dessous ?

— Non.

— Devine !

— Vas-y, idiot.

— Les loups ! Alors tu survis au vide, aux rayons, aux débris, aux micrométéorites, aux pannes, aux dépressurisations, et au moment où tu crois que tu as survécu à tout cela, que tu es hors de danger, c'est pour te faire croquer ?

— N'importe quoi. Si l'un de vous devient fou, prend la carabine et…

— Mais non.

— Quand même, c'est idiot.

— Et puis, on ne sait jamais, avait-il ajouté en s'assombrissant tout à coup.

— Quoi ?

— Tu sais très bien de quoi je veux parler.

— Non.

— Arrête, je n'aime pas parler de ça.

— Mais…

— Arrête, bon sang, ne me cherche pas.

— Mais quoi ?

— Les extraterrestres.

Il l'avait vue sourire.

— Je t'ai vue, tu as souri.
— Non.
— Si, tu as souri.
— Tu es bête.
— Ne dis pas non, je t'ai vue.

Cette nuit, l'éclat du Soleil par le hublot l'a induit en erreur. Il avait oublié de fermer les volets. Dans son sommeil, il a cru qu'il était déjà tard et qu'il ne s'était pas réveillé. À trois heures du matin, la clarté lui a asséné un coup de fouet hormonal, comme si une horloge biologique lui avait crié aux oreilles : « Lève-toi ! »

Au contraire, à quatre heures de l'après-midi, il s'est senti exténué. La station traversait un long tunnel d'obscurité, que son corps a mal interprété.

Ils ont beau enchanter Viktor, il n'en peut plus des levers et couchers incessants du Soleil. Préférant un jour électrique à seize éclipses, il aveugle un à un les hublots de son module.

— Peut-être qu'il a photographié la station ? avance Nikolaï. Avec un satellite américain, on ne sait jamais.

Ivan ignore ce à quoi ses compagnons font allusion.

— On n'a plus rien à cacher de toute façon, dit Viktor, c'est bien le drame. Tu sais ce qui m'est arrivé avec Vasya ?

Ivan les a rejoints près de la table, en silence. Il se sentait un peu seul, derrière ses volets fermés.

— Un matin, Vasya m'a dit, paniqué : « Regarde par le hublot ! » Comme je ne voyais rien, il m'a montré quelque chose dans le noir : « Là-bas, il y a un truc qui nous suit ! » Au début, je riais en douce, pensant que c'était une blague. Mais j'ai aperçu une masse sombre à six ou sept cents mètres de la station. Je ne comprenais pas la forme que ça avait, même quand le Soleil était dessus. Ce n'était pas énorme mais c'était juste derrière nous, exactement sur notre orbite. J'en avais le souffle coupé ! Vasya m'a dit à l'oreille : « C'est un mouchard. » Il s'est mis à chuchoter, comme si on pouvait nous entendre de l'extérieur ! C'est vrai que la taille faisait penser à celle d'un petit satellite-espion. On a prévenu le sol, bien sûr. Ils ne savaient pas non plus. Personne n'était capable de nous dire ce qu'il fallait faire.

— De quoi aviez-vous peur ?

— Que ça nous tire dessus !

Ils s'esclaffent. Ivan sourit pour leur montrer qu'il écoute.

— Tout le monde croyait à un petit satellite américain. En bas, les radars étaient braqués sur lui. En mer, sur les bateaux relais, partout. C'était facile, il était juste dans notre sillage. Personne ne comprenait ce que c'était. Vasya et moi, on s'est relayés au hublot pendant des heures, pour être sûrs de ne pas le lâcher des yeux. Ça a duré plusieurs jours, cette histoire !

— Tu plaisantes ?

— Au moins deux ou trois, je t'assure.

— Vous ne dormiez pas ?

— Je ne sais plus. J'imagine qu'on se reposait à tour de rôle. Mais à force, je trouvais qu'il n'était pas assez discret pour un espion. Il volait trop près ! Et puis son retard était constant. Il volait toujours à la même distance, comme si on le traînait derrière nous au bout d'une ficelle. J'en ai parlé à Vasya. Tout à coup, il m'a regardé : « C'est toi qui as fait les poubelles il y a deux semaines ? »

— Oh, non, je ne te crois pas ! s'écrie Nikolaï.

— Si ! C'était l'époque où on enfermait les ordures dans un conteneur qu'on éjectait à l'extérieur. Le satellite-espion, c'était notre linge sale qui nous courait après !

— C'est fou que vous n'y ayez pas pensé plus tôt.

— On avait été trop vite. On avait décrété que c'était un mouchard, et après il était trop tard, on n'arrivait plus à réfléchir. Quand on s'est rendu compte de notre erreur, on s'est regardés avec Vasya et on a pouffé de rire comme des gamins. Après on a tiré au sort pour savoir lequel des deux allait annoncer la nouvelle au sol.

— Qui s'y est collé ?

— Lui.

— C'est pour ça qu'il n'a plus volé ensuite ?

— Mais si ! Vasya a passé un mois à bord de Salyut-7.

— Ils ont bien rigolé, au Centre de contrôle ?

— Pas trop, je crois.

— Si vous aviez du mal à distinguer un conteneur à six cents mètres, c'est un peu normal qu'on n'ait pas réussi à voir leur satellite à vingt-cinq kilomètres, dit Nikolaï.

— Quel satellite ? intervient Ivan.

— L'américain, le vrai.

— Tu n'étais pas au courant ? demande Viktor. Hier soir, le sol nous a prévenus qu'il allait nous frôler. Enfin… Si on peut dire « frôler » pour un objet qui passe à plus de vingt kilomètres.

orbite 3214 Ivan sent monter en lui une colère sourde, envahissante, qu'il ne reconnaît pas. Qu'est-ce que Viktor lui chante là ? Cette distance, dans l'espace, est infime. Sur une orbite aussi basse que la leur, la probabilité de croiser un satellite est extrêmement faible, si dérisoire qu'une rencontre de ce type est proprement extraordinaire. Comment ont-ils pu le priver d'une pareille distraction ? La plus banale des anecdotes, le plus simple des inserts téléphoniques, l'égarement d'un bout de crayon dans les évents de ventilation, tout ce qui peut leur permettre d'émietter une heure ou deux a pris depuis leur arrivée une valeur insensée.

— Pourquoi vous ne m'avez pas prévenu ? demande Ivan.

— On pensait que tu dormais, dit Nikolaï, tu avais fermé les volets.

— Pourquoi vous ne m'avez pas réveillé ?

Ils tournent sur leur chemin de ronde depuis des semaines, des mois. La moindre péripétie a maintenant la saveur d'un événement, ils le savent bien.

— On ne dérange pas un cosmonaute qui dort, fait Nikolaï en souriant.

— Est-ce que vous avez vérifié que je dormais ?

— Non, reconnaît-il.

— Si, tranche Viktor en changeant de ton. On est venus voir. Tu dormais.

Il l'a dit brusquement, pour passer à autre chose. Il ment pour lui signifier que son petit interrogatoire est terminé.

— Le satellite, on ne l'a pas vu, ajoute-t-il. Si cela avait été le cas, on t'aurait sûrement réveillé.

Ivan se tait, espérant secrètement que ses reproches vont ronger leur sale entrain. Déjà, leurs regards sont plus fuyants, leurs gestes embarrassés. Il les imagine au hublot, tout à l'heure, excités comme deux chiots, s'amusant à deviner dans le noir la présence du satellite américain. Il ne parvient pas à croire qu'ils aient pu le tenir à l'écart d'un tel divertissement ! Dans la lumière gelée des plafonniers, il a maintenant un air échevelé et farouche, que Viktor et Nikolaï ne remarquent pas, le visage détourné. Sur ses lèvres, un sourire fêlé. Mais qu'est-ce qu'il lui avait pris de penser le contraire ? Ces deux-là pensent à mal depuis le début ! Lorsque Nikolaï avait évoqué la fidélité d'Oksana, c'était pour le blesser. Lorsque Viktor avait raconté ses missions passées, c'était pour le rabaisser, lui. Lorsqu'ils avaient déroulé en ricanant un morceau de scotch sur le tableau de bord, ils savaient très bien ce qu'ils faisaient. Pourquoi tant d'efforts pour leur accorder le bénéfice du doute, leur trouver des raisons de ricaner ?

Dans la nuit, un cahier s'est détaché du mur où il était arrimé. Ivan sentait sa présence près de son crâne ; elle l'a réveillé. Depuis qu'il s'est redressé pour le rattacher, il essaye de se rendormir, frôlant des fesses le tapis de course qui le rabroue gentiment, effleurant du bras la fourche de maintien. Il tourne, vire, ne parvient plus à s'abandonner, rouvrant les yeux sous le masque, attentif au moindre bruit.

Finalement, il s'extrait du sac pour aller boire une gorgée d'eau, espérant que le déplacement va l'apaiser. Son caleçon est retenu dans les sangles ; il le laisse glisser sur ses cuisses, bat des pieds pour le laisser dans son duvet. Il observe ses génitoires fripés flotter devant lui comme à la surface d'un bain. Et si ses compagnons le surprenaient ? Ils dorment à cette heure-ci. Et quand bien même, ils n'en perdraient pas la vue pour autant.

Il survole le pupitre de commande, régresse jusqu'au point d'eau du module principal. Il applique sa bouche sur la buse d'eau froide, se retient à la table pour ne pas en être écarté. Depuis six mois qu'il est en apesanteur, il ne saisit plus que dans le seul but de n'être pas repoussé.

Il régresse encore jusqu'au module Kvant-1, projetant de regarder les étoiles par le grand hublot d'observation pour retarder le moment où il devra aller s'enfouir de nouveau dans son duvet de malheur. Il se laisse dériver un instant dans la gorge sombre, au milieu des ordures et des pièces au rebut, ferme les yeux, caressé par le mou des câbles distendus. En rouvrant les yeux, il se demande : tiens, où suis-je ? Dans l'angle, le hasard de sa position lui offre un point de vue qu'il n'a jamais adopté jusqu'alors, parce qu'il n'est jamais allé se rencogner au fond de ce module. Sa désorientation ne dure qu'une seconde, le temps pour son cerveau de reconstruire mentalement l'espace de la station. Un peu de lumière lui parvient depuis le bloc de base, par le rond de l'écoutille. L'alignement des ouvertures creuse un tunnel dans l'emmanchement des cylindres. D'ici, il peut voir jusque dans le Soyouz, à l'autre bout. Il compte quatre colliers concentriques avant que le plancher le repousse. Il se rapproche du plafond, tend les mains pour éviter de se cogner, s'étire en retrouvant une lointaine sensation de verticalité, repart. Il ne s'était jamais représenté la station comme un long corps annelé. Il frappe doucement le sol de la pointe des pieds, repoussé par la paroi. Le plafond le renvoie, à moins que ce ne soit lui qui le chasse ? Quelque chose a vibré. Le plancher le repousse, il repousse le plancher. Devant lui, les cercles ont bougé. Il rebondit du bout des pieds, lève les mains, refoule le plafond sous ses doigts. Ce geste court a suffi à mettre les écoutilles en mouvement ! Il détend les jambes, s'étire brusquement. L'oscillation s'amplifie. Il frappe le premier pour ne pas être surpris, exagère son rebond d'une simple flexion des bras, puis des genoux. La station lui répond ! Lorsqu'il la pousse, elle s'écarte ! Oh, à peine. Mais il sent dans sa main qu'elle se rétracte de quelques millimètres. Il se cale sur ce mouvement dérisoire, l'excite d'une simple pression des paumes et des orteils. Mir tremble doucement dans son axe principal. Ivan recommence en essayant d'entrer en résonance, encourageant la station à se cabrer doucement, à tressauter comme un reptile qui reprendrait vie et chaleur après l'hiver. Il ne parvient pas à croire que le mouvement de son corps puisse la déplacer ainsi. S'il continuait d'alimenter l'oscillation, elle pourrait sans doute se démembrer ! Un simple rythme ? Il songe à la chaise que Samarov avait bousculée. Sur le point de tomber, les balancements s'étaient résorbés. Il faudra simplement s'arrêter à temps, admet-il. La station est si massive, si lourde à déranger qu'il a sûrement plus de marge que sa doublure ! Surtout, il sent bien qu'il n'a pas envie de s'arrêter, prisonnier de cette impression de puissance, de ce battement qui démultiplie sa force. Regarde, Dmitri ! Je ne soulève pas de cahier, je ne bouscule pas de chaise, je ne claque pas de porte. C'est la station entière, moi, que je vais fausser !

Il frappe le plancher, le plafond, pousse des pieds, des mains.

Le rythme va l'emporter si personne ne vient l'arrêter.

Il cogne les parois, disparaît dans le tempo de ses va-et-vient, fasciné par une idée nouvelle : il va aller au bout. Maintenant, cette possibilité le fascine plus que le cabrement de la station lui-même.

Voilà qu'un autre agit pour lui ? Non, il sait très bien ce qu'il est en train de faire, puisqu'il est encore capable de se dire : je vais aller au bout, je vais… Il est sidéré, écarquille les yeux comme s'il pénétrait dans son propre cône d'obscurité, en orbite autour de son âme. Il lui semble franchir la ligne terminatrice de son ombre portée, les yeux grands ouverts. Alors il projette cette noirceur dans l'univers ? Comme il fait nuit ! Comme il fait sombre !

Il aperçoit Viktor qui sort de sa cabine, alerté par les vibrations. Dans le bloc de base, il a des gestes brusques, des mouvements de cou pareils à ceux d'une poule. Fou d'inquiétude, il cherche l'origine du tremblement. Une gueule gigantesque a saisi le corps de Mir, voudrait l'arracher de quelque surface où il tient encore. Viktor comprend d'où provient la percussion. Là, dans les profondeurs troubles de Kvant-1, un cœur qui bat. Le commandant passe la tête par l'écoutille, scrute la nuit du volume, évaluant un danger qu'il n'a encore jamais envisagé. Un homme à l'intérieur ? Un être vivant qui heurte les parois avec la régularité d'un battant ? Ivan peut suivre les hésitations de son raisonnement. Il est à peine réveillé ! D'un côté, la station de quatre-vingts tonnes. De l'autre, le médecin de quatre-vingts kilos qui repousse les parois de Kvant-1. Même si son va-et-vient semble plutôt lent, les pressions de ses mains et de ses pieds presque douces, il y a forcément un lien avec cette station qui ondule et qui ne devrait pas. Serait-il en train d'ébranler la station de ses pauvres rebonds ? Un homme seul peut-il cela ? Ou bien Ivan a-t-il été réveillé par les tremblements et, paniqué, tente l'impossible pour les contenir ? Pourquoi serait-il nu autrement ? Il s'est précipité lorsqu'il a senti les premières secousses, sans prendre le temps de s'habiller !

— Ivan ?

Viktor est forcé de porter la voix pour vaincre le vacarme de la ventilation.

— IVAN ? !

La voix résonne dans l'obscurité caverneuse. On l'appelle cette fois, on crie son prénom. Viktor entend-il le bref impact de sa voûte plantaire fouettant le plancher, le frottement de ses paumes sur le plafond ? Ne comprend-il pas que la cadence de ses rebonds coïncide avec la période d'oscillation ? Qu'il l'agace et la nourrit ?

— Ivan, qu'est-ce que tu fais ! ?

Voilà que Viktor ose enfin se couler dans l'ouverture, s'avancer dans le noir. Mais il hésite encore, craint de le toucher, réfléchit devant un animal terrifiant qu'il ne saurait par quel bout attraper. Dans le module principal Nikolaï a jailli à son tour. Son visage apparaît dans l'écoutille.

— Qu'est-ce qu'il se passe ! ? Qu'est-ce que vous faites ! ? On va dépressuriser ! ! Qu'est-ce que…

Il se retient d'une main au collier, comme un marin en détresse se rattrape au bastingage de son bateau. Derrière lui, la station commence à grincer.

— Je… tout va bien, dit Viktor. Je m'en occupe, retourne dans ta cabine !

L'ingénieur de bord reste la bouche ouverte sur une protestation qu'il n'ose pas crier. Viktor a parlé d'une voix déroutante, autoritaire et bien timbrée. Ivan non plus ne comprend pas : il s'en occupe ?

Dans l'enfilade, les cercles concentriques se promènent en tremblant de plus en plus fort. Là-bas, ils cherchent à se rejoindre, se touchent presque. La voie d'air qu'Ivan va ouvrir en démanchant l'un des modules sera si importante qu'ils seront bien incapables de l'aveugler. Il s'en occupe ! ? Le ton de sa voix indique qu'il a pris la mesure de l'événement. Puisqu'il sait la catastrophe en marche, pourquoi ne s'approche-t-il pas davantage ? Pourquoi le laisse-t-il alimenter la résonance ? Nikolaï reste la bouche stupide, graissée de salive. La station va se disloquer. Viktor ne lui a pas dit d'aller se réfugier dans le Soyouz. « Retourne dans ta cabine ! » Est-ce bien la phrase qu'il a prononcée ? Le ton de sa voix était si calme qu'une contradiction plane dans l'air immobile. L'un d'eux commet forcément une erreur d'appréciation. Ivan sent bien que l'ingénieur de bord s'apprête à contester, qu'il va désobéir. Tout à coup, non, il se range ! La confiance qu'il porte à Viktor a raison de son hésitation. Il admet qu'il n'a rien de mieux à faire, pour l'aider, que de regagner son placard. Le commandant dit à Nikolaï d'aller se recoucher, et il se recouche ! Il lui donne l'ordre de retourner dans sa chambre, il y retourne ! Alors que lui continue de heurter les parois de Kvant-1, de les creuser, enfermé dans un rythme qui va tout annuler ! Viktor s'en occupe ! ? Eh bien qu'il commence par
lui demander comment il a appris sa titularisation *orbite*
la veille au soir. Qu'il retire l'adhésif, vienne le *3222*
chercher dans le Soyouz, stoppe l'aspiration du caisson, qu'il le corrige une bonne fois, le cloue contre la paroi, le saisisse par la taille, le force à se plier, lui enferme la tête dans le creux de son bras

et le traîne, le roue de coups, le frappe au hasard de ses deux poings accolés pour le punir de tout. Pourquoi se tait-il ? Comment peut-il encore douter ? Ivan songe à Nikolaï, qui doit être en train de fixer ses doigts dans la pénombre de sa cabine : s'ils se mettent à enfler, cela voudra dire que l'air s'en va. Tout va bien, il s'en occupe ! Mais comme Viktor n'oppose toujours pas de résistance, Ivan commence à s'inquiéter. Peut-il se laisser assassiner ? Non, il se rapproche, si près qu'il va sûrement entraver son mouvement d'une seconde à l'autre. Qu'attend-il, alors qu'un seul geste suffirait ? Dans l'obscurité, Viktor le regarde sans un mot. Il a encore la patience de le détailler, sans haine et sans colère, froidement, comme un boucher. Il prend son temps alors qu'ils n'en ont plus, qu'ils entendent racler la station tout entière. Ivan ne s'attendait pas à ce regard saturé de curiosité. On dirait que son compagnon voudrait comprendre avant de mourir. Il pénètre avec décision, écarte les muscles, les tissus, pour le trouver, le regarder bien en face. Ivan sent cette fixité qui le fouille dans la nuit de ses organes, qui l'épuise. Surpris par tant d'impudeur, il voudrait pouvoir se dérober, se couvrir. C'est lui qui s'entend dire :

— Arrête…

La pression de ses mains est plus faible, la détente de ses pieds moins énergique.

— Arrête ! !

Le regard de Viktor le gratte jusqu'à l'os.

Ivan perd l'écho.

Vidé de ses forces, il frappe à contretemps, saute un rebond.

Viktor lui attrape le visage par le menton. Les couinements se taisent. N'existe plus que cette main refermée sur sa mâchoire, qui a confiance dans sa solidité, dans celle de ses cartilages, de ses tendons, qui ne croit pas un seul instant qu'il soit de verre ou que ses os puissent se briser. Viktor augmente encore la pression de ses doigts, lui déforme les joues, la bouche, tourne le poignet pour en prouver la résistance, de gauche à droite, avec la confiance d'un négrier, l'assurance d'un toucheur de bœuf. Regardez-moi ces gencives et ces dents comme elles sont saines. Regardez-moi ces joues comme elles sont charnues, cette langue comme elle est rouge ! Et cette mâchoire comme elle est bien accrochée ! Non mais regardez-moi cette gueule ! Ivan s'abandonne, liquide, béant, cédant à cet homme sa volonté et le reste. Qu'il fasse de moi ce qu'il veut, pense-t-il, pourvu qu'il continue de me tenir ainsi. Dans la pénombre, il écoute la respiration de son maître, résigné comme le bétail à l'abattoir une seconde avant le coup de merlin. Voilà que la main s'ouvre, s'élève et s'écrase dans la molle région de sa joue. Son corps décrit un quart de tour grotesque. Sur Terre, la gifle l'aurait fait tomber. Ici, il continue de flotter à la perpendiculaire de son compagnon sans parvenir à se redresser, à bout de forces, trouvant seulement l'énergie de penser encore : enfin, il me touche.

Un flot de lumière pénètre par la fenêtre, le douche. Ivan cligne des yeux, ébloui par la clarté épaisse. Viktor a ouvert le volet du hublot d'observation. Dans les grains de poussière en suspension, les objets l'entourent d'une présence désespérante. Ivan porte la main à sa joue encore tiède de la chaleur de l'autre. Il faudrait qu'il se fabrique un bout d'attitude maintenant qu'il fait jour, que la sèche médiocrité des choses le force à la lucidité. Qu'a-t-il fait ? Viktor a les épaules bien basses. Avec l'apesanteur, on dirait qu'il s'est voûté lui aussi. Ivan a pitié de lui tout à coup. Dans cette lumière de midi, son compagnon lui apparaît dans sa triste condition d'homme simple, de cosmonaute-ouvrier. Tout de même, on lui a confié des responsabilités bien lourdes. Viktor doit être épuisé, reconnaît-il en l'observant du coin de l'œil, embarrassé tout à coup, comme on l'est parfois après l'amour.

Toute la journée, terré dans Kristall, il attend que le sol demande à lui parler.

Il va rentrer.

Viktor prendra sa place, ou Nikolaï.

Il se souvient de chaque geste, de chaque mot. Si seulement il pouvait prétendre à l'oubli de l'ivresse, qui pardonne parfois les mots qu'on ne voulait pas dire, comme les baisers qu'on ne souhaitait pas donner.

À chaque fois que les interphones commencent à crachoter, il frissonne d'appréhension. Il préférerait qu'on lui annonce maintenant le châtiment plutôt que d'attendre indéfiniment le prononcé de la sanction. À son retour, il passera devant la Commission d'enquête. Elle lui retirera son permis de vol, sa licence de cosmonaute, une partie de sa paye. Ce ne sera rien à côté du reste : les regards qui le fuiront, les poignées de main qui se déroberont, les invitations qu'il ne recevra plus. Au moins deux cent mille bouches raconteront la même histoire à travers l'URSS. Ses faits et gestes reviendront à l'oreille de Pacha et Guennadi par les voix d'autres enfants, Oksana n'admettra jamais qu'il ait pu mettre sa vie et celle de ses compagnons en péril. Les gardes-chiourme le menaceront du poing à chacun de ses passages devant le poste de contrôle. Il faudra quitter la Cité des étoiles, il en crève déjà de honte. Tandis qu'il effectue mentalement le chemin de son bannissement, il le voudrait déjà commencé pour en finir plus vite. Mais Viktor et Nikolaï ont dû alerter le sol pendant qu'il dormait. Le Centre de contrôle est probablement en train d'évaluer les dégâts par télémétrie, de constater à quel point les jonctions entre les modules ont été endommagées. Les efforts ont dû créer du jeu, l'étanchéité être rompue par endroits, créant des fuites d'air que le sol s'efforce de quantifier en ce moment même. C'est l'espérance de vie de la station entière qu'il a entamée. Il faudra recalculer la fréquence des accostages futurs, en limiter le nombre si les bourrades ont trop fragilisé sa structure.

orbite 3232 Viktor surgit dans Kristall en lui tendant son bras. Est-ce qu'il doit le prendre pour le suivre jusqu'au micro ? Paraît-il affaibli au point de ne pouvoir se déplacer seul jusqu'à l'émetteur ? Mais non. Il comprend tout à coup que son compagnon vient pour sa prise de sang. Viktor a dû se souvenir de l'heure du prélèvement, la vérifier sur le conducteur de la journée. Ivan saisit son poignet, troublé par le retour de cette proximité. Lui donner son bras à piquer, à lui, le forcené ? Il ligature le biceps, cherche la veine qui lui paraît la plus gonflée. Il se concentre sur les gestes à faire pour s'interdire de penser, maintient la peau sous le point de ponction, surveille l'angle que fait l'aiguille avec le bras. Il dévisse le tube, inscrit l'heure du prélèvement sur l'étiquette :

— Je vais le passer à la centrifugeuse, souffle-t-il.

— Tu veux que je le fasse ? propose Viktor machinalement.

— Non, j'y vais.

Le poids des habitudes le sidère. Il n'imaginait pas qu'elles soient extravagantes au point de sauver un jour comme celui-ci.

orbite 3235

À présent qu'on va le bannir, il songe à son assurance incroyable. Il n'espérait rien, ne voulait rien. N'est-ce pas à ceux-là qu'on donne tout ? Il ne craignait pas de n'être jamais titularisé. Il avait compris, lui, qu'il ne fallait pas vouloir voler à tout prix. Il avait deviné le principe inavouable des sélectionneurs : ceux qui rêvent d'être cosmonautes font de mauvais cosmonautes. Il avait compris d'instinct, dans son ambition folle, le salaire du détachement. Il jouait juste à l'époque, le pouls était bien frappé. Plus il était calme, plus il était performant. Tandis que l'autre, en se comparant, s'énervait. Lorsque Dmitri venait l'interroger sur ses résultats, il les lui donnait toujours en prenant soin de ne pas lui demander les siens en retour. Même si Samarov obtenait parfois des scores excellents, lui ne confrontait jamais les siens. Il n'ignorait pas que son manque de curiosité le déstabiliserait davantage que ses performances. Pauvre Samarov. S'il savait combien d'hommes il avait mangés pour en être ! Avant lui, en dix ans, il en avait laissé mourir, des doublures et des triplures.

Six mois auparavant, probablement avait-il senti qu'il emportait encore la partie par d'infimes indices autour de lui : des mains sur l'épaule, dans le dos, des clins d'œil d'intelligence, une application particulière des instructeurs, des efforts d'explication qu'ils n'auraient peut-être pas consentis s'ils avaient estimé qu'il ne partirait pas cette fois-ci. Il avait toujours su que ce serait lui de toute façon, dès le premier vol. Est-ce qu'il n'en était pas déjà certain le jour où ils avaient coulé la garniture de son baquet, avant son séjour à bord de Salyut-7 ?

Il était en sous-vêtements dans les locaux de l'entreprise de confection des scaphandres, pieds nus sur le tapis. La salle était presque vide, le plafond si haut que les voix résonnaient. Autour de lui, une petite foule papillonnait. Il y avait des membres de la direction, des couturières, des techniciens, des photographes. Au centre de la pièce, étrangement surélevé, le baquet empli de gypse liquide. Ivan avait gravi les marches, empoissé de crème, magnifique tout à coup dans sa nudité souple et musculeuse au-dessus de ces hommes et de ces femmes réunis pour prendre son moulage. Tenu par des assistants qui lui ficelaient les pieds, il avait plongé le haut du corps dans le plâtre en saisissant le palan qu'on lui tendait. Son poids avait repoussé le liquide froid. Il était resté immobile quelques minutes, attendant que la matière épouse la forme de son dos. Lorsqu'il avait senti la caresse devenir plus tiède, plus ferme, il s'était extrait de la pâte pour ne pas être piégé, avait saisi la poignée de l'appareil de levage. En se rattrapant, un pied en équilibre sur la marche la plus haute de l'escabeau, il avait jeté un œil par-dessus son épaule, observé avec un regard attendri l'empreinte de son dos que la nervure de sa colonne partageait. Il était resté un instant sur ce piédouche où l'air était pur, la peau marbrée de traînées pâles, les poils boulochant en grumeaux blancs, dans cette grande salle dont la hauteur de plafond allait bien aux musées comme aux statues. Au faîte du marchepied, il avait aperçu Samarov en sous-vêtements qui patientait sur le côté. Son premier mouvement avait été de penser : tiens, Samarov est venu ? Il avait été étonné de le voir là. Il savait, pourtant, qu'on prendrait son moulage puisqu'il avait une chance sur deux de partir lui aussi. Est-ce qu'il n'était pas logique qu'il attende son tour également, à moitié nu, le corps poisseux ? Mais à six mois du décollage, il savait déjà que l'autre perdait son temps.

orbite 3248

Le sol confirme la possibilité d'ouvrir le sas pour que trois nouveaux corps pénètrent dans la station. Viktor et Nikolaï sourient comme jamais Ivan ne les a vus sourire. Il y a tant de chevilles et de poignets à attraper qu'ils ont fort à faire. La moitié du corps encore engagée dans Kristall, il observe avec envie leurs effusions de joie, conservant l'attitude discrète et prévenante d'un homme qui se sait monstrueux et ne voudrait pas forcer les autres à une familiarité et des caresses qui les écœureraient. Il ne doute pas que le sol a déjà fait part de la situation au nouvel équipage. Georgyi, Nikita et Golbaev viennent tout de même vers lui, le tirent sous les aisselles pour le sortir du tuyau, l'embrasser comme du pain chaud. Ivan se laisse aller, surpris de se sentir sourire à son tour, de se laisser ébouriffer les cheveux. Il referme les mains dans leur dos pour capter un peu de leur chaleur. Leur gentillesse le confond. Il voudrait ne pas trop montrer son émotion mais ses mains le trahissent, serrent trop fort. Il voudrait brusquement leur dire pardon. Il rendra son permis, sa licence, son salaire; mais d'abord il voudrait les remercier de leur générosité parce qu'ils continuent de lui faire une place parmi eux.

Tandis que les autres s'évanouissent dans la station, Golbaev rebrousse chemin. Le cosmonaute kazakh repartira dans trois jours, ne faisant à bord de Mir qu'un bref aller-retour diplomatique. Ivan redescendra avec lui et l'un de ses deux compagnons de vol. Par curiosité malsaine, il aimerait savoir lequel a été désigné par le sol pour le remplacer. Viktor, sans doute, puisqu'il a plus d'expérience.

Avant même de s'aventurer dans la station, le Kazakh démonte son siège pour le visser dans le vaisseau descendant. Il ressurgit dans la rotule en poussant le baquet devant lui, va pour le faire pénétrer dans l'autre vaisseau, demande pour vérifier :

— Je l'échange avec celui de droite ?

— C'est ça, confirme Viktor à travers l'écoutille du bloc central.

Il a dû le dire par distraction. Golbaev devrait intervertir avec le siège central ou celui de gauche, celui de Viktor ou de Nikolaï, selon ce qu'a décidé le sol. Ivan s'apprête à intervenir, mais son commandant se tourne vers lui :

— Va l'aider.

— Moi ?

— Va dévisser ton siège. Ce n'est pas à Golbaev de le faire.

— Mon siège ?

— Il ne va pas le démonter à ta place.

— Non, bien sûr.

Le siège de droite. Il doit échanger son baquet avec celui du Kazakh. Golbaev va prendre sa place dans le Soyouz à la fin de la rotation. Il lui vient une idée qui ne cadre avec rien, angoissante. On le laisse. Il ne comprend pas. Viktor peut-il n'avoir rien dit ? Ne pas l'avoir dénoncé ? Si le sol savait, jamais il ne le laisserait tourner encore. Et Nikolaï ? Viktor peut-il avoir obtenu son silence ? L'autre y aurait consenti ? S'il était capable de retourner dans sa cabine à sa demande, lorsque l'instinct de survie lui ordonnait de désobéir, au moment où tout son corps ne demandait qu'à fuir, Nikolaï était encore capable de se taire avec le même dévouement.

Il reste.

Le siège de droite.

Va l'aider ! Va dévisser ton siège !

En desserrant les contre-écrous, il tremble avec la fébrilité d'un condamné à mort que l'on viendrait de gracier lorsqu'il posait la joue sur le billot. Alors ses compagnons n'ont rien dit ? Au nom de quel principe, de quelle folie ?

— Vous pensez qu'ils nous laisseront faire quelques pas tout seuls ? demande Nikolaï.

Il pose la question à voix basse, semble évoquer un privilège d'initié qu'il ne faudrait pas réclamer sous peine de ne jamais se le voir accorder. À peine auront-ils percuté le sol kazakh que les lourds hélicoptères de l'armée se poseront autour de la capsule brûlée, dans l'herbe effarée. Les militaires redresseront la cloche, plaqueront une échelle contre sa paroi, ouvriront l'écoutille, les tireront par les pieds, les bras, les harnacheront pour les désencastrer. Puis les maintiendront assis pour ne pas qu'ils s'évanouissent. Dans de vrais fauteuils, avec un bouquet de roses sur les genoux, mais assis.

— Non, ils ne te laisseront pas, prévient Viktor. Même si tu te débats, ils t'empêcheront.

— Si je m'échappe ?

— Tu seras trop faible. Tu feras un pas ou deux, mais ils te tiendront par les épaules pour t'empêcher d'avancer. Si tu les repousses, tu trébucheras. Ils diront : « Tu vois bien que tu ne peux pas. » Le pire, c'est de leur donner raison.

— Mords-les, propose Georgyi.

Ivan est surpris par ce filet de voix nasillard qu'il ne s'attendait pas à entendre sortir de ce coffre. Il suit des yeux le chemin de la fourchette de la boîte de conserve à ses lèvres. L'homme a les pouces forts, évasés, plats comme de petites spatules. En temps cumulé, le vieux commandant les bat probablement tous. Il doit en être à son cinquième ou sixième vol.

— Ou alors il faudrait que vous n'atterrissiez pas au bon endroit.

Lorsqu'il portait le morceau à la bouche, Ivan lui trouvait encore le visage un peu brutal, mais cette voix !

— Qu'ils aient du retard, c'est ta seule chance. Sinon, oui, mords-les, on ne sait jamais.

Ils me laissent avec cet homme, pense Ivan, comme s'il avait besoin de se le répéter pour s'en convaincre. Et avec cet autre, là-bas, qui s'appelle Nikita.

— Avant Gagarine, poursuit Georgyi, il y a eu six vols de préparation. Sept, si on compte celui avec les deux chiennes, Belka et Strelka. Le vétérinaire qui s'en occupait m'a dit une chose que je ne devrais pas répéter, mais…

— … mais il est mort, tranche Nikolaï.

— Oui, comment le sais-tu ?

— Je l'ai deviné.

— J'ai l'air si vieux que ça ?

— Mais non.

— Méfie-toi de la vieille carne ! Bon… Les deux chiennes avaient été entraînées pendant plusieurs semaines au sol pour préparer le vol. Deux heures avant le décollage, on les amène sur le pas de tir.

— Ah ! J'y suis, dit Nikolaï.

— Quoi ?

— Gagarine n'est pour rien dans cette histoire.

— Quand est-ce que tu m'as entendu parler de Gagarine ?

— C'est Belka et Strelka qui ont eu l'idée.

— Mais de quoi parles-tu ? demande Georgyi en souriant, comprenant qu'il n'a pas la main.

— Je savais que le bus s'arrêtait là où Iouri était descendu se soulager. Je ne comprenais pas pourquoi il fallait à tout prix que ce soit sur la roue. C'est stupide, personne ne fait jamais ça sur la roue. En fait, il voulait faire comme les deux chiennes.

— Il a été comme ça tout le temps ? interroge Georgyi en se tournant vers Ivan.

Pourquoi faut-il que ce soit lui qu'il prenne à parti ? Ivan détourne poliment les yeux en souriant. S'il savait comme ils ont ri, tous les trois, pendant six mois.

— Je continue, dit Georgyi.

— Je sens que ma femme va être contente de me retrouver, déclare Nikolaï.

— Tu as dû lui manquer. Donc, deux heures avant le décollage, elles sont conduites sur le carneau. Le type qui devait monter Strelka en haut du lanceur l'a attrapée dans ses bras. Elle sentait que quelque chose ne tournait pas rond. Elle ne savait pas ce qui se passait depuis quelques jours, elle était enfermée la plupart du temps. S'il y avait une chance de s'enfuir, c'était maintenant. Son heure était venue ! Alors elle a commencé à pédaler dans les bras du technicien, et le type s'est emmêlé. Elle lui a sauté des mains, s'est rattrapée sur le béton. Au début, ils croyaient que c'était pour jouer, mais on était à deux heures du départ, ce n'était pas le moment de la laisser filer. Vous imaginez le tableau ? Une vingtaine de types après elle sur la plateforme. Plus ils s'agitaient autour de la chienne, plus elle comprenait que tout cela était bien louche. Elle s'est approchée du bord de la dalle… Sous ses pattes, elle a senti la terre. Et là, elle a détalé pour de bon. Bien sûr, les autres n'ont pas abandonné, continuaient de lui courir après. Mais elle jouait à cache-cache avec eux, elle se tassait dans des creux, derrière les arbustes, les bouts de ferraille, s'éloignait toujours plus. Si bien qu'à un moment, il a fallu se rendre à l'évidence, elle avait complètement disparu. Ils n'avaient plus qu'une seule chienne à envoyer là-haut !

Georgyi fait une pause, tellement content de son histoire qu'il fait plaisir à voir.

— On était à une heure trente de l'allumage. Il y avait deux possibilités. Ou bien ils reportaient le vol, ou bien l'autre chienne, Belka, monterait seule à bord du Voskhod. Korolev était fou de rage évidemment. Vous connaissez le bonhomme. Qu'a fait le constructeur n° 1, à votre avis ? Il a imaginé une troisième solution.

Il les regarde à tour de rôle en les interrogeant du menton. Non ? Personne ?

— Il a demandé à l'ingénieur qui avait laissé filer Strelka d'attraper le premier chien venu. Il lui a donné une heure.

— N'importe lequel ?

— N’importe lequel. Le type, je ne sais pas comment il s’y est pris, mais il a attrapé un chien errant.

Georgyi se tait à nouveau.

— C’est tout ? demande Nikolaï, déçu. Attends, on ne met pas la main sur un chien comme ça.

— Je ne sais pas comment il a fait, mais il en a trouvé un, reprend Georgyi. Une bonne colère de Korolev, ça donne de l’imagination. De toute façon, sur un pas de tir, on trouve de tout.

— C’est vrai, reconnaît Nikita.

— On trouve même des tomates et du jambon fumé ! s’esclaffe Golbaev avec son accent kazakh.

— Moi, on m’a raconté qu’ils s’y étaient mis à plusieurs, avance Viktor.

— En tout cas, ce qui est sûr, c’est que le type a trouvé un chien, coupe Georgyi. Il l’a tiré jusqu’à la plateforme. Là, les vétérinaires se sont aperçus que c’était une chienne. Ça tombait très bien ! Ils pouvaient la baptiser Strelka. Personne n’avait rien vu ! Ils l’ont bardée de capteurs, montée au sommet du lanceur, attachée dans le deuxième harnais, à côté de Belka.

— Elle n’a pas dû comprendre ce qui lui arrivait, murmure Nikita.

— D’autant plus qu’une heure après, elle était sur orbite ! Et pas toute seule encore ! Enfermée dans la capsule avec des mouches, des lapins, des rats, une quarantaine de souris… Tout ce petit monde a fait le tour de la Terre en gueulant dans tous les sens avant d’atterrir à l’endroit prévu. En ouvrant l’écoutille du Spoutnik, les types avaient le cœur battant : les bêtes étaient-elles en vie ? Et, surtout, la doublure de Strelka avait-elle tenu le coup ?

— Elle était vivante, dit Nikolaï, sinon ils n'auraient pas envoyé Gagarine.

— Arrête de dire du mal de Gagarine devant moi, prévient Georgyi.

— Je n'ai rien dit !

— Oui, tous les animaux du zoo étaient en vie. Les deux chiennes avaient l'air parfaitement normales. Mais quand on les a dessanglées et qu'on les a posées à terre, quelque chose n'allait pas. Il y en avait une qui était complètement saoule. Elle se cassait la figure, elle boitait, incapable de se tenir debout. Contre toute attente, c'était Belka ! Celle qu'ils avaient entraînée, préparée, conditionnée pendant des semaines était incapable de faire trois pas. Pendant que l'autre, la chienne de passage ! Elle marchait, elle courait, elle sautait, elle mordait ! La seule bête qui, une heure plus tôt, se promenait en liberté…

— La seule qu'ils n'avaient pas centrifugée, dit timidement Ivan. La seule qu'ils n'avaient pas attachée au tabouret tournant, la seule à qui on n'avait pas ouvert le ventre…

— Oui, continue Georgyi, celle qu'ils avaient trouvée à l'état sauvage, qui savait défendre un territoire, chasser pour manger, trouver un abri, celle qui avait encore de vraies chaleurs. C'était cette chienne-là qui tenait sur ses pattes.

— On devrait faire pareil pour les cosmonautes, dit Nikolaï. Tu prends un homme qui passe dans la rue, au hasard, n'importe qui…

— Ce n'est pas la façon dont ils t'ont recruté, toi ? demande Georgyi.

Ils rient.

— Ah... je viens de comprendre ! s'écrie Nikolaï avec retard. Tu veux que je dévoile mon côté sauvage, c'est ça ? Si je les mords, ils vont me laisser tranquille ? Je ne serai pas obligé de rester assis ? Je pourrai aller sur mes deux pattes ?

— Voilà.

— Qu'est-ce que c'est ? demande Ivan, une cassette vidéo à la main.

— Où l'as-tu trouvée ? répond Nikolaï.

— Dans l'un des sacs.

— Qu'est-ce qui est écrit sur l'étiquette ?

— Rien, que c'est un film en couleur. *orbite*

— Tu sais donc qu'il s'agit d'un film en couleur. *3281*

— Merci. Pour quelle expérience ?

— C'est pour toi.

— Pour moi ?

— C'est le Service d'hygiène mentale qui te l'envoie.

— Ah ? Je vois.

— Tu vois.

— C'est une cassette pour… pour ceux qui veulent.

— Oui, tu pourras la prêter à Georgyi ou Nikita, s'ils la réclament.

Il ajoute, méchant :

— Mais tu devrais te dépêcher de la regarder.

— Pourquoi ?

— Ça te ferait du bien, je pense.

— Au revoir, dit rapidement Ivan en serrant la main qui lui est tendue.

— Au revoir, dit Viktor.

— Pas trop bas, pas trop vite, marmonne-t-il en saisissant les poignets de Nikolaï et de Golbaev.

Ils se regardent encore par le rond de l'écoutille. Dans la mêlée des regards, il sent celui de Viktor qui revient sur lui. A-t-il la force de le soutenir ? Son commandant est déjà dans le Soyouz, presque hors d'état de nuire. Il y a du monde. Il ne peut plus rien lui arriver dans cette foule, alors il lève les yeux. Viktor détourne les siens aussitôt, gêné qu'Ivan l'ait surpris en train de l'observer. Le regard de son compagnon hésite, revient, irrésolu. Viktor n'a plus le moindre aplomb, en proie à une perplexité de dernière minute. Comme s'il doutait de son propre discernement, de sa capacité à prendre des décisions, de sa compétence ! A-t-il commis une erreur ? On dirait qu'il regrette de ne pas lui avoir parlé, qu'il est pris d'une inquiétude soudaine. Au nom de quelle amitié, de quelle loi sacrée a-t-il renoncé à mettre le sol dans la boucle ? Il est trop tard pour le dénoncer, n'est-ce pas ? Il a déjà trop attendu. Il fallait prévenir le Centre de contrôle avant la rotation. Par son silence, il s'est déjà compromis. S'il devait arriver quelque chose par la faute d'Ivan, Nikolaï finirait bien par parler. Lui, Viktor, aurait bien du mal à justifier sa mansuétude. Son compagnon le fixe sans se soucier des convenances à présent, au milieu des voix, des corps, du bruit. Dans le désordre du départ, il semble lui adresser cette imposition muette : « Ne me déçois pas. »

Le verrouillage claque. Ivan soupire comme si cette serrure de coffre le mettait en sûreté, le protégeait de cette folle clémence, l'éloignait enfin de cet homme imprévisible et dangereux. Il ne respire déjà plus le même air que lui, en ressent un soulagement qu'il n'aurait jamais soupçonné. C'est pourtant lui qui, en s'éloignant, devrait commencer à reprendre son souffle ! Viktor a-t-il au moins prévenu Georgyi et Nikita qu'il fallait le surveiller *orbite*
d'un œil ? Qu'ils s'apprêtaient à vivre six mois à *3296*
côté d'un agité ? Il regarde distraitement ses nouveaux compagnons de vol, leurs visages bouffis. Les sourcils, les lèvres, les plis de leurs fronts ne disent plus rien de leurs états d'âme, rendus inexpressifs par la turgescence des tissus. Il n'ose pas leur parler encore, détaché comme dans un train, au milieu d'inconnus. Il roule depuis longtemps déjà. Des passagers entrent et sortent à chaque arrêt, quittent un endroit pour un autre, où on les attend. C'est épuisant de s'attacher à des hommes qui finiront par redescendre. Il réalise qu'il est de nouveau passé entre les gouttes. Cette fois, il ne trouve plus normal d'être en bonne santé, de mesurer entre 1 mètre 68 et 1 mètre 86, de n'avoir pas été traîné

dans la pierraille par la voile de son parachute. Alors que les ressorts de la station se détendent pour repousser le vaisseau de ses compagnons, un sentiment pénible l'empêche de s'en réjouir : leur silence renferme une menace. Il reste. Il a éloigné sa tête du billot. Viktor et Nikolaï ont commué sa peine de mort en peine de vie.

Georgyi et Nikita

Les vacances d'hiver venaient de commencer, ils rejoignaient la région de Sverdlovsk, dans l'Oural, pour y skier. Guennadi n'était pas encore né, ils étaient partis tous les trois par le train de nuit, Oksana, Pacha et lui. Son frère Pavel et ses deux enfants les accompagnaient. Sa belle-sœur n'était pas du voyage parce qu'elle n'avait pas pu se libérer de son travail.

Depuis peu, la nuit tombait dès quatre heures de l'après-midi. Le reste du temps, le Soleil n'était plus qu'un point pâle dans le ciel de Moscou ; ils étaient entrés dans cette période de l'année où le jour ne se levait plus vraiment.

Le wagon était bondé. Il régnait une atmosphère de vacances en raison des nombreux skis allongés le long des plinthes ou dressés dans les encoignures. Beaucoup d'étudiants étaient assis dans les couloirs. Ils buvaient de grandes bouteilles de bière qui augmentaient au fur et à mesure le volume des rires, les obligeant à se lever sans cesse pour aller aux toilettes. S'y rendre ou gagner le samovar à l'entrée de la voiture était un exercice au cours duquel il fallait poser les mains à plat sur les vitres et les cloisons pour garder son équilibre. On écrasait les sacs et les jeunes gens en manquant dix fois de tomber, forcé de se rattraper à des bras inconnus, des mains tendues comme des poignées de fortune.

Ils avaient loué suffisamment de couchettes pour occuper la totalité d'une cabine. Le train prenait son temps, ramassait des grappes de voyageurs supplémentaires dans des villes improbables où personne ne descendait jamais. Les nouveaux arrivants traversaient péniblement le wagon surpeuplé, créant des courants d'air glacés qui régénéraient le plaisir d'être ensemble, au chaud, quand dehors il faisait froid.

Petit à petit, la rame était devenue moins remuante, tirée vers le sommeil par une majorité silencieuse. Les passagers s'appuyaient les uns aux autres dans la travée, faisant oreiller d'un sac, d'une cuisse ou d'une épaule. Dans le compartiment, Oksana et les enfants s'étaient endormis malgré la lumière, que personne n'avait su éteindre.

Trois compartiments plus loin, on jouait encore de la guitare. On eût dit une fête chez les voisins dont on aurait profité sans en être. Les enfants s'endormaient dans cette musique sourde. Parfois, elle jaillissait bruyamment lorsque le hasard des portes ouvertes la laissait passer. Puis elle s'étouffait de nouveau, redevenant une rumeur mêlée au rythme du train.

Pavel et Ivan avaient pris les couchettes supérieures, trop dangereuses pour les petits. Ils se regardaient par-dessus le vide, amusés. Le train de nuit, les lits superposés, les éclats de rire ramenaient entre eux toutes sortes de souvenirs lointains. Pavel voulait bavarder encore. Lui et Ivan ne se voyaient que rarement, se rencontrant toujours au milieu d'autres, à table, devant leurs enfants, leurs épouses, séparés par ces circonstances familiales qui empêchent de dire certaines choses et limitent le nombre des sujets. Maintenant que tous étaient endormis, qu'ils veillaient tout près de ceux qu'ils aimaient, ils pouvaient se confier davantage. S'ils n'avaient été que tous les deux, peut-être se seraient-ils méfiés, intimidés par un face-à-face dont ils n'avaient pas l'habitude. Mais dans ce wagon surpeuplé, l'enchevêtrement grotesque des corps ensommeillés, les respirations ralenties de leurs enfants, ils se sentaient à l'abri de tout.

Pourtant, lorsque son frère avait commencé à lui raconter l'histoire de cette femme, Ivan avait pressenti qu'il abordait un sujet qu'il n'aurait peut-être pas dû évoquer devant les siens, même endormis.

Chaque été, au mois de juillet, Pavel partait faire du canoë avec ses enfants en Karélie, au-dessus de Saint-Pétersbourg. Avec des amis, ils campaient sur les berges, à l'entrée de la forêt, formant un groupe mouvant d'une quinzaine d'adultes et d'enfants. Habituellement, ils ne se voyaient pas en dehors de ce rendez-vous annuel, mais ils ne le manquaient jamais, reprenant sans effort les discussions où ils les avaient laissées, les moqueries, les paris, les blagues de potache, toutes ces choses en cours qui font entre les copains une sorte de ciment.

Il y a deux ans, discutant avec l'une de ses amies, Pavel avait été amusé d'apprendre qu'une collègue à elle prétendait l'avoir connu enfant, à l'école primaire.

— Elle s'appelle Svetlana, est-ce que cela te dit quelque chose ?

S'il se rappelait ! Trente ans après, il n'avait pas oublié le charme de cette fille qu'il avait aimée secrètement. Amoureux, pour ainsi dire, il ne l'avait jamais été avant elle.

— Svetlana ? Svetlana Koulikova ? Bien sûr !

— C'est amusant, parce qu'elle se souvient très bien de toi, elle aussi.

Au lieu de se méfier, il avait choisi de rire et de se moquer du petit garçon qu'il était alors, de celui qui s'était épris de cette fille sans jamais lui avouer. Par peur d'être moqué peut-être, ou ignorant la manière de le faire, il ne s'était jamais déclaré. Après tout ce temps, il se souvenait surtout de son acharnement à ne rien montrer à Svetlana et aux autres enfants. Il avait même dû se payer sa tête une fois ou deux pour témoigner de son indifférence. Est-ce qu'on sait, à huit ans ? C'était peut-être pour cette raison qu'il avait lancé si facilement, à cette amie qui les reliait maintenant :

— Mais j'étais follement amoureux d'elle, tu sais ! Je voulais l'épouser plus tard ! J'avais écrit une lettre, et même un poème, je crois. Tu te rends compte comme j'étais romantique ? À huit ans !

Sûrement voulait-il montrer à son amie le chemin parcouru depuis, qu'il avait bien grandi, qu'il était sûr de lui aujourd'hui puisqu'il pouvait révéler en blaguant ce qu'il avait toujours tu. Il avait choisi la légèreté et l'autodérision, considérant qu'il fallait rire de tout cela. Maintenant qu'il avait connu plusieurs femmes, qu'il avait appris les façons de les séduire, qu'il avait ses petites techniques personnelles pour les faire jouir, qu'il était marié et qu'il avait des enfants, il pouvait se permettre de taquiner l'enfant inexpérimenté qu'il était alors. Lui qui craignait les moqueries de ses camarades de classe, il se montrait lui-même du doigt en pouffant à travers le temps. Comment aurait-il pu se douter, à huit ans, que les railleries viendraient de lui trente ans plus tard ?

— On est bête, toujours, avec ces choses-là, avait dit Pavel dans le compartiment endormi.

Le train était encore plein de lumière. On pouvait en voir l'ombre courir le long de la voie, déformée par la terre du remblai.

— Parce que tu sais, avait-il ajouté pour se justifier, je n'ai jamais été très à l'aise avec les femmes en général.

Il flottait dans le wagon un parfum entêtant de cuir moisi et de moquette mouillée, rafraîchi par les courants d'air. À cet instant encore, Ivan se souvient qu'il avait craint de se voir confier des choses trop intimes de la vie de son frère et qu'il aurait préféré ne pas connaître. Il regardait fréquemment son neveu et sa nièce allongés sur les couchettes inférieures, craignant qu'ils n'entendent quelque secret troublant. Mais Pavel ne semblait pas s'en soucier, emporté par le souvenir.

Quelques semaines plus tard, un soir, il avait reçu un coup de téléphone. C'était Svetlana, à qui son amie avait donné son numéro à son travail. À son bureau… Lorsqu'il repensait à ce détail, il se demandait quel projet étrange avait eu son amie pour ne pas lui donner son numéro à la maison. Elle habitait Moscou, proposait qu'ils se revoient pour évoquer leurs souvenirs d'école, toutes sortes de prénoms oubliés. Il avait craint d'être déçu, mais non, elle était jolie. Souriante, les joues rougies par le froid, elle avait passé la porte du restaurant et l'avait reconnu tout de suite. Elle avait des barrettes dans les cheveux, et il s'était demandé si elle avait fait exprès de les attacher comme une petite fille. Au cours du déjeuner, pensant que leur connaissance commune l'avait trahi, il avait lancé d'un air goguenard :

— Je ne te l'ai jamais dit, mais j'étais très amoureux de toi à huit ans.

Elle avait souri.

— Je sais.

— C'est Galina qui te l'a dit ?

— Non, je le savais déjà à l'époque.

— Comment ? Je ne te l'ai jamais montré.

— Je l'ai su quand même.

— C'est impossible !

— Je l'ai deviné.

— Comment l'as-tu deviné ?

— Je ne te le dirai pas.

C'était presque inconcevable pour lui. Trente ans après, il ne se souvenait que de ses efforts pour ne rien montrer de ses sentiments. De cette distance qui le faisait souffrir. Et maintenant, voilà qu'elle balayait bien vite sa discrétion. Pendant le reste du repas, il l'avait tannée pour qu'elle lui avoue comment elle avait réussi à le démasquer. Il faisait mine d'abandonner le sujet pour revenir à la charge quelques minutes plus tard, cherchant un moment plus propice, une erreur d'inattention, comptant sur la magie d'un instant. Mais elle ne lâchait jamais rien, amusée par son manège, devinant peut-être qu'elle le tenait en se taisant. Elle répondait toujours « non » en souriant, et il avait eu peur que ce refus têtu et charmant suffise à le faire tomber à nouveau amoureux de cette fille et de ses barrettes dans les cheveux. Sa jupe avait glissé au-dessus de ses genoux lorsqu'elle s'était assise. C'était une belle femme, vraiment, et lui, Pavel, déjeunait avec elle au restaurant. Il avait l'impression de la fréquenter depuis longtemps, peut-être parce qu'il connaissait d'elle la version de huit ans.

Ils avaient décidé de se revoir, et pendant les semaines suivantes il avait souvent pensé à elle. Dans le tramway, dans le métro, il se disait : j'appellerai Svetlana tout à l'heure, demain, pour fixer un rendez-vous. Mais il repoussait le moment de le faire. Non pas que l'envie lui en manquât, au contraire. Le charme qu'elle exerçait jadis sur le petit garçon avait traversé les ans. Il la trouvait séduisante, d'une beauté piquante. Peut-être avait-il eu peur de lui-même, peur de ne plus savoir comment faire, de s'embarrasser d'une femme aussi attirante maintenant qu'il était marié et père de deux enfants.

— Je ne sais pas pourquoi je te raconte tout ça, avait dit Pavel. Je t'ennuie sûrement.

L'allure du train diminuait, dans le souci de ne pas arriver trop tôt le lendemain.

— Pas du tout.

Son frère n'était pas allé plus loin dans la description, troublé sans doute d'évoquer le charme de cette femme avec lui, à côté de ses enfants.

Il ne l'avait pas revue. Peut-être était-ce de la pudeur. Ou le quotidien qui l'avait repris, ou le simple plaisir de penser quelquefois : Je reverrai bientôt Svetlana, comme on se réserve parfois un plaisir pour s'aider à passer les jours.

L'été était arrivé et il était reparti faire de la voile avec ses enfants. En revoyant son amie, il lui avait avoué, tandis qu'ils faisaient la vaisselle dans la rivière, à la tombée de la nuit :

— Tu sais, j'ai revu Svetlana !

— Ah oui ?

Elle fixait l'eau sans qu'il puisse distinguer son visage, dans l'ombre.

— Alors ?

— Alors on a déjeuné ensemble, c'était amusant de se retrouver après tout ce temps.

— Quand as-tu eu de ses nouvelles la dernière fois ?

— Tu es bien curieuse !

— Pardon.

— Je plaisante, va ! On ne s'est rencontrés qu'une fois. Mais on devait se revoir. Tu as raison de m'y faire penser, je l'appellerai en rentrant…

— Elle t'a dit qu'elle était malade ?

— Malade ? Non. Tu es sûr ? Elle était en pleine forme quand je l'ai vue.

Son amie s'était redressée, une poignée de couverts dégoulinants dans la main. Elle avait un air peiné, réfléchissait.

— Quand l'as-tu rencontrée exactement ?
— En novembre.
— Elle devait être contente de te retrouver, c'est pour cela qu'elle n'a rien dit. Et tu ne t'es aperçu de rien ?
— Non.
— En novembre, elle se sentait déjà très mal.
— Mais non.
Il avait eu peur à cet instant, parce que son amie avait les sourcils froncés et qu'elle s'était mise à lui parler doucement, comme à un petit garçon.
— C'est impossible.
— Je t'assure.
— Écoute... Je pensais que tu le savais... Elle est morte ce printemps.

Recroquevillé sur son lit, la tête posée dans le creux du bras, Pavel était trop ému pour regarder Ivan en face.
— Alors tu vois, je suis triste.
Il ne pleurait pas mais clignait beaucoup des yeux. En passant, les vitres du train éclairaient fugitivement des carrés de jardins. La lumière électrique faisait apparaître des balançoires figées dans des positions étonnantes, qui laissaient penser que le gel les avait brusquement pétrifiées lorsque le vent s'amusait à les faire vaciller.
— Je suis triste, parce que je ne saurai jamais comment elle avait deviné que j'étais amoureux d'elle à huit ans. Parce que je n'ai jamais su, finalement, tu te souviens ?
L'idée de poser une main sur le bras de Pavel avait traversé l'esprit d'Ivan. Il n'avait pas osé, peut-être parce que les plafonniers étaient allumés.

Parce qu'il aurait fallu se pencher au-dessus du vide, que sa couchette était trop loin. Au lieu d'un geste, d'un mot de consolation quelconque, de se taire pour que son silence rencontre le sien, il avait demandé de quoi elle était décédée. Par souci de précision, comme si cela avait de l'importance, parce que c'était commode à cet instant de poser une question. Puis il avait bifurqué sur un autre sujet, moins grave, parce qu'il avait les tympans crevés à l'époque, le nez bouché, de la corne plein les mains, qu'il était incapable de discerner quoi que ce soit, et sûrement pas d'imaginer que son frère puisse être encore amoureux d'une petite fille morte.

— Vous n'avez pas pris de miel ?

Il leur pose la question au petit déjeuner aussi naturellement que s'ils revenaient de l'épicerie.

— Aucune idée.

Il part à la recherche de la liste d'inventaire, réapparaît avec une longue écharpe de papier en accordéon qu'il parcourt en diagonale.

— Ils ont oublié !

— Ça m'étonnerait, répond Georgyi.

— Tu penses qu'ils ont fait exprès ? s'étonne Ivan.

— Oh non, ils te diront qu'ils n'y ont pas pensé… Tu n'as pas remarqué ?

— Non.

— Le sol a réduit les quantités.

Ils boivent une eau obtenue par récupération de l'humidité ambiante, mangent du bœuf en conserve, des gâteaux de riz, des biscuits présentés sous forme de bouchées, des pâtes de fruits en bâtonnets, cette nourriture toujours semblable, badigeonnée de liant, de sauce et de gelée, qui ne crée jamais de miettes, et comme si ce n'était pas assez, voilà qu'ils réduisent les quantités.

— Bon. Et vous n'avez pas senti de rayonnements au moins, cette nuit ?

— Je ne crois pas, dit Georgyi.

— Dans Kristall, je n'ai jamais eu de problème parce que je dors au milieu des batteries. Si vous voulez, vous pouvez dormir avec moi.

— Tu penses qu'il y a assez de place pour trois ?

— Bien sûr.

L'idée leur paraît peut-être un peu absurde : s'entasser dans un seul et même module alors que la station en compte quatre et que deux cabines leur sont destinées.

— On ne va pas se mettre dans tes pattes, dit Nikita.

— Vous ne me dérangez pas.

— C'est important que chacun ait un peu d'intimité, non ? remarque Georgyi.

— Comme vous voudrez.

— Si Viktor et Nikolaï ont survécu, nous survivrons aussi, hein, Nikita ?

L'ingénieur de bord hoche la tête.

— Mais si une nuit vous êtes réveillés à cause des particules, n'hésitez pas, déclare Ivan, venez.

— Entendu.

— D'accord, dit Nikita.

Est-ce moi qui ai changé pour leur faire cette proposition, s'étonne Ivan, ou bien mes compagnons ? Je les aiderai à chaque fois que je pourrai, se promet-il avec ardeur. Avec ces deux-là, il sent qu'il n'aura plus à être sur ses gardes à chaque instant. Nikita le dévisage maintenant d'un air triste et doux, un peu navré, qu'il semble avoir tout le temps. Peut-il être au courant, lui, de mes agissements ? se demande Ivan. Qui sont ces gens que j'ai croisés pendant des années et que je ne connais pas ? Au milieu des autres, à table, l'ingénieur de bord n'attirait pas le regard. Lui n'a pas besoin de parler fort pour faire savoir qu'il existe, se dit soudain Ivan en prenant sa défense. Il ne parle pas beaucoup, admet-il, mais on se sent bien en sa présence. Alors qu'ils ont été voisins et se sont parfois entraînés ensemble, il ne sait guère plus de lui que ce qu'il a entendu ici ou là. Est-ce que ce n'est pas ce grand maigre, porté sur la boisson, dont les instructeurs disaient tant de bien ? Oui, il s'en souvient maintenant, Ivan les avait entendus évoquer sa compréhension instinctive des problèmes et de leur résolution. Eux, si avares de compliments, ils le disaient de cet homme-là, flottant discrètement de l'autre côté de la table, presque peureux, pas très beau, qui avait un ongle cassé, noir, comme les travailleurs de force, qui avait soi-disant un problème avec l'alcool, et que lui n'avait jamais cherché à connaître.

— Les panneaux solaires de Kvant-1 ne fournissent plus leur puissance électrique habituelle.

— C'est-à-dire ?

— Rien de grave, mais on voudrait comprendre. Il ne faudrait pas que le rendement se dégrade.

— Vous avez quand même une idée ?

— Certains panneaux se sont sûrement repliés sur eux-mêmes. Qu'est-ce que ça dit lorsque vous regardez par le hublot ?

— Je n'ai rien vu d'anormal.

— S'il y en a un ou deux qui se sont fermés, cela justifierait qu'ils ne donnent plus exactement ce qu'ils devraient.

— Peut-être. D'ici, on ne peut pas tous les voir de toute façon. Mais pourquoi vous n'en informez pas Georgyi ou Nikita, plutôt ?

— Nous voudrions que tu sortes d'ici une quinzaine de jours pour aller voir.

— Moi ?

orbite 3353 *— Nous savons que ce n'est pas dans ton ordre de mission.*

— Mais pourquoi ?

— Parce qu'on te le propose, qu'on a besoin de l'aide de tout le monde.

L'homme ne répond pas à sa question, réussissant presque à faire passer son offre pour un service qu'ils lui demandent, alors que marcher dans l'espace est toujours une gratification.

— La sortie sera rémunérée au tarif habituel, ajoute l'officier de liaison, d'une voix qu'Ivan dirait plus sourde.

Est-ce que le service d'hygiène mentale se ferait du souci pour lui ? Ils ont peut-être interrogé Viktor et Nikolaï à leur retour pour prendre leur avis. Comment va-t-il en ce moment, le médecin ?

— Tu sortiras avec Nikita. Il se chargera de la maintenance des antennes des systèmes radiogonométriques et d'abordage.

Ils trouvent un exercice qui puisse le remobiliser, lui font ce cadeau, à lui.

— Est-ce que tu es d'accord ?

Ils lui demandent son avis. Vrai, ils ne savent pas que ce sont ses coups de butoir qui ont rabattu les panneaux ?

Dans la nuit, il se demande si Nikolaï a pu la laisser au vu de tous. Il vole jusqu'au bloc de base pour consulter les piles de cassettes arrimées au mur. Elle y est, coincée entre deux films d'autoformation.

Dans son module, il descend l'écoutille pour avoir un peu d'intimité, sangle le téléviseur et le magnétoscope dans un angle mort, de telle sorte qu'il ait encore le temps d'éteindre l'écran si un importun devait surgir. Il coupe la lumière, introduit le boîtier dans la trappe du lecteur : il lui échappe des mains, aussitôt aspiré par le mécanisme. La lecture s'enclenche sans même qu'il ait à enfoncer de touche. Brusquement, il y a une femme à bord de Mir, ici même, dans son cylindre. Le film n'a pas été rembobiné. Il n'a pas le temps de s'en formaliser tant ce qu'il voit à l'écran accapare son attention. En robe légère ! Grande, les pommettes hautes, les jambes longues, galbées, qui appellent muettement la caresse, les fesses rehaussées par des chaussures à talons ! Il les devine sous l'étoffe, larges et pleines. Elle sourit à un homme qui la pelote du regard en proférant des mots sans suite. Ivan ne la quitte plus des yeux, frémit à son air de consentement. Il n'a pas l'habitude de ce genre de films. Il a déjà vu des images pornographiques bien sûr, dans des jeux de cartes, des magazines, et même des films érotiques sur le câble dans certains hôtels, à l'étranger, mais jamais ce genre de… Oh ! La dame le regarde à cet instant avec ses yeux de biche. Une femme à bord de Mir ! Qui lui sourit de cette façon ! L'homme s'approche d'elle, empaume à travers la robe la masse ronde de son derrière. Le tissu se froisse, se soulève un peu, dévoilant ses cuisses. Jusqu'où ce film peut-il aller ? Il ose à peine l'imaginer. Alors que l'homme a pris possession de sa bouche, elle recule, jusqu'à ce que ses mains trouvent appui sur le rebord carrelé d'une paillasse de salle de bain. Ivan devine qu'il va voir cette fille nue d'un instant à l'autre. Cela lui paraît extravagant, indispensable, urgent. La salle d'eau est lumineuse. Il n'y a pas un coin d'ombre où elle puisse s'abriter de son regard. La jeune femme se cambre pour faire pigeonner sa poitrine, comme si elle souhaitait lui signifier que, de toute façon, elle n'en avait pas l'intention. L'homme dégrafe sa robe sur le devant, fait jaillir ses seins. Le cœur d'Ivan se met à battre plus vite. Il n'en a jamais vu de plus beaux et de plus lourds. Comment a-t-il pu vivre à côté de cette créature sans le savoir ? Il n'a pas vu de femme depuis sept mois, et celle-ci se déshabille devant lui en plein Soleil, avec une impudeur insensée. L'homme retire sa chemise. Son torse emplit l'écran. Ses abdominaux sont ciselés au point qu'Ivan pourrait les dénombrer s'il figeait l'image. L'athlète passe ses mains entre les cuisses de la fille, fait glisser sa culotte le long de ses jambes, la saisit par le bras, la fait se retourner, se pencher, et pendant qu'elle s'exécute, plaque ses mains sur ses deux fesses, les ouvre comme un livre, pour dire à Ivan : regarde donc. Et elle qui s'incline encore pour mieux les écarter ! L'homme avance son visage, s'enfouit dans cette chair magnifique, goûte, lèche, pénètre de sa langue musclée et têtue. Dans le ronflement des ventilateurs, Ivan entend les gémissements aigus qui l'encouragent à continuer. L'autre la dévore, la face à moitié disparue entre les deux globes. Puis il la saisit fermement par le bras pour la faire s'agenouiller. Aussitôt, la jeune femme s'amuse à flatter le renflement du sexe écrasé par le jean. Elle n'a pas fini de le débraguetter que le membre s'échappe à l'air libre, dressé comme un cobra. Une verge colossale, veinée de bleu, courbée en son milieu, à demi pliée sous son propre poids. Ivan peut lire sur les lèvres arrondies de la jeune femme un « oh ! » d'admiration spontané, pareil à l'un de ces cris bêtement échappés à l'explosion d'une chandelle romaine pendant un feu d'artifice. La fille happe rapidement le sexe dans sa bouche et commence à le sucer. Apercevant que sa poitrine s'est mise à tressauter, Ivan se fait la réflexion que la pesanteur va terriblement bien à cette femme hors du commun, à ses seins larges : c'est la Terre qui, en les aimantant, les rend si beaux ! Elle s'arrête, sort l'engin de sa bouche, s'écarte pour le regarder sous un angle différent. Elle le caresse en le balayant de toute sa main, engloutit de nouveau cette chair incroyable. La poitrine libre, la robe retroussée à la taille, elle a gardé ses chaussures. Accroupie, elle rebondit légèrement sur ses talons, en rythme avec le mouvement de va-et-vient de sa bouche le long de la hampe. À chaque tressautement, Ivan remarque que ses fesses s'écrasent contre ses chevilles en formant un pli délicieux. Elle s'arrête encore, repousse le membre vers le ventre musclé pour dégager les testicules, les gobe, les fait rouler dans sa bouche. Elle remonte le long du sexe brandi, la langue papillonnante, suce l'homme à pleine bouche comme si sa vie en dépendait à présent, comme s'il n'existait plus pour l'éternité que ce sexe énorme. Depuis un moment, Ivan ne voit plus du lutteur que des parties tronquées. Rien ne compte plus, sinon cette verge monstrueuse que la jeune femme semble avoir le projet de faire entièrement disparaître dans sa gorge. Elle est si longue, si massive qu'Ivan ne peut s'empêcher de penser : c'est impossible. Mais voici qu'en deux ou trois mouvements, elle l'avale pour le faire mentir. Elle reste ainsi une poignée de secondes en secouant légèrement la tête, la verge disparue dans sa bouche jusqu'à la racine. Elle reprend sa fellation de plus belle, s'abandonne complètement à ce pénis spectaculaire de toutes ses lèvres, de toute sa langue, de toutes ses mains, avec une dévotion proche de l'amour. De temps en temps, elle remonte une mèche. Ivan comprend que c'est à son intention, pour qu'il voie mieux ce qu'elle est en train de faire, et ce simple geste achève de l'affoler. Cette fille est si belle, si fervente, qu'elle fait peur à regarder. Soudain, l'homme lui empoigne la tête, l'arrache de l'organe sans discussion, la soulève par les fesses pour l'asseoir près du lavabo comme un objet qu'on déplace. Il écarte ses jambes en compas, cherche l'angle le plus ouvert possible, pour signifier encore à Ivan dans son module sombre : mais regarde donc. Il pénètre la jeune femme avec une facilité déconcertante, paraît et disparaît presque entièrement dans son corps sublime. Il y a maintenant beaucoup de peau sur l'écran. Une flamme rose danse dans le verre des hublots. Par les épaisses lentilles, Ivan a l'idée saugrenue que le cosmos regarde le film par-dessus son épaule. En apesanteur, lancé à une vitesse prodigieuse, il se sent comme devant un documentaire animalier destiné aux êtres vivants disséminés dans l'univers. Voici comment nous faisons, et vous ? Dans le sifflement des ventilateurs, il entend les cris de gorge lointains, les claquements sonores des deux corps jetés l'un contre l'autre. Dressé sur la pointe des pieds, l'homme fouille la fille avec acharnement. Sans prendre la peine de s'arrêter, il rabat ses deux jambes du même côté, sur son épaule, tend une main pour lui écraser les seins, si opulents qu'il ne parvient même pas à en contenir un seul dans ses cinq doigts. Il la soulève, la redépose au sol, nue et frémissante. Derrière, il entre de nouveau. Juchée sur ses talons, elle a l'imagination de relever les fesses d'une manière provocante, la science de remuer le bassin. Maintenant, il la travaille comme une bête furieuse, ivre de viande. Tout en s'acharnant, il passe un doigt entre les fesses de la fille, l'y fait disparaître avec négligence. La bande se trouble, saute, usée par les lectures à répétition. D'autres l'ont désirée avant moi ? se demande Ivan. Bien sûr, sinon le film aurait commencé par le début de la bande. Qui a pu visionner la cassette avant lui ? Viktor et Nikolaï en ont-il eu le temps ?

Georgyi ou Nikita, à peine arrivés ? Dans quel module ont-ils pris soin de s'isoler ? Avaient-ils la place d'installer un moniteur dans leurs cabines ? À son tour, d'une main portée à son propre sexe, il voudrait faire l'amour avec cette femme impossible. Il s'agite, tire sur son appendice plein de peau. La chair reste molle et triste dans le fourreau de sa paume. Est-ce le flot de sang monté au visage qui prive de sève les corps caverneux de sa verge ? Alors sa virilité aussi faisait partie du tribut ? Pour mieux détruire ce qui restait de son arrogance ? Mais il ne se détourne toujours pas de cette femme entrée par effraction. Il lui semble qu'il ne se lassera jamais de la contempler. Alors qu'il ne fréquente plus que des hommes depuis des mois, chaque partie de son anatomie, chaque morceau de peau, chaque cellule de son être lui semble la féminité même. Jamais l'autre n'entrera tout entier, songe-t-il avec effroi. Ou alors il la tuera. Mais l'homme s'immisce, disparaît à l'intérieur. Voilà qu'Ivan entend la jeune femme gémir plus lourdement. À voir ces caresses interdites, il réalise maintenant n'avoir jamais fait l'amour ainsi. Jamais aussi longuement. Avec aussi peu de retenue. Dans une telle lumière. En exprimant aussi clairement ses désirs et son plaisir. Et il fallait qu'il vienne sur Mir pour qu'un petit porno le déniaise. Lorsque l'homme s'épand, retombe en gouttes épaisses, brûlantes, lui ressent une gêne plus profonde encore. Puisque de tels gestes étaient possibles, puisqu'on pouvait s'aimer d'une manière aussi débridée, aussi cochonne, cela voulait-il dire qu'on pouvait s'emporter, boire, parler avec la même conviction ! Fallait-il pareil film pour lui faire admettre qu'il n'a pas d'ami véritable, aucun avec lequel partir faire la guerre ? Qu'il a des haines sans passion et des colères sans éclat ? Qu'il n'a jamais eu de courage inutile ? Qu'il n'a pas de cicatrices dans le cuir chevelu ? Qu'il n'a jamais saccagé une pièce de ses mains, jamais risqué grand-chose sur une seule carte, jamais gaspillé d'argent ? Qu'il ne s'est jamais réveillé la nuit pour vérifier que son enfant n'était pas mort ? Qu'il n'a jamais déjeuné au restaurant avec une femme dont il était amoureux trente ans auparavant ?

Ah si ! Il a été insensé lui aussi. L'autre soir ! Il a tenté de disloquer la station. Il se souvient et se rassure. Il l'a secouée comme cette fille.

Georgyi lui a garanti qu'il perdrait deux kilos en cinq heures, peut-être trois.

— Mais ton corps tiendra, le corps tient toujours.

Il devra rester vigilant, guetter les faux mouvements, éviter les bords coupants des panneaux solaires, les protections en tôle des capteurs stellaires, tout ce qui pourrait érafler son scaphandre. Dans une combinaison pressurisée les préhensions sont difficiles, alors il se promène avec des pinces de musculation pour entraîner ses mains. Plusieurs fois par jour il vient empoigner le pédalier du vélo pour travailler les bielles de ses bras, pistonner comme une locomotive à fond de train.

— Je t'assure qu'il tiendra, promet Georgyi.

Ce sont ses capacités de concentration qui l'inquiètent. Il peine souvent à déchiffrer les protocoles d'expérience. Combien de fois est-il revenu quelques lignes en arrière pour repasser les phrases dont il avait mémorisé la musique sans dégager le sens ? Et cela dure depuis des mois. À Baïkonour, il s'en étonnait déjà. Il se demande encore ce qui a pu se passer. Il n'y a pas si longtemps, il savait qu'il lui aurait suffi d'écarter mentalement l'éventualité de l'échec. Il n'y aurait même pas pensé, se focalisant uniquement sur ce qu'il fallait faire pour réussir.

Il s'absorbe machinalement dans la contemplation des systèmes, vérifie sans les toucher l'emplacement des manomètres et des matrices. Il décrit ce que seront ses premiers mouvements lorsqu'il poussera la porte sur le vide, reconstruit ses déplacements le long de la coque. Il s'avancera d'abord en se tenant à la main courante, puis s'accrochera aux barreaux de l'échelle. Il rampera le long de la paroi extérieure de Kvant-2, puis sur le flanc du module principal. Il aura une prise à tel endroit, lui a dit le sol, puis à tel autre.

À toute heure du jour ou de la nuit, il vient scruter les formes boursouflées de son scaphandre. Lorsqu'il libère la combinaison n° 4, celle qui lui a été attribuée, le vêtement se déplie dans l'habitacle en étendant les bras et les jambes. Il voudrait l'aimer, ce corps artificiel que le sol lui a dédié pour le maintenir en vie. Mais le bibendum est plus intimidant que celui revêtu à l'aller, pour le décollage : plus épais, plus rigide. En faisant le tour de l'étoffe, il aperçoit son reflet déformé dans le film d'or de la visière. Lui qui erre en bras de chemise et en caleçon depuis des mois, frêle, à demi nu, les chaussettes de tennis remontées à mi-tibia... il doit disparaître dans ce millefeuille de nylon, de caoutchouc, de coton, de plastique, de Mylar, d'aluminium ? Toutes ces strates empêcheront le sang et les fluides de bouillir, ses tissus de se dilater, l'hémorragie interne de chacun de ses organes. Ce double de lui-même va le protéger des fuites, des changements de température, des chocs et des radiations. Pourquoi ne parvient-il pas à le considérer sans se troubler ? La combinaison dérive dans le module, fait volte-face, membres écartés. Ivan est pris d'une envie soudaine de s'en aller, décide de gagner le pédalier du bloc de base pour reprendre ses exercices de musculation, s'élance. Il se fige, tétanisé. Cette gêne dans le cou, un regard trop intense fixé sur lui. Il n'y a personne dans la pièce. Il se retourne vers le scaphandre. Un autre le regarde derrière la feuille d'or. Un autre capable de vouloir pour lui.

orbite
3435

Au cours des exercices, il s'est aperçu que le diamètre de ses membres avait diminué. L'apesanteur le fait fondre ! Et puis Guerman avait raison, il mue ! C'en est tellement désagréable qu'il a pris l'habitude d'approcher l'aspirateur avant de se déshabiller. Dès que les morceaux de peau surgissent, satellisés autour de ses pieds, il braque la bouche de l'appareil pour faire disparaître la charpie dans le tuyau. S'il ne le faisait pas, les épluchures se disperseraient dans l'ambiance de la cabine, disparaîtraient pour mieux revenir lui frôler le visage dans son sommeil.

orbite 3544 À trois jours de la sortie, il vérifie à nouveau l'état de sa combinaison, inspecte les systèmes autonomes de survie, change les batteries, les gants. Il renouvelle les cartouches d'absorption de gaz carbonique, procède à des essais du communicateur, s'assure de la bonne transmission au sol de ses données médicales. À côté de lui, Nikita se contente de marmotter quelques paroles inaudibles. Plus tard, il va jusqu'à chantonner à voix basse, dans une décontraction ahurissante. Il n'y a rien qui l'attende, lui, derrière cette porte, pense Ivan avec envie.

Il sort de sa housse le sous-vêtement perlé. Des bulles d'air se sont infiltrées dans les veines du circuit de refroidissement, qui pourraient ralentir la circulation du liquide, ou l'empêcher. Il saisit les manches et les jambes pour les agiter à bout de bras, usant de la force centrifuge pour séparer l'air de l'eau. Puis il regarde la combinaison n° 4 enfler sous l'action de la pompe à oxygène. Le scaphandre se boudine si bien qu'on pourrait déjà le croire disparu à l'intérieur. Ivan observe son comportement après un quart d'heure, il tient. Il épie le manomètre pour s'assurer de son étanchéité après une demi-heure, une heure : il tient encore. Ton corps tiendra. Le corps tient toujours.

Mais il ne peut plus affronter son regard dans les reflets. Il ne veut plus rencontrer cet homme aux yeux rougis.

— Tu as vu ma tête ? finit-il par demander à *orbite 3545*
Nikita.

— Qu'est-ce qui ne va pas ?

— Mais tout ! Mes yeux éclatés !

— C'est parce que tu manges trop de sandre.

— Quoi ?

— Trop, c'est trop, je t'assure.

La récurrence du poisson gélatineux est devenue insupportable.

— Et tu sais ce qui me met hors de moi plus que le poisson ? lance Nikita.

— Dis-moi.

— C'est de penser que le sol s'est retrouvé un jour avec un stock sur les bras. Il allait se perdre, ils ne savaient pas comment l'écouler. La date de péremption approchait. Cela devenait insupportable de voir toutes ces conserves qu'ils allaient devoir jeter. Et quelqu'un a levé le doigt comme ça.

Nikita pointe l'index vers le plafond d'un air nigaud.

— Ils se sont tous tournés vers lui. Ils étaient suspendus à ses lèvres. Et le type a murmuré tout bas : « J'ai peut-être une idée… »

— C'est exactement ce qui a dû se passer, reconnaît Ivan en riant.

Ils glissent les pieds dans les sangles, s'assoient dans le vide pour feindre l'immobilité. Georgyi consulte sa montre. D'un hochement de tête, il donne le signal de leur recueillement. Ensemble, ils observent le silence qui précède les grands départs.

Puis Ivan libère le scaphandre n° 4 des mailles du filet, l'arrime à la paroi de Kvant-2 de telle sorte que l'habit lui tourne le dos. Il saisit la poche à urine, s'introduit dans l'étui pénien. À côté de lui, Nikita effectue symétriquement les mêmes gestes. Ventre au mur, les deux combinaisons semblent s'être détournées par pudeur. Le menton à la poitrine, Ivan s'assure que le gland a bien pénétré dans l'entonnoir de caoutchouc, appuie sur le pourtour de son pénis pour encoller la membrane. Il attache la poche collectrice contre sa cuisse, sangle à son torse le harnais de contrôle médical, enfile le sous-vêtement thermostaté, passe les pieds et les pouces dans les brides élastiques. Lorsqu'il a enfilé ses gantelets de nacre, il se retourne, fragile et luisant. Nikita est en train de chausser son oreillette, attentif au moindre geste. Le moment est venu. Ivan ouvre le paquetage dorsal de son scaphandre, pose les mains sur l'encolure, plonge un regard rapide dans les profondeurs du vêtement. Soudain, il s'assoit au bord du précipice, enfonce ses jambes dans les ténèbres de l'étoffe, racle des orteils pour entrer dans les chaussons. Le bibendum a des soubresauts. Ivan introduit une main dans une manche, puis l'autre, surpris de voir les bras se tendre de chaque côté du tronc. Il griffe pour atteindre l'extrémité des gants, se plie en deux pour passer la tête dans la cloche. À l'intérieur, il se redresse, les yeux écarquillés dans la nuit du casque. La lumière des néons n'est pas assez forte pour en traverser la vitre. Il doit rabattre la visière pour faire apparaître le mur devant lui. Georgyi se poste dans son dos, referme la porte étanche du paquetage. Ivan empaume la poignée sculptée à hauteur de sa hanche, tire pour en verrouiller l'herméticité. Il lève les bras pour regarder ses doigts encapuchonnés de résine bleue. Il se tâte pour reconnaître le boîtier de contrôle, les poches à stylos, le calepin, le miroir, les jauges de pression, les connecteurs des ombilicaux, la ceinture d'outils. Près du cou, il trouve la pipette où il pourra boire tout à l'heure. Puis il ouvre les crochets qui le retiennent à la paroi, se retourne. Il se sent gourd maintenant qu'il faut se déplacer. Le costume est si peu manœuvrable qu'il lui faut pivoter ensemble le torse et les bras. Il ne fait pas corps avec cet habit-là, se sent aller et venir à l'intérieur, dans le jeu qui lui est laissé. Les chaussons ne retiennent pas ses pieds. D'un moment à l'autre, il cognera de la tête contre la visière du casque.

Il nage précautionneusement jusqu'à l'extrémité de Kvant-2, pénètre dans le sas minuscule. Nikita le rejoint, se range à côté de lui. Derrière, Georgyi leur adresse un dernier signe de la main, appuie sur leurs jambes pour pouvoir abaisser la trappe. Ivan est repoussé si près de l'écoutille que son bras en frôle le volant : il sursaute comme si quelqu'un venait de le toucher.

Ivan ouvre la coquille du casque, passe derrière la tête l'élastique du masque à oxygène que lui a tendu Nikita. Leurs visages disparaissent derrière le bec. Pendant un temps qui leur paraît interminable, ils se rincent le sang à l'oxygène pur. Si l'azote devait passer à l'état gazeux, les bulles microscopiques menaceraient de les tuer.

Tandis que le gaz froid lui rafraîchit la bouche, Ivan continue de projeter en pensée la séquence de ses gestes. Mais les yeux de son compagnon l'appellent au-dessus du masque. Ils se sont mis à vivre, à le questionner : avant de sortir, a-t-il quelque chose à lui dire qu'il n'ait pas encore osé ? Il fait si sombre dans le réduit qu'Ivan peine à distinguer leurs mouvements. Il ne comprend pas bien leur agitation, ce qu'ils lui demandent. Ont-ils des choses à se confier qui ne puissent attendre ? Faut-il qu'ils se parlent maintenant, alors qu'ils n'ont pour eux que l'expressivité du regard ? J'ai peur dit celui de Nikita de but en blanc. Ah bon ? fait Ivan en haussant les sourcils. Tu n'avais pas l'air pourtant. Mais si, murmure Nikita en baissant les paupières, un peu, tout de même. Et toi ? Moi aussi, bien sûr, répond Ivan en fermant lentement les yeux. Terriblement, ajoute-t-il en les rouvrant. C'est normal la première fois, dit Nikita pour le rassurer. Ivan sourit. Il trouve la situation tellement surprenante qu'il a envie de rire tout à coup. À force d'inhaler de l'oxygène pur, est-il gagné par l'ivresse des profondeurs, celle qui rend les plongeurs euphoriques ? Nikita a l'air drôle avec ce masque qui lui mange la moitié du visage. Un lien indicible se noue entre eux, qui a la force de celui du sang. Ce même lien, peut-être, qui unissait Viktor et Nikolaï à son insu. Est-ce le masque à oxygène qui rappelle celui des pilotes de chasse ? Ce silence qui doit précéder les combats ? Alors que le temps passe, naît entre eux une fraternité, peut-être celle des hommes qui partent au feu. Il ressent pour Nikita une amitié étrange, qu'il n'a jamais connue avant, parce que plane sur eux l'ombre d'une mort possible. Est-ce que tu m'aideras si j'en ai besoin ? semble demander son compagnon plein d'espoir. Oui, répond Ivan. Et toi ? Si je suis en difficulté ? Si je me trompe de chemin, si je ne sais pas comment rentrer, si je suis coincé ? Mais oui, assure Nikita d'un battement de cils joyeux, on trouve toujours un passage. Il avise ses jambes : fais attention où tu les laisses traîner. Je ne penserai qu'à elles, promet Ivan.

Ils se dégagent des masques en conservant le silence, font retomber la visière du casque, la verrouillent sur le collier, vérifient les crochets en promenant le miroir de manche sur le tour du cou. L'afflux d'oxygène raidit l'étoffe, veut déjà les contraindre à tendre les bras, les jambes. Les gants, surtout, sont de plus en plus durs. Lorsque Ivan n'exerce plus de pression, il sent que sa main veut s'ouvrir, que ses doigts cherchent à se tendre.

Les pompes commencent à siphonner le sas. Un bruit pénible parvient à leurs oreilles : le sifflement de l'air dans le cosmos. Peu à peu, le compartiment
orbite 3594 se dégonfle. Nikita guette l'altitude atteinte sur le manomètre. Lorsque le mercure a atteint cinquante millimètres, il stoppe la purge, remonte les aiguilles de l'horloge encastrée dans la console, attend pour faire apparaître une perte éventuelle. Si la pression devait remonter, cela voudrait dire que l'air de la station est en train de nourrir la fuite.

Mais les joints ont l'air de tenir. Nikita rouvre les vannes de l'écluse.

La pression tombe au niveau extérieur. Autour d'eux, rien n'a changé. Pourtant le vide est déjà là, immédiat.

Ivan s'empare de la clef dynamométrique accrochée à la paroi. C'est son premier face-à-face, le sol l'a désigné pour ouvrir le couvercle. Il attache les deux élingues en acier à la main courante, s'assure que Nikita est bien arrimé. La forme de la clef le rassure. Il lui semble avoir déjà tenu un tel outil par le passé. Il libère le premier boulon sur le pourtour du couvercle. Il a franchi une frontière en quittant la Terre. Maintenant cette écoutille, le dernier seuil qu'un être humain puisse franchir. Ses gants sont tellement épais qu'il n'a plus de sensations dans les doigts. Il regarde sa montre : trois minutes par cheville. Dans une demi-heure, j'y serai encore, pense-t-il. Oui ! Il se souvient s'être déjà servi d'une clef semblable pour manipuler une culasse de voiture.

Il desserre le dernier boulon, consulte sa montre : trente-cinq minutes. Il est en nage alors qu'il n'a pas encore mis un pied dehors. Il vérifie à nouveau les deux fils d'acier qui le retiennent à la rampe, implore le manomètre de ne pas les induire en erreur. Il pense à ce type, dont il a oublié le nom, éjecté du sas pour avoir ouvert la porte trop vite, à l'époque où le volant seul en manœuvrait l'ouverture. L'écoutille avait claqué si fort qu'elle avait endommagé la butée extérieure. L'homme avait été expulsé dans le cosmos, brusquement arrêté par le câble qui le retenait. Et Nikita qui patiente derrière sans rien dire ! Cette fois, il va ouvrir. Il tourne le volant en répétant mentalement cette prière. Qu'il n'y ait pas de différence de pression. Et s'il devait y en avoir une, qu'elle soit dérisoire et ne le projette pas dehors.

Un fin croissant de lumière dessine l'arrondi de l'écoutille.

Ivan pousse davantage, aperçoit autour de lui une nuée de petits objets happés par le vide qui affluent vers l'ouverture : rondelles, sangles, crayons… Est-ce le signe avant-coureur d'un mouvement plus violent ? Non, la différence de pression semble raisonnable, il ne se sent pas emporté. Soudain, une lumière étourdissante déferle dans le sas. Il abaisse son heaume de protection, cligne violemment des yeux. Aveuglé, il peine à distinguer les formes autour de lui. Sur l'arrière-fond de flammes, quelque chose floconne. De la poussière de glace ! L'humidité échappée du sas ! À travers sa visière teintée, la clarté de l'étoile continue de l'éblouir. Il prend peur à présent, comprenant que s'il avait trop attendu pour rabattre son heaume, la lumière l'aurait brûlé. Il détourne le regard, constate que cela ne suffit pas. Les rayons sont si lourds et si puissants qu'ils continuent de se fracasser contre son casque. Il doit sortir, leur tourner le dos au plus vite. Il avance la tête hors du trou, reconnaît la rampe sur la coque, tâtonne pour trouver un endroit où fixer ses crochets. Dans son éblouissement, il continue de tirer sur les câbles pour vérifier leur solidité. Il avance une main pour attraper le montant de l'échelle extérieure, bascule la porte, passe l'étrier métallique qui l'empêchera de se rabattre, se plaque contre les barreaux. Alors qu'il est en chute libre depuis des mois, il est pris de vertige. Sous les chaussons, la Terre défile à une vitesse ahurissante. Il ne la percevait pas ainsi à travers le hublot. Il songe malgré lui aux 28 000 kilomètres/heure de leur lancée, réalise qu'il vient de s'extraire d'un véhicule jeté à la vitesse de l'enfer. Il a beau ne pas éprouver la moindre résistance, il ressent physiquement l'extraordinaire danger d'être là. Le moindre faux mouvement l'écartera aussitôt de la station, créant un écart impossible à combler. Sa main se crispe sur l'élingue. Tout ce vide impalpable, les distances effarantes. Pas seulement sous ses pieds : au-dessus de sa tête, à droite, à gauche, dans son dos. Il n'y a plus de fond contre lequel s'écraser. Il n'y a plus de damier pour colorer le fond de l'hydrobassin de la Cité des étoiles, ni de phosphorescence bleutée pour indiquer la surface de l'eau, ni de parois incrustées de projecteurs pour en délimiter le bord. Plus d'hommes-grenouilles dont la respiration formait autour de lui des colonnes d'air bouillonnantes. Il s'efforce de respirer plus profondément.

Nikita a commencé de débarrasser le sas, jetant vers Ivan le matériel à fixer aux montants de l'échelle. Lui tente de le sangler aux barreaux d'une seule main, en continuant de se tenir de l'autre. Il ne parviendra pas à travailler d'un seul bras, comprend qu'il doit faire confiance aux longes qui le retiennent. Nikita passe sur le côté, le contourne avec une aisance décourageante.

— *Tu m'abandonnes déjà ?* demande Ivan dans le communicateur.

Nikita se retourne.

— *Tu es encore là, toi ?*

— *Je regarde le paysage.*

Ivan coulisse le long de la rampe, se redresse pour essayer de lire la voie qu'il va emprunter. Il doit aller inspecter les panneaux à l'autre extrémité de la station, au niveau du module Kvant-1, dans le prolongement du bloc de base. Depuis sa position, des groupes solaires en surplomb lui ferment la vue. Les ferrures d'une rampe, au loin, étincellent au Soleil. Est-ce celle le long de laquelle il doit progresser tout à l'heure ? Ou l'autre, derrière ? Il cherche Nikita du regard. Son compagnon s'est déjà rapproché des antennes radiogonométriques. Là-bas, on dirait une sorte de poupée un peu raide. Au début, l'ingénieur de bord semblait progresser lentement le long de la paroi, mais sa vitesse était trompeuse. La précision de ses gestes le fait évoluer de manière constante : il ne cesse de s'éloigner de lui.

À proximité du nœud, Ivan se redresse encore. Les deux câbles dessinent autour de lui des arabesques métalliques. Il peine tant à s'approprier la forme extérieure du complexe orbital que le module Kvant-1 lui semble maintenant à une distance démesurée. Il est désorienté par les revêtements capitonnés des protections thermiques. Il ne reconnaît plus la station sous les ailes des panneaux, les blocs-moteurs, les réservoirs. Où cesse exactement le bloc de base ? Où commence l'autre cylindre ? Au fond, il croit apercevoir le système de rendez-vous, les antennes Igla.

Il chemine en s'efforçant de faire correspondre mentalement ce qu'il voit aux directions fournies par le sol. Le protocole des deux crochets le ralentit plus qu'il ne l'aurait pensé. Il est tenu de s'arrimer en deux points, au cas où l'une des prises céderait. Ses mains glissent le long du filin, tâtonnent pour
orbite 3595 détacher le premier mousqueton, le fixer plus loin. Puis il saisit l'élingue qu'il a laissée en arrière, recommence. Les prises manquent, vraiment ! Qu'ils posent d'autres poignées, d'autres œillets ! Est-ce le mouvement rapide de la Terre qui le trouble ? Ou plutôt la contradiction entre sa masse et l'absence de bruit ? Ce chuchotement : celui de ses muscles glissant l'un contre l'autre. Ce bruit de soie : celui de sa peau. La planète roule dans l'obscurité muette. Lui vit depuis sept mois dans le tapage mécanique des pales, et maintenant, tout est trop épais, trop feutré. Souligné par la rumeur du sang, ce silence devient assourdissant. Ce n'est pas celui des grands fonds, ni celui des ruines. Ni celui d'un cloître. Ni celui de la nature serrée par le gel. C'est le silence qui a tout précédé. Celui qui régnait au commencement. Il s'effraie tout à coup. Il a oublié ses jambes alors qu'il vient justement de dépasser des capteurs stellaires, protégés par des bouts de plaques en tôle. Leur tranchant a-t-il pu

accrocher l'étoffe ? Non, il aurait senti une résistance. Voilà que l'obscurité l'avale. Il n'a pas vu s'approcher la ligne terminatrice. La tombée de la nuit est si nette, si brutale, qu'il a failli se cogner dans le casque. Les ténèbres l'ont enveloppé d'un seul mouvement, sans transition. Il n'a jamais vu de nuit plus dense. Au fond de son scaphandre, sa peau se tend, sa mâchoire se crispe. C'est une obscurité qui crève les yeux, qui veut lui faire croire qu'il n'y a jamais rien eu d'autre. Sous la station, la Terre a complètement disparu. Elle y était, elle n'y est plus. Une planète ne peut pas avoir été escamotée ainsi ! Est-ce la station qui fait volet ? Impossible, l'immense sphère dépassait de part et d'autre du bloc de base. Il soulève son heaume métallisé, allume les lampes de chaque côté de son casque, comme s'il espérait la démasquer avec deux cents watts de lumière. La Terre est là, toute proche, et il n'en est plus sûr ! Il pensait qu'il saurait toujours où pointer son regard, puisqu'ils orbitent autour d'elle. Quel est ce prodige ? C'est effrayant. Il imaginait qu'il y aurait toujours des points de lumière au sol, un brasillement au-dessus des villes, des torchères dans le désert, des brûlis pour détourer l'Afrique. Il croyait que le Soleil, même de l'autre côté de la planète, en dessinerait vaguement le contour. Est-ce qu'il cherche au moins du bon côté ? La question lui fait peur. Comme s'il pouvait se tromper de direction. Il hésite à appeler Nikita pour lui demander ce qui se passe. Il ne peut pas le déranger pour cela. Son ami lui répondrait qu'il fait nuit, qu'il n'y a rien d'anormal à ne plus y voir. Nous sommes au-dessus de la grande plaine noire du Pacifique, estime-t-il pour se rassurer. Il balaye l'espace du regard, glisse sur la poussière grise des constellations. Au loin, les étoiles sont apparues. Mais ? Il recommence, tourne la tête. Elles disparaissent brusquement. Si leur lumière ne passe plus, c'est qu'un corps leur fait obstacle. Si le poudroiement cesse, c'est que son regard, sans le savoir, bute sur la Terre. C'est elle, là, qui les éteint ! Il lui faut faire cette soustraction, maintenant, pour la trouver.

Ses pieds commencent à se rafraîchir dans les chaussons, il doit continuer d'avancer pour ne pas s'engourdir. Puisqu'il n'est plus très loin de l'aile, il pourrait profiter de l'ombre pour s'aventurer jusqu'à la pointe. Il a perdu Nikita de vue, mais en augmentant le volume du communicateur, il peut continuer d'entendre sa présence dans l'interphone. Leurs deux respirations mêlées le rassurent. Il consulte le calepin accroché à son bras pour reprendre les étapes de la trajectoire décidée par le sol, résolu à ne plus se concentrer que sur la prise suivante.

Il rejoint Kvant-1 à la lueur des torches, avise le mât qui vertèbre les panneaux. Au bout du faisceau, il lui semble bien que l'une des feuilles s'est rabattue. Il consulte sa montre pour vérifier qu'il a encore le temps de s'y engager avant le jour. Georgyi a désactivé les groupes solaires, mais la nuit lui offre une sécurité supplémentaire. Tant que la Terre masque le Soleil, il ne peut pas y avoir de courant dans les circuits.

Il s'avance sur l'aile, coulisse lentement le long de la poutrelle métallique en se tenant le plus éloigné possible des bords effilés des panneaux. Lorsqu'ils étaient éclairés, ils brillaient d'un éclat cuivré. De près, dans le rond des lampes, le nid d'abeille s'est bleuté. Les alvéoles usées ont pris des teintes turquoise, nuit, azur ou lavande, qui lui évoquent bizarrement les nuances aléatoires d'une faïence de salle de bain. À mesure qu'il s'approche du panneau incriminé, Ivan constate qu'il s'est bien replié le long de sa charnière, faisant disparaître les rangées de photopiles. Arrivé à proximité, il contemple ce qu'il a vandalisé. Il a affronté le vide pour venir se percher au bout de ce mât fragile, et maintenant, il ressent une sorte d'apaisement à constater de ses yeux le dégât qu'il a causé. Est-ce le seul ? Les liaisons ont probablement souffert sans que le résultat en soit encore visible. Celui-ci est à lui. Ici, au bout de l'aile, il est soulagé à l'idée qu'un autre n'est pas venu à sa place réparer sa faute. Comment a-t-il pu les mettre en danger tous les trois ? Les morceaux de la station éparpillée auraient fini par être capturés par la Terre, brûlés dans les couches supérieures de l'atmosphère. Les fragments les plus denses auraient survécu au frottement, perforé les couches d'air, tombant en pluie, à demi brûlés, n'importe où, n'importe comment, tuant peut-être d'autres vies. Comment a-t-il pu ? Et pourquoi Viktor n'a-t-il rien dit ? Cette question, maintenant, l'obsède plus que l'autre. Pourquoi ne l'a-t-il pas dénoncé ? Peut-il avoir sous-estimé les conséquences qu'aurait eues son battement s'il l'avait prolongé ? Il ne veut pas de cette réponse. Pas Viktor, pas le sauveur de Salyut-7. Se sentait-il coupable de l'avoir tenu à l'écart ? Comment aurait-il pu deviner que leur geste ait pu le blesser si profondément, remué en lui tant de vase ? En venir là pour un trait de chatterton ? Parce qu'ils avaient oublié de lui annoncer le passage du satellite américain à proximité de la station ? Ou Viktor craignait-il quelque reproche ? Que sa carrière soit entravée par cet incident ? Non, pas un homme de sa trempe. Ou alors voulait-il lui donner une chance ? Juché au bout de l'aile, en déport, Ivan regarde autour de lui l'immensité glacée. Le geste de Viktor ne ressemblait-il pas à un pardon tout neuf ? À un geste chrétien, quand on se dénonçait depuis des décennies ? Alors que la fin du communisme était annoncée, Sergueï s'autorisait à embrasser les icônes et Viktor à croire en Dieu ? Peut-être avait-il été baptisé dans une cave, comme tant d'autres avant lui, et que, le régime près de tomber, il se mettait à pardonner ? Ivan se demande comment attraper ce panneau sans taillader ses gants. Il arme deux doigts sur le rebord. La charnière doit être grippée, ou alors sa traction trop timide. Il referme le poing gauche sur la tubulure du mât, saisit le panneau de l'autre, tire violemment. Soudain, le vantail reprend sa position première dans le plan de l'aile. Il ne s'est jamais rien passé. Viktor n'a jamais eu besoin de lui pardonner parce qu'il n'a jamais manqué de détruire la station. Nikolaï et lui ne l'ont jamais tenu à l'écart. Ils n'ont jamais tiré un morceau d'adhésif sur le pupitre. Viktor n'a jamais craint le moindre reproche parce que tout ceci n'a pas eu lieu. Cette feuille n'a jamais eu d'autre position que celle-ci, dans le prolongement des autres. D'ici quelques minutes, le Soleil pourra l'embraser de nouveau. Et lors du prochain échange télémétrique, le sol s'apercevra que la puissance électrique est restaurée.

— *Nikita ?*

— *Oui ?*

— *J'ai combien de temps exactement avant le lever du Soleil ?*

— …

— …

— *Onze minutes. Pourquoi ?*

— *Je suis au bout de l'aile. Je m'en vais.*

— *Tu ferais mieux, oui.*

Ivan regagne le bâti de la station, reprend son cheminement en sens inverse. Le sol a prévu qu'il inspecterait la coque sur l'autre flanc du corps central. La lumière jaillit aussi abruptement qu'elle s'était éteinte. La paroi reprend une couleur jaune maïs. En contrebas, la Terre est encore enténébrée. La station s'est allumée avant la planète. Il se sent heureux comme un alpiniste au sommet qui verrait le Soleil avant les gens de la vallée. Là-bas, il aperçoit la silhouette de Nikita à contre-jour, dévorée par la luminosité. Des points blancs passent devant la vitre de son scaphandre. Il pense joyeusement : des poussières qui accrochent la clarté. La chaleur est revenue dans les chaussons. Il s'arrête un instant, cherche la pipette. Jusque-là, il ne voyait de la Terre que des fragments découpés dans le cadre du hublot. Il la regarde de tous ses yeux, si ronde, si belle, pareille à un formidable morceau de pierre gemme. Des filaments de nuage s'enroulent et se déploient. D'autres, plus loin, se massent et se soudent. Des petits nuages durs et brillants projettent une ombre légère sur la nappe des forêts. Il y a cette laine qui se déchire sur une crête. Plus bas, les griffes soyeuses des cirrus. Plus loin encore, des rouleaux de nuages alignés en galets moutonnants.

orbite 3596

Il rampe en refermant ses mousquetons l'un derrière l'autre. Ses gestes sont devenus plus automatiques avec la réparation de sa faute, délestés d'un poids secret.

Ils vont survoler à nouveau la partie sombre de la Terre. Cette fois, il ne veut pas se laisser surprendre, s'arrête pour observer le surgissement de la nuit. La planète, en disparaissant, sonne l'alerte. Le complexe orbital n'est plus éclairé par le Soleil que pour une poignée de secondes. Ça y est, la moitié de son corps trempe déjà dans le noir, tandis qu'il continue de sentir sur l'autre un reste de chaleur. Il lui semble traverser un nuage de poudre de carbone en suspension, que la nuit se solidifie autour de lui. Il n'a qu'à tendre la main pour toucher cette pluie charbonneuse, avant que les ténèbres reprennent tout.

Il relève son heaume, rallume ses lampes, poursuit son chemin pour ne pas prendre froid.

La main courante s'interrompt.

Devant lui, la poutrelle d'un bras de déport lui barre la route. Est-ce qu'il s'est trompé d'itinéraire ? Il a beau regarder, il ne voit pas la poignée mentionnée par le sol. Il consulte son calepin. Les instructeurs ont dû confondre. Elle ne doit être accessible que de l'autre côté de la pièce mécanique. Peut-être ignoraient-ils que le bras s'était replié de cette façon ? Il n'a qu'à effectuer un seul mousquetonnage, le temps de l'enjamber. Il saisit l'une des entretoises de l'armature, passe le premier pied. Il devine qu'il lui sera plus difficile de détacher le premier crochet une fois l'obstacle franchi, qu'il devra s'étirer pour l'atteindre, se contorsionner. Le câble risque de se prendre dans ses jambes. Il tend la main vers le premier mousqueton, alors qu'il n'est pas encore attaché de l'autre côté. Son compagnon peut-il le voir ? Non, pas dans ces ténèbres. Dans le casque, Ivan l'entend encore siffloter l'une de ses chansons idiotes. La voie est libre ! D'une main, il se détache en se disant que personne n'en saura jamais rien. Quel moyen aurait le sol de vérifier qu'il est toujours scrupuleusement arrimé ? Mais tout à coup, au lieu de passer l'autre jambe, il regarde son poing refermé sur la poutrelle. La vie s'est rassemblée. Il y a la mort au bout de son bras. L'avait-il déjà vue de si près ? Elle est là, concrétisée par ce gant dont il casse la rigidité. S'il ouvrait la main, il s'écarterait doucement de la station, dériverait dans le vide autour de la Terre jusqu'à l'épuisement de ses ressources. Ce n'est pas si terrible, un poing fermé. Son existence s'est mise là, à l'ombre du pli. Les deux cordons d'acier ondulent mollement sur les côtés. Il n'y pensait pas une minute auparavant. Sa main lui fait une proposition surprenante. Ce n'est pas une si mauvaise idée, surtout s'il se décide vite. Il va l'ouvrir. C'est mieux ainsi. Il n'y a jamais rien eu d'autre que cette nuit. C'est une obscurité qui est là depuis toujours, une tentation de margelle. Ses tempes se sont mises à battre. Il entend l'appel réverbéré par les pentes du trou. Cette main familière attachée à l'extrémité de son bras qu'il a si souvent vue posée sur sa cuisse, serrée sur un verre, le manche d'un outil, une fourchette, une cuillère, levée en visière sur son front, arrondie sur son sexe, se balançant contre sa hanche, battant la mesure, qui savait compter, tenir un crayon, aider Pacha à traverser, il lui semble que c'est elle qui lui adresse la parole pour achever de le convaincre. Il peut bien l'ouvrir ! Pourquoi s'acharner ? Il ne volera plus. Après cette mission, on jugera son corps trop affaibli pour le titulariser de nouveau. Lorsqu'il rentrera, il ira dans les écoles parler devant les classes, participera à des tables rondes en Europe, aux États-Unis, en Chine, au Japon, honorera des invitations émanant d'associations stupides, d'académies en tout genre, de passionnés de la chose spatiale qui le feront venir pour continuer d'alimenter la flamme d'un rêve adolescent. On lui fera passer la nuit dans des chambres un peu tristes. Quelques plafonds d'hôtel plus tard, dans deux ou trois ans, à la Cité des étoiles, on le verra fumer des cigarettes au pied des tours, à l'entrée des bâtiments. Il passera ses journées avec les autres, les ouvriers du ciel dont on ne veut plus. À Moscou, à Novossibirsk, à Iakoutsk, des femmes sont en train de donner naissance à des enfants qui le remplaceront. On l'oubliera puisque personne, déjà, ne sait qu'il existe. Et lorsqu'il sera invité à Baïkonour pour assister au départ de la nouvelle garde, le jeune Volkov ou le jeune Kononenko le regarderont par la vitre en se demandant quel est le nom de ce vieillard de cinquante ans, agacés de ne pas se souvenir.

— *Ivan ?*

— …

Pacha et Guennadi auront quitté la maison. Il vieillira à côté d'Oksana, avec qui il ne fait déjà presque plus l'amour. Alors, sa main torturée par le gant il va l'ouvrir, et il ne doit pas hésiter parce que c'est une belle mort qu'elle lui propose, maintenant qu'il a réparé sa faute, maintenant qu'il peut choisir.

— Ivan ? Celle-là, tu la connais ?

Masqué par une aile de la station, Nikita fredonne une chanson de nourrice, la voix piquée de parasites. C'est une comptine où il est question d'un sifflement, qui est celui de la bouilloire, d'un ronronnement, qui est celui du chat.

— Le sommeil a triomphé de ma poupée…

L'histoire insensée d'un cheval à pattes barbues, d'une sauterelle verte comme un cornichon, de jouets cachés sous l'oreiller, d'une voiture qui dort dans le garage.

— Pose donc ta petite tête, ferme les yeux…

Ivan fait glisser l'élingue dans le creux de sa main.

— … et toi aussi, à côté de maman, reste allongé calmement.

Ivan pousse le doigt du mousqueton, referme le crochet sur la barre.

orbite 3598

Il prend une lente inspiration en entendant le ronflement de l'air brassé, le sifflement ténu des appareillages électroniques, les mille bruissements de la maison. Il s'appuierait au mur s'il pouvait. Il n'a jamais observé avec un tel soulagement des chemins de câbles, des niches de plancher, des barres de néons, des blocs expérimentaux, tous ces modules saturés de bruit qui disent ensemble : « Tu es rentré. »

— Il faut que tu changes le joint.

— Tu crois ?

Il lui explique comment.

— Fais-le en même temps que je te parle.

— D'accord. Pacha, tais-toi ! Je n'arrive pas à entendre papa !

Le tuyau qui fait un coude sous l'évier. La bassine qu'il faut mettre en dessous. La bonne clef. Il pense au gigantesque réseau d'écoute permettant cet insert téléphonique. Il songe aux antennes de poursuite disséminées à travers le pays, aux bateaux relais surmontés d'une parabole, qui avancent ou reculent pour s'aligner sur le couloir de vol de la station. S'ils étaient face à face, Oksana devinerait peut-être tout. Et puisqu'il serait impudique de se répandre en paroles, elle l'attirerait contre sa poitrine, prendrait sa tête sur son épaule, dans son cou. Elle ne chercherait pas à en savoir davantage. Il n'essaierait pas de lui expliquer en détail ce qui s'est passé. Il entend, derrière, les bruits de la cuisine, le son de la radio allumée près du frigo, un léger battement qu'il imagine être celui d'un couvercle sur une casserole. Il invente la buée aux fenêtres, les épluchures d'oignon sur la table, les miettes par terre, tandis que Pacha continue de faire du bruit à côté du téléphone.

— *Pacha, arrête !*

— Oksana, passe-le-moi.

Elle rapproche le combiné de son oreille.

— *Quoi ?*

— Passe-moi Pacha.

— *Tiens, papa veut encore te parler.*

— Pacha, je suis en train de parler avec maman. Arrête de faire du bruit, d'accord ? Joue avec Guennadi, mais doucement.

— *Guennadi a pris le camion.*

— Eh bien tu lui reprends gentiment.

— *Guennadi, donne !*

— Doucement, hein, il est encore petit. Pachka ! Doucement pour qu'il ne pleure pas. Prête-lui l'un de tes jouets en échange.

— *Tiens, Guennadi, la voiture. Prends... Regarde la voiture... Pas le camion, la voiture... Le téléphone ? Tu veux parler à papa ?*

Tout à coup, Ivan écoute passionnément. Pacha envisage de passer le combiné à Guennadi, qui ne sait pas encore parler, qui ne sait peut-être même pas comment tenir l'écouteur.

— *Tiens… C'est papa…*

Au bout du fil, un peu de silence. Le souffle de Guennadi traverse les ténèbres jusqu'à ses tympans.

— Guennadi ? Mon petit oiseau ? Mon petit bébé ?

Il est là, au bout du téléphone, il écoute ! Guennadi ne dit rien mais Ivan sent sa présence. Il m'entend, pense-t-il, il m'entend !

— Guenna ? Mon petit amour ! Tu te souviens de ma voix ? Tu te souviens de moi ? Je suis ton papa. C'est ton papa qui te parle. Guenna, mon petit oiseau ! Je suis vivant ! Je suis vivant ! Je t'aime ! Oh ! Comme je t'aime, mon petit bébé !

Dans la soirée, après le repas, Nikita vient le chercher dans Kristall :

— Est-ce que tu peux me couper les cheveux ?

Ivan hésite, ne sait plus ce qu'il était en train de faire. Sa voix est lente, comme s'il sortait de fièvre :

— Bien sûr, oui.

Ils s'installent dans le bloc de base, près de la table. Nikita passe les pieds dans l'une des sangles tirées le long du linoléum, coince entre ses cuisses le corps cylindrique de l'aspirateur. Les cheveux bouillonnent autour de son crâne. Des mèches se sont formées, des brins sombres épaissis par le shampoing sec et la transpiration. Ivan regarde vivre la chevelure orageuse, ne sait pas comment y entrer. Les doigts arrêtés dans la crinière, il demande :

— Je te fais mal ?

— Non.

— Tu es sûr ?

Il approche les lames, passe une mèche entre l'index et le majeur. Il a vu que les coiffeurs faisaient ainsi. Les cheveux glissent entre ses phalanges, s'insinuent partout sous ses ongles, lui chatouillent les poignets et les paumes. Au début, c'est un picotement presque douloureux, le sang qui revient dans la chair morte. Nikita suit le parcours des ciseaux avec un miroir de poche, approchant la bouche de l'aspirateur au fur et à mesure que les poils plient et se détachent. La lumière décalque la lentille du hublot sur la surface de la table. Les doigts trempés dans ce ruisseau de cheveux, Ivan contemple les taches de Soleil. Il voudrait être un homme qui marche dans la ville et qui va quelque part. Il y aurait du vent, beaucoup d'air frais, et des arbres, et de l'herbe, de l'herbe partout entre les pierres, qui descellerait les dalles du trottoir, une germination lente et silencieuse qui soulèverait tout.

orbite 3600

Il est en train de classer ses prélèvements bactériologiques lorsque Nikita apparaît à l'entrée de Kristall.

— Viens voir.

Il veut le conduire jusqu'à l'un des hublots de Kvant-2.

— Attends.

— Vite !

— Je ne vais plus savoir où j'en suis.

— Viens, je te dis !

Ivan traverse le carrefour derrière Nikita, le suit dans le module opposé, se poste à la fenêtre indiquée, à côté de lui.

— Je ne vois rien, dit Ivan, il fait nuit.

— Attends.

Soudain l'Amérique du Sud se détoure. Un bon tiers du continent est frappé d'un seul et même orage. Des éclairs invisibles illuminent le ciel par transparence.

— Tu as vu, dit Nikita, on voit l'intérieur des nuages, comme s'ils étaient phosphorescents.

Le mur compact de la nuit se fendille à chaque décharge, révélant la gigantesque masse nuageuse, claire et bourgeonnante. Et s'il avait ouvert la main ? se demande Ivan. Son imagination lui fait desserrer les doigts. Ce geste dérisoire aurait suffi pour que la rampe le repousse. Au début, il aurait eu l'impression d'être encore immobile, si près qu'il n'aurait eu qu'à tendre le bras pour se rattraper. D'ailleurs, il aurait peut-être eu le temps de regarder la Terre, de contempler cet orage, de penser à autre chose. Mais lorsqu'il aurait finalement décidé que non, que c'était une mauvaise idée, qu'il fallait rentrer, il se serait aperçu que l'écart s'était creusé entre-temps. Il aurait tendu les doigts, gêné aux entournures. Son gant aurait effleuré le métal, il aurait senti la résistance de la tubulure à travers la résine. Son bras étiré au maximum l'aurait empêché de s'agripper ! À l'intérieur, sa main se serait raidie au point de vouloir transpercer l'étoffe. Il ne lui aurait manqué presque rien pour accrocher une phalange. Il se serait débattu pour s'étendre davantage, ne parvenant qu'à griffer le vide.

— Par moments, on dirait du lait en ébullition, avance timidement Nikita. Tu ne trouves pas ?

Il se serait écarté inexorablement, emporté par le courant comme un rat qui surnage. Il aurait crié, demandé de l'aide. En l'apercevant, Nikita aurait hurlé d'effroi dans l'interphone, parce qu'il aurait immédiatement compris qu'il était perdu. À cet instant, alors qu'il aurait été toujours vivant, les gueulements de son ami auraient été pires que le reste.

— Hé ! s'écrie Nikita.

— Quoi ?

— Je te parle.

— Pardon.

— Tu sais quel est ton problème ?

— Vas-y.

— Tu fais semblant.

— Comment ça ?

— Tu es là, mais en fait non, pas vraiment.

— Tu crois ?

— Tu me fais penser aux astronautes américains qui sont allés sur la Lune.

— Moi ?

— Oui. Tu ressembles à ceux qui en sont revenus malheureux. Il y en a quelques-uns comme ça. Quelques jours après leur retour, ils se sentaient tristes sans savoir pourquoi. Tout s'était bien passé, pourtant. En fait, sur place, ils n'avaient même pas eu le temps de réaliser qu'ils étaient sur la Lune. Ils étaient trop concentrés sur leur mission. Comme s'ils avaient été en pilotage automatique, tu vois ? Et lorsqu'ils comprenaient ce qui venait de se passer, ce qu'on leur avait volé, il était trop tard. Dix ans après, il y en a qui dépriment encore.

orbite 3663

Ivan sent les mots de son compagnon pénétrer doucement ses défenses, s'introduire en lui comme une lumière paresseuse. Il devine à sa chaleur qu'elle se répand tranquillement, cherche les coins où cureter les ombres. Nikita n'a rien dit méchamment. C'est amusant, pense Ivan, de sentir sa vie basculer, son gant effleurer le métal lorsqu'il ne manque presque rien pour crocheter une phalange. Son attention, qu'il n'arrivait plus à fixer. Ses décrochages dans la conversation. Le jeu déréglé de ses souvenirs, tous ces événements passés qui remontaient à sa mémoire, son incapacité à vivre ici et maintenant. Et Nikita qui lui disait son fait comme si de rien n'était, qui faisait semblant de le gronder un peu, comme il avait raison ! Parle-moi encore de ce cheval à pattes barbues, pense Ivan, de cette voiture dans le garage.

— Tu as raison, murmure-t-il.

— Tu sais, je t'aime bien, dit Nikita, je ne dis pas ça pour t'embêter.

— Ne t'en fais pas. On a une datcha au sud de Moscou. C'est une maison qui appartenait aux parents d'Oksana, qu'ils nous ont donnée. C'est là qu'on s'est rencontrés en fait, à la fin de nos études. Elle avait organisé une fête après les examens… bref. On y passe souvent le week-end. Enfin, on y allait avant que je commence à me préparer pour ce vol. Le dimanche après-midi, même s'il faisait beau et qu'on s'amusait bien, même si Pacha était heureux comme tout, moi je savais qu'on allait devoir rentrer. C'était plus fort que moi, je pensais aux embouteillages. Même lorsqu'il faisait très beau, tu vois, même lorsque Pacha apprenait à marcher dans le potager, au milieu des tomates, je pensais aux bouchons du retour, à la journée du lendemain, au week-end suivant, à ce que j'allais faire quinze jours plus tard. Je n'y peux rien. C'est horrible ce que je suis en train de te dire. Je n'y peux rien. C'est plus fort que moi. Je me projette sans cesse. Je m'en vais tout le temps.

Pendant ses relevés d'expérience, en courant sur le tapis, en détachant ses peaux mortes, il ouvre de nouveau les doigts : dix fois, cent fois, de la même manière. Il tâtonne, cherche le moment précis du basculement. Là, il pourrait encore saisir la barre. Là, il ne pourrait plus. Un poing finit toujours par le saisir dans le dos pour le ramener, le plaquer contre la station, pour qu'il ait l'opportunité de mourir encore.

Au générique, il lit le nom de cette fille : Anita Blonde. Il se relève la nuit pour la regarder mieux. Cela ne peut être qu'un pseudonyme, admet-il. Il repasse la bande en accéléré, s'arrête chaque fois *orbite*
qu'elle réapparaît. Son regard se détourne des sexes *3746*
béants, des orifices branlés, des verges dures qui la réclament et la tancent. Il ne fixe plus ce que la caméra pointe du doigt mais observe le reste, tout autour, la matière vivante qui s'est échappée. Ses bras nus, ses clavicules, la façon dont elle se mord la lèvre. Il n'en peut plus de suivre la ligne de ses hanches, de ses joues. Cette femme est belle à crever, vraiment. Lorsqu'elle se penche en avant et que le tissu de sa robe remonte de quelques centi-

mètres, ses jarrets dessinent deux H majuscules très tendres derrière les genoux. La paume d'une main passe sur ses seins, il les voit se déformer et revenir. Ce pied qu'elle pose sur le bord de la chaise, la forme de ses muscles renouvelée à chaque pas. Il regarde l'empreinte de ses dents dans la tartine de beurre, les épines de ses omoplates dans le dos de sa robe. Il remarque le fin duvet blond, presque transparent, qui couvre le haut de ses cuisses. Il la connaît par cœur à présent, saurait décrire son corps plus fidèlement que tous ces hommes qui l'ont caressé.

Il rouvre les yeux, le regard fixe, halluciné : au bout de son bras, sa main s'est encore refermée sur la rampe, dure et crispée.

Non.

Il ne l'ouvrira pas. Pourquoi ferait-il cela ? Puisqu'il est vivant pour la voir, cette fille dont il a observé chaque fragment, chaque parcelle de peau. Puisqu'il pourrait, s'il voulait, la reconstituer mentalement comme un tout magnifique. Il doutait que cette femme ait une adresse, une histoire, qu'elle soit née quelque part. Mais si elle ajuste d'une main le bandeau dans ses cheveux, c'est qu'elle existe. Son geste est si naturel qu'elle continue forcément de vivre hors du champ de la caméra, forcément. Que dirait-elle en apprenant qu'elle est en train de voler à bord de Mir en ce moment même ? Quelqu'un devrait essayer de la retrouver pour lui dire qu'elle a bien le droit de planter un arbre dans l'allée, elle aussi. Il faudrait qu'elle sache qu'elle a flotté aux côtés des cosmonautes n° 28 et n° 43. Qu'elle a donné envie d'une cigarette au n° 49, et même d'un cognac. D'être un homme qui marche sur le trottoir, dans la ville. Puisqu'il va tenir, qu'il va patienter jusqu'au moment où il pourra descendre l'escalier de la cave, pour renifler l'odeur de la tente moisie. Il partira camper trois jours avec Pacha. Sans Oksana ni Guennadi, parce que c'est important, n'est-ce pas, de voir ses parents séparément ? Qu'ils fassent quelque chose dont ils se souviendront plus tard, son fils et lui, qu'ils aient un souvenir à eux ?

— *Tu es déjà en orbite depuis plus longtemps que Solovyov en 1984,* dit l'officier de liaison de permanence, *et tu as aussi battu Berezovoï et Lebedev.*

— Ah ?

Il ne sait même plus le jour de la semaine, si on est mardi ou mercredi. Il a battu Solovyov ? La nouvelle ne provoque en lui aucun mouvement de joie. Pourtant il pressent un danger, une injustice terrible dans cette asymétrie. Le succès l'indiffère maintenant, alors que l'échec lui serait encore pénible. Il y voit une inégalité insupportable, quasiment scandaleuse, comme s'il n'y avait plus rien à attendre, à gagner, que des défaites à éviter.

Il feint d'être ravi, presque surpris, afin de ne pas froisser cet homme qui s'efforce d'être fier pour lui. L'opérateur a pris le temps de compter le nombre de jours qu'il avait déjà passés en apesanteur, confrontant son résultat aux précédents records. Peut-être que cet opérateur creuse une encoche sur le mur de la salle de contrôle chaque matin. Peut-être double-t-il la longueur de la septième pour faire apparaître les semaines.

— Comment t'appelles-tu ?

— *Denis.*

Il ne sait plus comment paraître sympathique à quelqu'un. Il devrait peut-être poser quelques questions à l'opérateur en manière de remerciement ? Il fait mine de s'intéresser, lui demande s'il a des enfants, s'il habite Moscou. Ses questions doivent sonner étrangement, mais l'autre y répond aussitôt et sans effort.

— Le sucre non plus ?

— *Non.*

— Alors qu'est-ce qu'on trouve ?

— *Du pain et du lait, si on a la chance de tomber dessus.*

— Est-ce la raison pour laquelle les portions sont plus petites depuis le dernier ravitaillement ?

— *Je ne sais pas... Je pensais que vous étiez épargnés.*

— Ils nous envoyaient du miel avant. Plus maintenant.

— *Ils ne sont peut-être plus livrés. Il y a de gros problèmes de distribution. C'était du miel ukrainien, n'est-ce pas ?*

— Oui, je crois.

— *Alors, c'est normal.*

— Dis plutôt qu'ils essaient de faire des économies.

— *Non.*

— Tu n'oses pas dire ce que tu penses parce qu'on nous écoute.

— *Pas du tout. Avant-hier, avec des amis, je suis allé rue Preobrajenskaïa. Il y a une boucherie là-bas, tu sais ?*

— Non, j'ignore ce genre de choses.

— Je me suis inscrit dans la queue. J'étais le 385e.

— Tu as attendu ?

— Oui.

— Et ?

— Bien sûr, je n'ai rien eu. Mais hier j'y suis allé plus tôt, et cette fois, j'étais le 240e.

— Tu te rapproches dangereusement.

— Au moment où j'allais entrer dans le magasin, la fille est sortie avec l'écriteau « Marchandise épuisée ».

— Tu bois du thé depuis deux jours ?

— On arrive encore à trouver du pain et des légumes. Mais je vais te dire ce qui m'ennuie. Après la guerre, je devais faire la queue, on m'écrivait déjà un numéro sur la main. Et maintenant que je suis vieux ça recommence.

Alors cet homme au bout du fil a connu la guerre ? Sa voix est si claire qu'Ivan s'était trompé sur son âge.

— Mais c'est plus dur pour la vendeuse aujourd'hui, tu sais pourquoi ?

— Non.

— C'est plus difficile d'écrire sur une main ridée.

Cet homme à la console a connu Gagarine, les hurlements de joie dans les rues de Moscou à son retour. Et maintenant, comme les autres, il attend son tour dans la queue. Oksana avait raison. À part cet opérateur, qui se soucie encore de savoir qui est là-haut et depuis quand ? Qui se souvient de Granovski et de Popp ?

Pourtant, par le hublot, lui ne perçoit rien de la détresse industrielle de son pays. Les fleuves continuent de traverser les frontières, les forêts de chevaucher les lignes. La planète tourne, superbe d'ignorance. Il regarde à l'horizon la buée qui en adoucit les contours. Lorsqu'il fait entrer dans son regard un peu du cosmos environnant, un peu de cette immensité qui donne l'échelle, il la trouve bien seule et bien menue. Il a tout à coup pour elle de la tendresse. Elle jure drôlement dans le bain noir du ciel. Son fini est tellement bouleversant. Il observe la membrane transparente de l'atmosphère, qui ne fait pas deux millimètres sur le hublot mais qui décide de tout ! Il ne le dira pas à l'officier de liaison la prochaine fois qu'il l'aura en ligne. Il lui semble que l'Union soviétique peut bien s'effondrer, la Lune n'être plus communiste. Ailleurs, les planètes n'orbitent pas à la bonne distance de leurs Soleils, la température au sol met le plomb à ébullition. Tandis qu'ici, sous cette écale translucide, Guennadi apprend à marcher en ce moment même, à porter sa tête, à creuser la courbure de son dos, à affermir ses genoux.

— Tu veux toucher ?

Georgyi le lui propose gentiment, devinant qu'il n'ose pas demander. Ivan s'approche de la serre. Les pois affleurent à la surface, d'un vert tendre à pleurer. Sous l'effet de l'apesanteur, les tiges se sont développées dans toutes les directions, donnant l'impression d'une herbe sur laquelle quelqu'un viendrait juste de se coucher.

— Vas-y, dit Georgyi.

— Je peux ?

— Puisque je te le propose !

Ivan avance délicatement les doigts sur les pousses. En équilibre sur les pointes, sa main se fige. Elles ont l'air tellement fragiles.

— Mais vas-y, je te dis ! s'écrie son compagnon.

Ses doigts repartent lentement, peignent le semis avec la prudence d'un chat qui s'attribuerait lui-même une caresse. Il y a neuf mois, avec toute la corne qu'il avait sur les mains, jamais il n'aurait pu sentir de telles chatouilles. Les pressions répétées avaient durci l'épiderme au point que ses paumes saillaient légèrement. Est-ce qu'il ne lui était pas arrivé quelquefois de se brûler sans s'en rendre compte ? Il pensait que cette callosité resterait, que ces coussinets de cellules mortes faisaient partie de lui pour toujours, comme le cambouis sur les mains crevassées d'un mécanicien ou d'un graisseur de wagon, incrustés pour l'éternité.

— Tu sais, la pesanteur me manque, dit Ivan.

— Aïe, fait Georgyi comme s'il venait d'entendre une très grave nouvelle.

— Je ne pensais pas qu'elle me manquerait à ce point.

— Tu en as marre de téter des coins de poche, c'est ça ?

— Oui, j'en ai marre. Je voudrais… C'est idiot… Je voudrais voir de l'eau tomber dans une tasse et y rester.

— Et y rester, bon Dieu ! reprend Georgyi en feignant de s'énerver.

— Prendre un tournevis pour visser quelque chose et pouvoir le poser quand je veux attraper l'écrou ou la rondelle. Sans avoir à me demander où il va foutre le camp.

— Pouvoir le poser quelque part ! résume Georgyi. Ce n'est quand même pas beaucoup demander ! Mais tu sais qu'on a un cargo qui arrive bientôt ?

— Dans trois semaines, n'est-ce pas ?

— Oui, à peu près. Tu as sûrement déjà ouvert la porte d'un vaisseau ravitailleur ?

— Non.

— Tu plaisantes ? Tu tournes depuis des mois et tu n'as jamais ouvert l'écoutille d'un cargo ?

— Jamais, non.

— Cette fois, c'est toi qui le feras.

— Mais…

— Tais-toi.

Ivan n'a toujours pas retiré sa main de la serre, continue de promener ses doigts sur les plantules.

— Tu as connu Oulianov, toi ? demande Georgyi.

— Probablement.

— Vous avez dû vous croiser sans le savoir, vous n'êtes pas de la même génération. Mais tu en as entendu parler ?

— Son nom me dit quelque chose.

orbite — Oulianov ! Tout de même ! Oulianov !

4384 — Désolé, non.

— Ça ne fait rien. Moi, je m'entraînais avec lui. Après son premier vol, il y a dix ans, il a arrêté de courir dans l'herbe. Comme ça, du jour au lendemain. Il n'allait plus que sur le macadam.

— Pourquoi ?

— Il ne voulait pas me le dire. On courait côte à côte. Moi dans l'herbe, lui sur la route, dix centimètres plus bas. C'était ridicule. Il m'arrivait à l'épaule. En plus, on ne pouvait pas aller n'importe où. Je n'avais pas le droit de lui faire quitter le macadam. Il fallait tout le temps qu'on longe les allées, pas question de s'enfoncer dans la forêt. Alors j'ai insisté. Je me suis d'abord un peu moqué de lui, pour le taquiner. Je lui ai dit qu'il avait peur de tomber, de se prendre un arbre. Qu'il voulait courir sur du dur parce qu'il n'avait toujours pas son équilibre. Que ça allait se savoir, parce que moi j'allais le dire à tout le monde. Lui, il souriait, gêné. Je voyais bien que ce n'était pas ça, qu'il était bien stable sur ses appuis. Il courait même mieux que moi, je dois dire ! Sans se fatiguer, plus vite, plus longtemps. Alors quand je me suis tu, il a fini par me dire pourquoi. Il ne voulait pas abîmer.

— Qu'est-ce qu'il ne voulait pas abîmer ?

— L'herbe.

— Non ?

— Sur le coup, j'ai trouvé ça un peu excessif.

— Un peu, oui.

— Il disait qu'un jour, je comprendrais, qu'il n'aurait pas besoin de m'expliquer.

Il ne la regardait plus que distraitement, comme il aurait regardé sans le voir un visage familier. Il la contemple enfin, cette corne africaine couleur de sang caillé. L'aplat de latérite rouge affronté au bleu profond de la mer. Les miettes de nuages là-dessus, leurs ombres jetées par milliers de mille. Depuis combien de temps fixait-il le gravillon pris dans l'épaisseur du hublot, au lieu de regarder à travers la vitre ?

Son œil glisse sur les filaments de plancton, les barres sableuses, les circonvolutions brunes des déserts salés.

Le dessin éphémère de l'eau dans les forêts d'Amérique du Sud lui serre le cœur. Le Soleil dévoile les fleuves et leurs bras morts en les faisant étinceler. Leur surface brille un instant, puis s'éteint, aussitôt relayée par d'autres nappes d'argent bruni, d'autres lacets, d'autres chemins d'eau jusqu'alors invisibles.

Il la dévisage d'un regard oblique, comme s'il venait d'ailleurs et l'observait pour la première fois. Alors c'est cela, ma planète ? Le mot vibre bizarrement, comme l'un de ceux dont il a perdu le sens et dont il n'entend plus que la creuse sonorité.

— Moi, c'est différent, dit-il à Nikita sans préparation.

— Ah ?

— Je suis un cas à part.

— Pourquoi ?

— Mon problème, ce n'est pas la Lune, c'est la Terre. Je suis en orbite depuis trop longtemps. J'étais tellement concentré sur la préparation du vol suivant à mon retour de Salyut-7… Je viens à peine de me rendre compte que j'étais rentré chez moi entre-temps.

— Et tu es malheureux ?

— Voilà.

— Mais tu finiras par rentrer.

Bien sûr, aimerait-il lui répondre. Bien sûr. Mais voudront-ils encore de lui à la maison ? Accepteront-ils de le reprendre ? Sans se l'avouer, peut-être craignent-ils son retour ? Avec tout ce temps, n'ont-ils pas appris à vivre sans lui, à se débrouiller ?

— Quoi ! ?

En passant, Ivan comprend que Georgyi et Nikita en sont presque aux mains avec l'officier de liaison. Il chausse un casque d'écoute, se place à leurs côtés.

— *Et le prix du saucisson a triplé en deux jours.*

— On s'en fout, du prix du saucisson. Redis ce que tu viens de dire.

— *Les prix ont…*

— Ce que tu as dit juste avant !

— *L'URSS n'existe plus.*

— Ah oui ? On est citoyens de quel pays maintenant ?

orbite 4752

— *Vous n'êtes plus citoyens soviétiques en tout cas.*

— Tu proposes quoi en échange ?

— *Rien. Je vous tiens au courant, c'est tout.*

— Et nos passeports ?

— *Ils ne sont plus en règle, puisque vous allez changer de nationalité.*

— Bon. Et la mauvaise nouvelle dont tu me parlais ?

— *Les liaisons quotidiennes avec Moscou vont être réduites.*

— Pourquoi ?

— *Raisons budgétaires.*

— Je ne comprends pas.

— *Elles coûtent trop cher.*

— Et les rotations d'équipage, tant que vous y êtes ?

— *Inchangées.*

— Mais pourquoi ? Vous devriez les limiter aussi ! Je suis sûr qu'Ivan aimerait bien faire quelques tours de plus que prévu.

— *Qui ça ?* demande l'officier de liaison avec humour.

— Ivan.

— *Ne me dites pas qu'il est encore là-haut, celui-là ?*

— C'est bien ce que je pensais, vous l'avez oublié ! s'exclame Georgyi en lui adressant un clin d'œil.

— *Non, enfin...*

— Qu'est-ce qu'on fait ? On le laisse tourner encore un peu pour raisons budgétaires ? J'imagine que vous n'avez pas les moyens de...

— *Tu crois qu'il tiendra ?*

— Je ne sais pas, on verra bien.

orbite 4784

Les phares du vaisseau s'étoilent sur l'image granuleuse des écrans. Le cargo précède d'un mois l'arrivée de Bogdan et de Sacha, plein à craquer du matériel expérimental dont ils auront besoin après la rotation. À mesure que la distance se réduit entre les deux véhicules, Ivan distingue progressivement les courtes ailes de ses panneaux solaires, les paraboles blanches de ses radars, les hélices des antennes en train de battre. Bien qu'il se réjouisse à l'idée d'en ouvrir lui-même la porte, l'arrivée du vaisseau ravitailleur lui déplaît. L'événement est trop tangible, comme un avant-goût de leur séparation à venir.

À soixante-dix mètres, le véhicule s'immobilise, prudent. La petite tête conique semble hésiter, recalculer sa trajectoire. Après un instant, le vaisseau pivote à angle droit, contourne tranquillement la station pour dénicher le cône femelle à l'arrière de Kvant-1, dans le prolongement du bloc de base. Ivan gagne le module pour l'observer par le hublot. Le véhicule emplit déjà toute la surface du verre. Quelques minutes plus tard, on entend la pointe du museau taper dans le cône métallique, glisser le long des pentes pour se nicher dans la cavité.

— Viens là, Nikita ! crie Georgyi.

— J'arrive !

— Et toi, Ivan ? Tu n'as pas compris ce que j'ai dit ? Tiens-toi prêt !

Ils sont aussi fébriles que si c'était le jour de Noël.

— Attendez-moi ! lance Nikita depuis le bloc de base, empêtré dans les sangles du vélo.

Ils sont passés à tour de rôle sur l'appareil de musculation pour que l'effort décongestionne leurs sinus. Georgyi les a prévenus que la bouffée ne durerait qu'un instant et que l'odeur se diluerait très vite.

Ensemble, ils cernent la trappe.

— Rapprochez-vous, dit Georgyi. J'en ai marre. Vous êtes pire que des mômes ! Nikita ! Plus près que ça ! Vas-y, Ivan, tu peux ouvrir.

Ils rient, les narines aux aguets.

— J'y vais, vous êtes sûrs ?

— Bon sang, ouvre cette foutue porte !

Ivan tire le couvercle de son logement, le visage en avant, le nez offert.

Il doit avoir l'air complètement idiot, surtout si Georgyi est en train de lui jouer un tour.

Non. Une exhalaison discrète émane de l'entrebâillement. L'écoutille vaporise sur lui un bouquet étrange et enveloppant, une émanation fine de sable et de sel. Un parfum humide, relevé d'une pointe d'amertume qui évoque celle d'une racine. Une vague odeur de gravier dérangé après la pluie. Quelques litres d'air sauvage, vivifiés par l'immensité de la steppe, que la capsule a retenus prisonniers à la fermeture de la trappe. Le petit cargo a retenu sa respiration pendant deux jours pour souffler sur lui l'haleine oubliée de la Terre. Il en tremble d'émotion, proche de pleurer, jette un regard à Georgyi en hochant bêtement la tête, incapable de dire un mot. C'est l'odeur de ma planète, pense-t-il. C'est là que j'habite.

Ils dépaquettent au hasard, avec frénésie. Le cargo regorge d'objets qui se déversent dans Mir, vomis de la bouche de la capsule comme d'une corne d'abondance. Nikita a trouvé un journal qu'il déploie rapidement, libérant dans le module l'odeur discrète de l'encre et du papier. Il écarte la presse aussitôt pour continuer à fouiller avec eux, pousser les films, les colis, les lettres, le linge de corps, les cartes mémoires, les mallettes expérimentales, les bonbonnes d'eau, les cartouches d'oxygène, les pompes, les batteries, les blocs électroniques, les absorbeurs de gaz carbonique, les filtres à air, les ballons d'air comprimé, le savon, le dentifrice, le shampoing, les médicaments. Tout à coup, la géographie du chargement se précise. Ils vont mettre la main dessus d'une seconde à l'autre.

— Ils ont dû les ranger dans les conteneurs du fond, estime Nikita.

— Oui, derrière tout le reste, dit Georgyi, pour nous obliger à déballer.

Ils tirent les cantines, ouvrent les couvercles. Dans la bourre d'emballage, les feuilles tendres des laitues apparaissent.

— Ah, ah ! fait Nikita.

— On les tient, dit Georgyi.

Ils exhibent les grappes de tomates rouges, un chapelet d'oignons chevelus, des fagots de carottes. Georgyi tire une botte de radis roses. Nikita fait jaillir des concombres luisants qu'il brandit devant eux, victorieux, cherchant leurs regards comme pour les prendre à témoin : qu'est-ce que je vous disais ? Georgyi arrache des touffes d'aneth, de ciboulette, d'estragon, de coriandre, un bouquet de persil dont il agace leur nez avec un petit rire nerveux. Ivan met la main sur des citrons à feuilles, de petites pommes jaunes, molles et sucrées, un peu fripées, frémit en reconnaissant sous ses doigts la peau duveteuse des pêches. Une grosse pastèque vernie prend son envol dans la cabine, puis des oranges, pareilles à de petites lunes. Ils se proposent à tour de rôle les légumes, les fruits, pour les toucher, les caresser, les approcher de leurs narines frémissantes. Ils s'offrent des petites poires dures, dans lesquelles ils croquent sans attendre, des prunes claires, jaunes, vertes, translucides, qu'ils gobent en riant.

— Mais donne !

Nikita lui tend le fagot. Ivan arrache une carotte, l'inspecte de tout son long. Il la fait tourner sous ses yeux, aussi suspicieux qu'un diamantaire à l'affût de quelque défaut. Il en tire une deuxième, puis une autre, passe toute la botte en revue. Il a eu tort d'espérer, regrette de s'être montré si empressé. Il pensait que l'une d'elles, par chance, aurait peut-être été mal grattée. Si ! On ne voit qu'elle ! Là ! Une ride comblée ! Le trait noir d'une crevasse oubliée ! Un peu de terre est restée, qu'il prélève au bout de l'ongle. Il frissonne, pantelant, se demande comment une chose si petite peut sentir si fort et si bon.

— Georgyi ! Nikita !

Il tend l'arôme au bout de son doigt, émerveillé.

Depuis hier, l'expérience N107K lui impose de recueillir ses urines. Aux toilettes, essayant d'ajuster sur son sexe la poche collectrice, il s'était d'abord rendu compte que sa verge était si comprimée qu'il ne parviendrait pas à uriner. Obtenant du sol l'autorisation de reporter les prélèvements de quelques heures, il a eu l'idée de bourrer la cavité de serviettes de table, dans l'espoir que l'élastique se détende pendant la nuit.

Ce matin, dans son module, alors que les autres sont probablement encore endormis, il essaie d'enfiler l'embout pénien en plastique qu'il avait lui-même préconisé il y a dix mois. Mais les serviettes en papier ne sont pas parvenues à en desserrer l'étreinte. Il doit s'y reprendre à six fois, pousser de toutes ses forces, les paupières brûlées de larmes. Quelques gouttes giclent dans le sac, indigentes. Le garrot se resserre dès que la pression faiblit. Les mains serrées sur la poche, il ressent une chatouille dans le cou, qu'il balaie machinalement d'un revers de main. Il n'en peut plus, s'extrait de l'étui. En refermant le bouchon, il réalise soudain le geste qu'il vient de faire. Que vient-il de chasser, au juste ? Ici, à bord de Mir, c'est impossible. Il arrache ses bouchons d'oreilles, cherche autour de lui comme si un miracle allait se produire. Il est ici depuis si longtemps qu'il a enregistré dans sa chair les moindres palpitations de la station. Le ronflement sourd des hélices de ventilation, l'oscillation rapide des gyrodynes, les trépidations des générateurs, les tremblements grêles des appareils de musculation. Depuis Kristall, l'autre jour, il s'est amusé à deviner qui était en train de pédaler sur le vélo-ergomètre, dans le bloc de base. Il serait capable de dire, à l'oreille, l'origine de tout ce qui tourne ici. Mais ce qu'il entend ne vient pas de la station. Il a détecté un bruit qu'il ne connaît que trop bien. Il l'entend bourdonner ! Là ! Il l'a aperçue ! Où la mouche est-elle partie ? La voici à nouveau ! Elle est montée à bord du vaisseau ravitailleur ! Elle était coincée quelque part dans l'un des conteneurs, ou dans le ventre même de la capsule. Elle a pénétré dans la station avec cette bouffée de Terre que leur a offerte le cargo. Elle vibrionne, la pauvre, ne sait plus comment se déplacer, aux prises avec une force supérieure qui lui donnerait des gifles pour l'assommer.

Dans la journée, il s'approche de la serre, indécis. Il peut bien y introduire la main, puisque Georgyi le lui a permis l'autre jour.

Les tiges ont foncé, semblent plus raides et plus serrées. Il promène la paume sur cette broussaille apaisante, la porte à son nez, en espérant que cela suffit. Il doit avoir le nez encore trop congestionné, alors qu'il vient pourtant de courir vingt minutes pour le désencombrer. Dommage qu'il ne puisse enfouir la tête entière dans la boîte. Les pointes lui chatouilleraient le visage, ce serait délicieux. Tant pis, il n'y tient plus. S'il choisit une pousse au fond du bac, Georgyi ne s'en apercevra pas ! Il fourre la main au fond de la serre, pince doucement une tige entre ses doigts, l'aplatit pour en extraire un peu de sève. Il ne veut pas l'abîmer, hein ? Juste l'écraser un peu pour se souvenir du parfum de l'herbe. En se retirant, il remarque avec inquiétude que ses deux dernières phalanges ont verdi. Est-ce qu'il n'a pas appuyé trop fort ? Bah ! Il y a des centaines de brins réunis sur ce plant. Il renifle bruyamment ses doigts, les secoue, inspire de toutes ses forces en fermant les yeux. Déçu, il les porte à la bouche dans l'espoir de déceler un goût quelconque. C'est qu'il n'a pas appuyé assez fort ! Il ne doit pas y avoir assez de chlorophylle ! Il réintroduit le bras dans la serre.

— Qu'est-ce que tu fais ? demande Georgyi.

En l'apercevant dans le carrefour, Ivan agite sa main dans l'herbe pour la brouiller, comme un enfant qui voudrait cacher une bêtise.

— Rien, je regardais les plantes.

— Tu regardes avec les doigts, toi ?

— Euh…

— Touche plutôt avec les yeux, d'accord ?

— Qu'est-ce que vous faites ? demande Ivan.

— Comment ? répond Georgyi. On a du monde jeudi soir, tu as oublié ?

Il savait que la rotation d'équipage avait lieu dans trois jours, il ignorait qu'on était un lundi. Cloués devant la console, ses compagnons corrigent l'altitude de la station. Elle a dû encore s'éroder, freinée par les quelques particules d'oxygène disséminées sur leur orbite.

— Tu veux que je libère ma cabine, au fait ? demande Georgyi à Nikita.

— Non, je vais le faire.

— Charmeur.

— C'est ça.

— À qui laisses-tu ta cabine ? intervient Ivan sans comprendre.

— À Sacha.

Il va pour poser la question, se ravise avant de se tourner en ridicule. Pourquoi céderait-il sa cabine à Sacha ? Il ne sait plus de qui l'on parle. Pourquoi la laisser à l'ingénieur de bord qui va le remplacer ? Pour quatre jours ? Cela n'a pas de sens. Ou alors ? Non… Ce n'est pas Dioukov qui est en

train de les rejoindre ? Lorsqu'il a appris que Sacha était confirmé, Ivan a compris qu'il s'agissait d'Aleksandr, bien sûr. Sacha, pour lui, ne pouvait être que le diminutif d'Aleksandr. Qui d'autre ? Il était dans le couloir, à Baïkonour, tout le monde savait qu'il serait titularisé. Et maintenant, on dirait qu'ils parlent d'Aleksandra, avec un *a*. Se sont-ils concertés pour lui faire une blague avant de partir ? Lui faire croire qu'une femme arrivait à bord de la station sous prétexte que Sacha pouvait aussi être le diminutif d'Aleksandra ? Il existe bien une fille portant ce prénom dans le corps des cosmonautes, mais de là à penser que Borodina ait pu être confirmée ! Il ne l'a croisée qu'à deux reprises, et elle était bien jeune la première fois ! Elle monterait en place gauche ? Il ne parvient pas à y croire. C'était presque une enfant ! Mais Georgyi avait un ton si naturel lorsqu'il s'est moqué de l'empressement de Nikita. Une femme, peut-être ? À laquelle son ami va céder sa cabine ? Ici, dans quelques
heures ? Ils se moquent, n'est-ce pas ? Il regarde sa *orbite*
montre, ajoute mentalement deux heures à celle de *5312*
Moscou pour se mettre à celle de Baïkonour. Nikita ne céderait pas sa couchette à un homme. Une femme avance dans leur direction, qui s'appelle Aleksandra mais qu'on surnomme Sacha pour mieux le perdre. Elle doit être en pleine conférence de presse, ou en train de courir dans les jardins de l'hôtel, ou d'effectuer un test de grossesse. Une femme. La dernière qu'il a vue était sans façon. Elle gardait ses talons lorsqu'elle était nue, les yeux grands ouverts.

— Moi, j'ai déjà volé avec une dame, déclare fièrement Georgyi.

— Elena ? demande Nikita.

— Je ne sais plus comment elle s'appelait, j'ai oublié.

— Tu parles.

— Je peux te dire que l'apesanteur, c'est quelque chose.

— Ça, par contre, tu t'en souviens, vieux pervers.

— Les jambes deviennent plus fines, les seins grossissent, ils ne tombent plus, c'est un vrai philtre d'amour...

— J'en connais un qui a de la chance, hein, Ivan ?

Ils rient. Une femme. Il ne sait plus ce qui l'effraie. Il craint de ne pas trouver, de ne plus savoir comment.

Plus tard, dans la soirée, Georgyi le surprend en train de dévisser un évent de ventilation de Kvant-2.

— Tu remplaces le filtre à charbon ?

Ivan hoche la tête, embarrassé. Il a fallu que son compagnon vienne le trouver lorsqu'il avait les mains dedans.

— J'ai peur que ça sente mauvais et qu'on ne s'en rende plus compte, dit-il pour se justifier. Tu sais, quand tu arrives chez des gens, tu remarques immédiatement l'odeur, alors que chez toi tu ne la perçois même plus. Tu n'as pas remarqué ?

— Si.

Georgyi reste à côté de lui, et Ivan sent bien qu'il attend la première occasion pour le railler.

— Tiens, la voici ! s'écrie Ivan pour faire diversion.

Il pince la mouche entre ses doigts, la brandit sous les yeux de son compagnon.

— Tu vois que j'avais raison ! Elle a été emportée par l'aspiration.

— Un jour, on m'a raconté une histoire qui va te plaire, dit Georgyi sans prêter la moindre attention à l'insecte.

— Tu veux que je te dise ?

— Oui ?

— Il n'y a rien dont je ne sois plus sûr. Ton histoire va me plaire, Georgyi. Ça se voit, tu as trop envie de me la raconter.

— C'était il y a un siècle, pendant la ruée vers l'or en Alaska.

— Qu'est-ce que tu connais de l'Alaska, toi ?

— Tais-toi, écoute. C'était il y a un siècle, pendant la ruée vers l'or en Alaska.

— Tu l'as déjà dit.

— Écoute, tu pourras la répéter, ça te donnera l'air intelligent. Une ville est sortie de terre, qui servait de point de départ pour tous les chercheurs d'or. Une ville en bois, avec des chemins de planches bancales dans la neige, le long des rues. Il y avait dix mille hommes qui vivaient là. Pas une seule femme. Des hommes qui voulaient faire de l'argent, mais surtout des types qui fuyaient quelque chose, des truands, des repris de justice, des fous, des furieux, des durs…

— … des cosmonautes.

— Plein. Des régiments entiers de cosmonautes. Et un jour, quatre filles sont arrivées.

— Quatre ?

— Des prostituées.

— Aïe.

— Oui. Quatre femmes pour dix mille chercheurs d'or. Quatre femmes en pleine famine sexuelle. Elles logeaient au Grand Hôtel, dans la rue principale. Ils se pressaient en foule pour les voir passer, en manteaux de fourrure, en équilibre sur les planches. Ils étaient une poignée seulement à pouvoir les voir de près. Quant à les toucher… ils n'étaient pas vingt.

— Pourquoi ?

— Les tarifs étaient élevés.

— Tant que ça ?

— Tu penses ! Des chercheurs d'or. Il y en avait qui avaient les moyens. Et puis ils étaient trop nombreux, il fallait faire le tri. Mais du jour au lendemain, l'atmosphère de la ville a changé. Il y a eu une révolution silencieuse. Sans se concerter, les hommes ont commencé à s'habiller, à se coiffer. Ils se sont rasés. La simple éventualité de croiser l'une des filles a suffi. Le fait de savoir que ces quatre femmes étaient là, toutes proches, qu'ils risquaient de tomber sur elles par hasard dans la rue, de croiser leur regard, de les frôler peut-être, eh bien… Cet espoir-là a suffi pour que dix mille hommes se lavent, se peignent, changent de vêtements.

Ivan sourit en repositionnant la grille dans son logement.

— Elle est jolie ton histoire, Georgyi, mais je ne vois pas le rapport. Parce que avant que vous arriviez, Nikita et toi, je l'ai changé aussi, ce filtre. Parce que c'était important pour moi de vous accueillir convenablement. Que ça sente bon. Que vous vous sentiez bien.

Georgyi se met à rire. Parce que ce n'est pas vrai du tout, que cela se voit à l'air réjoui d'Ivan, trop rouge et trop souriant.

orbite 5360 Le couvercle cède et la tête blonde de Sacha surgit dans le croissant de l'entrebâillement.

Les mains en appui sur l'écoutille de Kristall, Ivan a senti la saillie du vaisseau pénétrant le collier. Il a cherché les mots, les phrases qu'il allait dire, n'étant plus tout à fait chez lui depuis qu'il regardait la station avec ses yeux à elle. Elle est montée en place gauche ! Elle saura entrer dans les programmes, piloter la station. Par moments, il s'est dit qu'elle n'atteignait probablement pas le bout des gants. Qu'elle parvenait à peine à casser l'articulation du coude pendant les essais de pressurisation. Il a eu la tentation de la rabaisser en pensée, en se disant que cela pouvait l'aider à s'enhardir, mais elle est là, radieuse, à l'envers, et tout le monde n'a d'yeux que pour elle. Ivan voit la station s'emplir de ses épaules, de sa poitrine, de son ventre, de ses hanches. Une femme est entrée, qui embrasse Georgyi, se tourne maintenant vers lui, collé au plafond de la rotule. Ils s'embrassent, tête-bêche, sur le menton, en se touchant les bras et en souriant beaucoup. Elle a de grands yeux gris, les joues marbrées de rouge, comme si elle venait du froid et que le vent lui avait passé trois coups de badigeon sur le visage. Ses cheveux blonds sont retenus en arrière par deux barrettes. Il remarque, tatoué sur son bras nu, le 8 de la vaccination. Il voit palpiter une veine de son cou. Elle a sur la tempe un lacis de petits vaisseaux bleutés. De sa vie il n'a jamais vu femme aussi belle. Il sait que ce n'est pas vrai, qu'il ne penserait pas la même chose sur Terre s'il la voyait au milieu d'autres femmes, à côté d'Oksana, ou d'Anita Blonde, mais à cet instant, elle se dirige vers lui pour l'embrasser une nouvelle fois à l'endroit, et il frémit, parce que à travers le blousant de son T-shirt, il a senti la chair de sa poitrine.

Pendant qu'ils fêtent l'entrée de Bogdan, elle glisse avec souplesse dans le conduit qui mène au bloc de base. Ivan passe une main dans le dos de son prochain commandant de bord, puis s'engage derrière elle pour la rejoindre. Ses narines décèlent un souffle léger, insaisissable. C'est une brume vert tendre, un parfum de violette. Le tout mêlé à un agrume, une pointe de mandarine. Étendu de tout son long, il inspire profondément, ralentit en cherchant la trace invisible, comme s'il voulait rester dans sa ligne de nage.

Au milieu de leur bâfrée, elle exhibe une flasque rectangulaire, annonce avec ses yeux chinois, bridés par l'œdème :

— C'est du cognac arménien.

— Comment as-tu fait pour monter une bouteille en verre ? demande Ivan.

— Je l'ai mise dans ma poche de tibia, et quand je suis entrée dans le Soyouz, je l'ai cachée dans ma trousse.

— Personne n'a rien vu ?

Elle rit, les pommettes congestionnées, des grains de caviar entre les dents.

— Ils n'allaient pas me fouiller quand même !

Ils ont revêtu leur combinaison de vol numéro un, bleu roi, celle qui est cintrée. Dans le désordre innommable de la station, ils ont la mise d'explorateurs anglais qui dîneraient en smoking au cœur de la brousse. Nikita trouve des pailles, qu'ils croisent à tour de rôle sur le col du flacon pour trinquer. En attendant que le flacon lui parvienne, Ivan regarde avec ravissement le mouvement du liquide. L'alcool ambré nappe entièrement les parois de la bouteille, soudé par la tension des surfaces. Il croise sa paille avec celle de Bogdan : sa langue s'enflamme au contact de l'eau-de-vie. Il écoute le grésillement du givre miné de l'intérieur par les gouttes de liquide tiède. Dans un mois, le printemps reviendra. Il est déjà de retour dans son sang ! Il entend les pans de glace qui se disloquent, chavirent dans le fleuve, concassés, broyés par le mouvement de l'eau. Il boit à gorgées feutrées en écoutant attentivement le bruit des pierres retournées, de la végétation arrachée. La peau de l'hiver se froisse, laisse à nu la chair tendre des berges. Au quatrième tour, il se demande s'il ne va pas à l'ivresse, lui, Ivan, qui sur Terre savait picoler comme un soiffard ! Saoul comme une grive !

— Sacha et moi on n'est pas d'accord sur le sexe de la fusée, annonce Bogdan.

Son prochain commandant a le menton piqué d'une fossette si profonde qu'on pourrait y faire disparaître un ongle, constate-t-il. Son compagnon a l'air un peu ridicule avec sa paire de chaussons suédois en cuir fin. Peut-être appartenait-elle à son père ? Il est le fils de Markov, le cosmonaute n° 14, dont l'arbre doit encore avoir fière allure dans l'allée des autographes.

— Qu'est-ce que c'est que cette histoire, encore ? demande Georgyi. Le sexe, dis-tu ?

— Oui, pour toi aussi, c'est idiot, n'est-ce pas ?

Ivan le trouve bien jeune tout à coup. Comme Sacha, le garçon vole pour la première fois.

— C'est tellement évident, poursuit Bogdan. Il n'y a qu'à la regarder sur le pas de tir pour…

— Non, je ne suis pas d'accord, rétorque Sacha en baissant les yeux.

Des siècles de résignation la dissuaderait-elle encore de soutenir leur regard, ici même, à bord de Mir ? Elle qui est montée en place gauche, qui sait entrer dans les programmes et piloter la station ?

— Après l'explosion de la R7, à Baïkonour, tous les techniciens ont reçu l'ordre de vouvoyer la fusée, déclare-t-elle.

— Écoutez bien son raisonnement, ironise Bogdan.

— Parce qu'ils devaient s'adresser à elle comme à une femme. Sous-entendu une femme qui ne serait pas la leur, à qui il faudrait dire « vous ». Vous comprenez ?

— Une très belle femme, souffle Georgyi. La R7, il fallait la voir pour le croire.

— J'ai d'autres preuves, poursuit-elle. Le lanceur Proton.

— Écoutez bien, prévient Bogdan, sourire en coin.

— Personne ne comprenait pourquoi on ne trouvait aucune photo du premier étage. Évidemment, vous me direz que c'était pour des raisons de sécurité, pour garder le secret militaire, mais vous savez ce qu'ils ont répondu à l'époque ? Ils ont déclaré que le Proton était une jolie femme, et que c'était le bas qui devait rester le plus mystérieux.

— Ah, c'est sûr qu'elle a quelques biscuits, reconnaît Georgyi.

— Vous auriez eu raison tous les deux il y a quinze ans, lance Ivan, poussé par l'alcool.

— Voilà, dit Bogdan.

Gorgée après gorgée, l'épaisseur du cognac a diminué. Sa couleur est passée de l'or profond au jaune clairet d'une citronnade.

— Non, vraiment. Vous vous souvenez du vol Apollo-Soyouz ? Techniquement, pas évident, hein ?

— Tu vas nous parler de la guerre froide…

— Non, du dégel.

Des rivières qui débâclent, de ces énormes glaçons qui se prennent dans les chevelures des arbres déracinés, qui résistent encore au courant voulant les emporter, des morceaux de peau morte qui battent sur son corps lorsqu'il est nu.

— Ils voulaient faire s'accoupler un vaisseau Soyouz et un vaisseau Apollo, poursuit-il.

— Beurk !

Bogdan et Nikita font une mine dégoûtée.

— Je vous laisse imaginer. Il fallait chercher les fréquences compatibles, s'entendre sur le traitement des données, sur la couleur des revêtements, des phares, décider de la façon dont les deux vaisseaux allaient pouvoir se trouver dans la visée optique, fixer le diamètre du sas, homogénéiser les pressions, arrêter la langue dans laquelle ils allaient s'adresser la parole, se mettre d'accord sur les dates de lancement… Le problème, et personne n'aurait pensé à l'époque que cela puisse en devenir un, c'était le mécanisme de capture.

— Le mécanisme de capture ?

— Les organes d'arrimage.

— Ça y est, j'y suis, dit Bogdan.

— Pour que deux véhicules puissent s'amarrer l'un à l'autre, il leur fallait un système papa-maman habituel, un cône mâle qui vienne s'emboîter dans un cône femelle.

— Ah ! Je vois ! s'esclaffe Georgyi.

— La question était de savoir qui serait passif. Autrement dit, qui allait réaliser la pièce creuse ? Vulgairement parlant, si l'un des deux empires était le mâle, lequel était sa femelle ?

— Qui s'est porté volontaire ? demande Sacha.

— Personne, tu penses bien.

— Quand on leur a proposé, les Américains ont refusé net.

— Et nous ? s'inquiète Bogdan.

— Pas question non plus.

— Mais pourquoi ? insiste Sacha.

Ils éclatent de rire, bouffonnent d'un air entendu. Peut-on être naïve à ce point, vraiment ? La pièce femelle ?

— Vous êtes incroyables ! En plus, ce n'était même pas filmé, se désespère-t-elle.

— Ce n'est pas la question, tranche Bogdan.

— Comment ça ? demande Sacha.

— Ce n'est pas la question.

— Alors c'est quoi, pour toi, la question ?

— C'est une histoire de principes.

— Qu'est-ce que tu veux dire ? Je vous préviens, je ne reste pas enfermée avec ce type.

Mais en disant cela, elle se ronge l'intérieur des joues pour s'empêcher de rire. Elle est très jolie, pense Ivan en la regardant à la dérobée.

— C'est allé très loin, intervient-il afin de ne pas être surpris en train de la dévisager. Je venais d'arriver à l'Institut de médecine et de biologie à l'époque. On me disait que le vol était compromis. Ils n'arrivaient pas à se mettre d'accord ! Ils organisaient toutes sortes de rencontres en haut lieu avec des membres du Parti, des juristes, des ingénieurs pour trouver une solution. Un médecin qui était présent m'a tout raconté.

— Un médecin ?

— Oui.

— C'était toi ! lance Georgyi, moqueur.

Ivan hoche la tête en souriant, penaud.

— C'était moi.

— Cinquante grammes de cognac arménien, une femme dans la cabine, et voilà le résultat, plaisante Bogdan. Il est prêt à dire n'importe quoi.

— Je vous assure que c'est vrai. Mais je n'y étais pour rien, moi !

— Qu'est-ce que tu faisais avec eux, dans ce cas ?

— J'ai été appelé parce que l'un des membres de la délégation américaine ne se sentait pas bien. Lorsque je me suis présenté, le malaise était passé. Il avait eu une sorte d'étourdissement, je ne me souviens plus exactement, rien de bien méchant. Je lui ai proposé d'aller prendre l'air, de marcher un peu, mais il ne voulait pas quitter la réunion, alors je suis resté quelques minutes pour l'observer.

— Et tu as tout entendu ?

— Suffisamment.

— Qu'est-ce qu'ils disaient ?

— Un type de l'Académie des sciences rappelait qu'on avait mis Spoutnik sur orbite, qu'on avait envoyé le premier homme dans l'espace, qu'il n'était pas question de se faire…

Il ouvre bien la bouche pour mettre les guillemets.

— … « capturer » par les Américains. Et eux, ils expliquaient tranquillement qu'ils avaient quand même marché sur la Lune, qu'ils ne pouvaient pas envisager de…

— On peut les comprendre, dit Georgyi.

— Ah oui ? Heureusement que tu n'étais pas à la table des négociations, réplique Bogdan. On se serait fait manger, avec toi.

— Bref, pas question d'usiner la pièce femelle, conclut Ivan.

— Je n'aurais pas aimé être à cette réunion, murmure Sacha, dépitée.

— Alors, qui s'est résigné ? demande Nikita.

— Personne. Savez-vous l'idée de génie qu'ils ont eue ? Une pièce de jonction bisexuée. Un mécanisme de capture comprenant une partie mâle et une partie femelle de chaque côté. Voilà. Il y a quinze ans, vous auriez eu raison tous les deux, parce que la fusée était hermaphrodite !

— C'est toi qui y as pensé, décrète Sacha en levant les yeux sur lui.

— Non, dit Ivan en rougissant. Moi, je faisais semblant de ne pas écouter.

— Allez, ça va, c'est toi qui as eu l'idée ! s'écrie Nikita.

— Non.

— Avoue !

— Bon, je vais changer la chandelle, dit-il pour se dérober.

— C'est ça, dit Bogdan. Maintenant, tout le monde a compris que c'est toi.

— Mais non, je vous jure que non !

— Tu ne sais pas mentir, lâche Sacha.

— J'étais là par hasard, personne ne me connaissait. Je ne devais même pas assister à cette réunion.

Vous ne vouliez quand même pas que je prenne la parole ?

— On ne te croit pas.

— Je m'en vais, dit Ivan en riant.

Il tend la jambe en arrière pour s'extraire des sangles.

— C'est ça, quitte la table des négociations ! s'exclame Bogdan.

Il disparaît dans le module Kvant-1 le sourire aux lèvres, amusé qu'ils puissent lui attribuer la paternité de cette idée, fait glisser le panneau du générateur à combustible solide. En sureffectif le temps de la rotation d'équipage, il leur faut brûler des chandelles d'appoint afin de ne pas manquer d'oxygène. Dans la petite pièce sombre, les rires de ses compagnons lui parviennent adoucis. Des éclats de voix rassurants, alors qu'il fait frais dans le module, qu'il est un peu ivre... Il a des amis à dîner, la soirée est déjà avancée. D'un sac, il extrait une cartouche de perchlorate de lithium. Il a raconté une bonne histoire, s'absente à la cave, à la cuisine, ou dans le cellier, déniche une bouteille supplémentaire tandis que le repas continue, pour que personne, surtout, n'ait le temps d'avoir soif. Il tourne l'étoile rouge du cadran, percute la cartouche, déclenche la combustion. Il patiente au-dessus du générateur jusqu'à sentir sur le visage une fraîche bouffée d'oxygène, éteint la lumière, se recroqueville pour passer l'écoutille. Il entend un doux sifflement dans son dos, se rattrape au collier de l'écoutille pour pivoter. Le bruit provient du générateur. Le percuteur crache une flamme horizontale d'une vingtaine de centimètres, qui jette autour d'elle une clarté pâle, orangée, teintée de reflets rouges. Elle ne parvient pas à éclairer les murs ou le plafond, ni même le plancher. Elle ne donne pas de chaleur sur son visage. Elle ne fait que rosir des morceaux d'obscurité, des fragments argentés, les reliefs des conteneurs. Un instant, Ivan a la tentation de ne pas la voir, de se retourner et de l'oublier immédiatement. Pourquoi ce départ de feu, ce soir, alors qu'il se sent si bien ? La flèche grandit calmement, installée pour durer, commence déjà à se disperser en flammèches anarchiques. Voilà qu'il l'entend gronder. L'alarme se met à hurler, le force à réagir. Vite. Il cherche autour de lui une couverture ou un vêtement pour l'étouffer. Aller jusqu'à Kvant-2 pour trouver une combinaison de réserve ? Trop long, trop loin. Il dézippe sa tenue de vol, déshabille son corps lisse, son torse de bûcheron et ses cuisses d'enfant. Au-dessus de lui, l'une des manches à air vient de s'enflammer. Une odeur âcre lui saute à la gorge. Les branches de la flamme principale commencent à lécher le plancher. Il roule en boule le vêtement, traverse le voile de fumée grise, se précipite sur la bouche du générateur, plaque de toutes ses forces la défroque à la naissance de la flamme. Les ténèbres reviennent. Il sent une chaleur violente dans son poing, doit changer de main pour la soutenir. De l'autre, il attrape les morceaux de tissu embrasés qui se mettent à voltiger autour de lui. Il change de main, regrette de ne plus avoir de corne qui puisse le protéger. Mais le ronflement cesse. Il entend la flamme asphyxiée geindre sous le tissu compact. Il écarte le poing : l'habit n'est plus qu'un morceau de goudron. Et cette alarme qui ne s'éteint pas ! Il croise le regard de Nikita près de lui, le visage mangé par un masque à gaz. Depuis combien de temps son ami est-il dans le module, à ses côtés ? Il a un extincteur à la main, arrose de mousse le squelette calciné des gaines de ventilation.

— Est-ce que ça va ? hurle Nikita, la voix étouffée par le masque.

— Oui.

— Sors de là ! Ne respire pas ces saloperies !

Ivan réapparaît dans le bloc de base, à demi nu, noir de fumée, les mains cloquées.

— C'est fini, dit-il en clignant des yeux.

Dans le braille de la sirène qui continue de les violenter, Georgyi lui demande :

— Qu'est-ce que tu as fait en premier ? As-tu suivi les instructions ?

Il aurait dû éteindre l'électricité, couper les arrivées d'air. Il aurait dû chercher le commutateur au-dessus du générateur, dans le noir.

— Si je les avais suivies, je crois que la flamme aurait eu le temps de se propager.

Il n'a pas respecté les consignes, c'est vrai. Il se voit dans leurs yeux à cet instant, mâchuré de suie, difforme, les mains rougies. Cinq minutes auparavant, il leur racontait une histoire surprenante, s'attirait l'estime de ses nouveaux colocataires en rougissant. Comment peut-il se retrouver si vite au même endroit barbouillé et tremblant ? Il était enfin à sa place près de cette femme, de ces compagnons qui l'aimaient bien. Son arrogance a-t-elle été mal démolie ? Lorsqu'il allait mieux, fallait-il que ce soit les circonstances qui lui cassent la gueule ?

Dans son module, tandis qu'il passe sur lui une serviette humide pour se nettoyer, il s'adresse un regard timide dans le hublot. Depuis quelques semaines il n'osait même plus chercher son reflet. Ce qu'il voit le terrifie. Ses jambes ne le portent plus. Il ne soutient plus son dos ni sa tête. Il a perdu la conscience de son maintien. On le dirait bossu, les épaules démises. Comme si les muscles posturaux venaient de céder.

orbite
5364

Dans la nuit, il entend un bruit en provenance de Kvant-2. Il se libère de son duvet, traverse le carrefour central, ressent une gêne. Le module ne rend pas sa note habituelle. Dans le ronflement mécanique, l'un des moteurs a changé de fréquence. Les aigus sont moins perçants. Quelque part, derrière l'un des panneaux, on dirait qu'un rotor a changé de régime. Sacha apparaît derrière l'accordéon des toilettes, un sac paraffiné à la main. C'est elle qui a dû mettre en marche un appareil nouveau. Il aperçoit un sèche-cheveux sanglé au mur. Est-ce son ronflement qui l'a alerté ?

— Tu te sens mal ?

Elle esquisse un mouvement qui veut dire oui, sans pouvoir hocher la tête, le cou raidi.

— C'est normal, au début, je vais te donner un cachet.

Il se dirige vers la pharmacie, lorsqu'il la voit qui se détourne brusquement, présente le sac à l'horizontale devant sa bouche. Un haut-le-corps fait trembler les muscles de son dos. Il s'approche sur le côté, passe dans le rideau de sa chevelure. Il sait que c'est inutile ici, mais il lui semble que sur

Terre il pourrait faire ce geste. Il n'ose pas. Si elle était en train de vomir, agrippée au rebord du lavabo, cela aurait peut-être du sens. Ici, non. Allez ! Tu as vu qu'on faisait ainsi ! Fais-le ! Il avance une main pour lui soutenir le front.

— Ça va aller, murmure-t-il.

De son autre main, celle qui est cloquée, il essaye de lui protéger les cheveux.

— Ça va aller, répète-t-il, surpris par la douceur de sa propre voix.

— *C'est ce qui a créé une surchauffe.*

— On est tirés d'affaire, assure Georgyi.

Le sol reproche à Ivan d'avoir oublié d'ouvrir le système d'échappement du générateur. *orbite 5368*

— *Il fallait l'ouvrir. Il a commis une faute, il...*

— Ça suffit ! crie Georgyi tout à coup. Merde ! T'es qui ? Donne-moi ton nom ? Ton nom, tout de suite ! Qui est derrière la console ? Le système d'échappement ! C'est facile de décider qui a fait une faute ou pas. T'es en bas et nous on est en haut ! Ton nom, bordel ? Dans trois jours je redescends et je viens te chercher derrière ta console de merde. Tu m'entends ? Fais pas semblant d'avoir perdu la liaison. Je te promets que je viens te chercher. Je saurai te retrouver. Le système d'échappement ! Il ne sait dire que ça : le système d'échappement ! Qu'est-ce que tu sais faire, toi ? Rien ! T'y connais rien !

Les mots lui restent dans la gorge. Alors ils le laissent encore ?

— Au revoir mon ami, dit Nikita.

« Mon ami ». Ivan ne sait pas si on l'a déjà appelé ainsi. Cet homme qui lui a sauvé la vie sans le savoir, quand il voulait mourir, qui était encore à côté de lui dans les flammes. Il l'entend encore lui fredonner à l'oreille sa chanson. Georgyi le prend dans ses bras à son tour. Ce vieil homme généreux qui ne volera plus, qui lui a mis de l'herbe dans les mains, qui lui a fait sentir pour la première fois l'odeur de la Terre, qui prenait encore sa défense après l'incendie.

— Au revoir, murmure Ivan. Je vous souhaite un atterrissage doux... Pas trop bas, pas trop vite... On s'appelle quand je reviens, vous viendrez à la maison, vous...

Il ajoute, pris d'inquiétude :

orbite 5408 — On se reverra, n'est-ce pas ? Je vous présenterai Oksana, Pacha et Guennadi... Vous viendrez manger chez nous... On ira passer quelques jours à la campagne, tous ensemble. On a une datcha, près de Moscou. On a de quoi faire dormir tout le monde, on s'arrangera... Vous viendrez ?

Les deux hommes disparaissent derrière l'écoutille en lui souriant. Il regarde le trou qui se referme encore, cette porte par laquelle ses compagnons entrent, sortent. Il ne parvient plus à croire qu'il la franchira un jour dans l'autre sens. La prochaine fois, paraît-il. Dans deux mois à peine. Il sent le danger à y penser déjà. Il doit tenir jusqu'à son prochain passage sur le tapis roulant. Puis jusqu'au dîner de ce soir. Passer la nuit. Prendre la salive de Bogdan et de Sacha sur des cotons collecteurs. Monter sur le vélo. Ne penser qu'à l'heure de la prochaine vacation radio. Demander si quelqu'un a vu passer la clef alène n° 5. Se sangler sur le tapis roulant. Tiens, tu l'as retrouvée, où était-elle ? Découper le temps en tranches fines. S'enfermer dans le pantalon aspirateur. Réparer un bloc électronique. Jusqu'au déjeuner. Jusqu'à ce soir. Remonter en selle. Ne penser qu'à l'heure du prochain insert téléphonique. Tenir jusqu'au dîner de ce soir. Passer la nuit. Prendre la salive de Bogdan et de Sacha sur des cotons collecteurs. Monter sur le vélo. Ne penser à rien d'autre.

Deux heures plus tard, l'attitude de la station lui permet de distinguer les trois parties du vaisseau éclaté. À cent kilomètres d'altitude, les points lumineux entrent dans la tourmente. Dans la nuit, il voit s'embraser le compartiment orbital, le ventre plein de linge sale et de bidons de merde. Le petit module doit laisser derrière lui une traînée de feu de plusieurs kilomètres, laisser croire, depuis le sol, à une étoile filante.

Bogdan et Sacha

Il l'aide à installer le support-vie des batraciens monté avec le Soyouz.

— Il ne faudrait pas trop de vibrations à proximité, prévient-elle, elles pourraient perturber la ponte.

— Ah, ce sont des femelles ? Elles ont déjà été inséminées ?

— Oui, il y a un mois.

— Quoi ? Elles ont le ventre plein de sperme depuis tout ce temps ?

— C'était trop compliqué de le faire ici. Attends, elles peuvent le garder cinq mois ! C'est du solide. Par contre, s'il y a trop de secousses, elles n'aiment pas ça.

— Alors il faut éviter Kristall, à cause du tapis roulant.

— Et dans le bloc de base ?

— Pourquoi pas… Non, il y a le vélo.

— Je cherche un endroit frais de préférence. Les œufs se conservent plus longtemps.

— Frais comment ?

— Frais.

— Le compartiment intermédiaire de Kvant-2. C'est ce que je vois de mieux.

Ils libèrent un pan de mur, arriment l'espace de manipulation à l'aide des bandes velcro.

— Je t'installe un éclairage d'appoint, propose Ivan.

Tout en fixant la lampe, il la regarde installer le filtre biologique, engager les boîtes de ponte dans les rainures du support. Lorsqu'elle a verrouillé la caméra d'observation, elle soulève le couvercle de la boîte de contention : les femelles s'échappent, affolées, le corps parcouru de tremblements.

— Les pauvres, elles ne comprennent pas ce qu'il se passe, dit-elle.

— Je peux ?

— Bien sûr.

Il cueille à tour de rôle les créatures apeurées entre ses doigts, retourne leurs petits corps avec précaution, inspectant leur peau brune et verruqueuse, la texture des papilles. Il remarque un pointillé de pois noirs à la surface du ventre, qu'il montre du doigt en s'extasiant.

— On dirait que vous ne vous êtes pas vus depuis longtemps, plaisante-t-elle.

Il sourit en s'apercevant qu'il manipule les salamandres aussi tendrement que s'il s'agissait d'une portée de chatons.

— Ce sont les premiers animaux que je vois depuis… Je ne sais même plus, souffle-t-il pour se justifier.

Il leur caresse le dos du bout de l'index, ne parle plus qu'à voix basse, sans trahir le moindre dégoût.

— Si on peut appeler ça des animaux, lâche-t-elle, un peu rebutée.

— Dans ce cas, je ne veux plus te voir te casser la figure, prévient Ivan.

— Moi ?

— Sacha, tu te fracasses tout le temps.

— Mais non !

— Tu as vu où tu mets tes mains ? Tu les laisses traîner sous ton ventre, on dirait que tu vas passer un cheval d'arçons.

Ivan survole le pupitre, se retourne en se recroquevillant dans le conduit, tend les jambes pour s'engager à reculons dans le boyau.

— Depuis le temps, tu n'as pas vu comment il fallait faire ?

Il va se projeter hors du tuyau pour lui montrer.

— Là, les mains à neuf heures quinze, bien symétriques. Regarde, c'est un coup à attraper. *orbite 5513*

Il se propulse d'un geste court, jaillit dans le bloc de base sur le ventre, le corps bien droit, dans une translation parfaite.

— N'importe quoi ! s'écrie-t-elle.

Il a peur d'être ridicule à lui faire ainsi la leçon, alors il tend un poing fermé devant lui, comme Superman, pour la faire rire.

orbite 5576 Elle tire contre sa poitrine un boa de ventilation jusqu'à l'endroit où elle soupçonne une poche probable de gaz carbonique, en fixe un deuxième là où elle a aperçu des moisissures. Lorsqu'il passe à côté d'elle, il s'arrête pour la regarder. Elle tâtonne, cherche la construction la plus cohérente. Elle double les tuyaux avec un té, remplace les anciennes gaines par de nouvelles, expérimente de nouveaux chemins contre les murs, au plafond.

Lorsqu'elle repasse pour explorer une autre possibilité, il jette un coup d'œil à la mer, les sourcils froncés, en feignant de vérifier quelque chose.

Pendant les liaisons radio, il l'entend qui discute avec les techniciens au sol pour confronter son avis au leur, se dit qu'il aimerait bien en avoir un, lui aussi.

orbite 5578 Ils se croisent à l'entrée des conduits, se frôlent. Elle a cette façon d'avoir chaud en agitant le bas de son T-shirt, de regarder sa montre en levant le poignet. Sa poitrine doit être bien lourde, sur Terre, pour bouger ainsi. Il remarque, sous le tissu, le mouvement libre de ses seins, à peine entravés par le soutien-gorge. Il se demande à quoi il peut bien lui servir, ici. Même transpirante, elle continue d'être belle et de sentir bon. Il voudrait lui dire : « Arrête. Arrête de faire ta fille. Comme si tu ne savais pas que je n'en ai pas vu depuis un an. »

Sur le vélo, la bretelle de son haut coule le long de son épaule. Des perles de sueur tremblent entre ses omoplates. *orbite 5579*

Arrête.

Il passe son chemin, revient malgré lui dans son dos, s'attarde pour contempler le tremblement de ses fesses sur la selle. Au bout d'un instant, il a si bien regardé qu'apparaît l'ombre de leur sillon. Il doit détourner les yeux, embarrassé, comme s'il avait lui-même passé un doigt dans l'élastique du short en mousse pour l'échancrer.

Arrête, quoi.

Dans la soirée, il la voit passer une crème sur le visage, se demande si elle a bénéficié d'une dérogation pour monter autant de cosmétiques. Il l'observe en train de laver la masse soyeuse de ses cheveux en y incorporant des traits de shampoing. *orbite 5584*

Arrête, s'il te plaît.

Trop tard, elle s'est aperçue qu'il l'observait. Il ne sait plus où se mettre, tout à coup ! Pourtant elle n'a pas l'air de s'en formaliser. Non, elle l'ignore tranquillement. D'un air qui semble dire : « Arrête, toi, si tu veux. »

— Tu as fini avec tes hormones ? demande Ivan.

— Presque.

Sacha vient de piquer les femelles une à une pour déclencher la ponte.

— Range ta seringue et suis-moi, je voudrais te montrer quelque chose.

Elle le suit jusqu'au bloc de base, prolonge la direction de son doigt sur le hublot.

— Est-ce que tu vois le Japon ?

Leurs cheveux se touchent presque.

— C'est difficile, il fait nuit. La ville, là-bas, c'est Tokyo ?

De grandes artères de circulation apparaissent dans la granulation jaune.

— Oui, maintenant, regarde un peu plus loin sur la gauche. Tu vois les points lumineux éparpillés ?

— En mer ?

— Exactement. Qu'est-ce c'est, d'après toi ?

— Je ne sais pas, on dirait des lucioles !

— Ce n'est pas la première fois que je les vois. Je me demande ce que c'est depuis des mois. Tu veux savoir ?

— Je t'écoute.

Il la tient. Tout à l'heure, il lui montrera la micrométéorite incrustée dans le hublot de Kristall.

— À mon avis, ce sont les projecteurs des chalutiers. Je pense que ce sont les phares dont ils se servent pour aveugler les bancs de poissons la nuit.

— Tu crois ?

— Je ne vois pas ce que cela peut être d'autre. Tu imagines la puissance électrique, pour qu'on les voie d'ici ?

— Si Aleksei voyait ça…

— Aleksei ?

— Mon ami. Il est capable de savoir ce genre de choses.

En fixant les esquilles de lumière, Ivan se *orbite*
demande si ce n'est pas lui qui s'est aveuglé. Il n'y *5647*
avait pas pensé ! Que Sacha puisse avoir quelqu'un sur Terre ! À quoi peut-il bien ressembler, celui-ci ? Et que peut-il bien connaître de la pêche nocturne en mer du Japon ? Ce n'est pas qu'il soit jaloux, ni même déçu. Il est étonné, simplement, de n'avoir même pas envisagé qu'en bas, un homme attende Sacha.

De retour dans son module, il se déshabille rapidement. Après tout, il ne s'attendait pas non plus à cette pellagre honteuse. Au début, il n'y avait que les pieds qui s'effilochaient. À présent, lorsqu'il passe une serviette sur son corps, ce sont des plaques entières de son épiderme qui s'en vont. Nu, il a constamment sur lui des langues de peaux mortes qui rebiquent, pareilles à des lambeaux de vêtement. Il passe devant le miroir convexe de l'écran éteint. Il a fugitivement la vision d'un noyé entre deux eaux. L'apesanteur est en train de le décomposer !

Tandis qu'il arrache les squames un à un, dégoûté, il lui semble apercevoir une étiquette qu'il n'avait jamais remarquée. Là-bas, collée sur l'un des montants des blocs expérimentaux. À moins que ce ne soit un bout d'autocollant ? Il flotte jusqu'à la vignette, masquée aux trois quarts par la bande velcro d'un espace de manipulation, tire pour l'aider à apparaître complètement : le visage d'une femme. Il a été découpé à l'intérieur d'une photo pour correspondre exactement à la largeur du montant. Il s'agit forcément de la fiancée d'un cosmonaute. Elle ne lui dit rien, il ne l'a jamais vue. L'adhésif semble avoir fondu. S'il devait l'arracher, il lui faudrait probablement un couteau pour faire disparaître les traces. Celui qui a scotché cette photo est sûrement parti depuis longtemps. Ivan se sent ému comme un archéologue devant le petit portrait éteint. Lequel des habitants de Mir a aimé cette femme brune ? Il est sûr de ne l'avoir jamais croisée à la Cité des étoiles. Peut-être était-ce l'amie d'un cosmonaute allemand, français ou américain ? À qui a-t-elle manqué au point que leur compagnon en vienne à fixer son image à proximité des fours de cristallisation et des chambres de confinement ? Probablement qu'il souhaitait pouvoir la regarder à tout moment, en travaillant. Et personne n'a osé retirer l'image ensuite ? Les occupants suivants ne l'ont peut-être pas estimé nécessaire, enfouissant le portrait sous de nouveaux appareils, de nouvelles expériences. Et lui, presque par mégarde, venait de mettre à nu une strate oubliée. Il n'aura pas le courage de la faire disparaître non plus, cette femme qu'un autre a adorée. Dans quelques années, il espère qu'elle y sera encore, qu'elle finira de sa belle mort, brûlée dans l'atmosphère, lorsque la station y sera précipitée, ainsi que toutes celles qui l'ont précédée.

Tout en continuant de tirer sur ses peaux mortes, il passe d'un hublot à l'autre, se prend à chercher Moscou. Il en veut à Oksana de n'avoir jamais crié. Tout ce qu'ils avaient aimé de leur vie passée, tout ce qu'ils faisaient ensemble et qui les rapprochait l'un de l'autre, elle avait accepté de le sacrifier. Comme lui, elle s'était effacée derrière la mission, endossant pour lui faire plaisir le rôle de l'épouse solide qu'il lui demandait, acceptant de devenir la femme mille fois épousée, de n'être plus que la mère de ses enfants. Il admet tout à coup que cela doit être terrible d'être la femme d'Ivan. Il était si difficile à aimer, c'est vrai. Comment éprouver de la tendresse pour un homme qui ne pensait qu'à lui, pour lequel la réussite d'une mission semblait avoir plus d'importance que la vie elle-même ? Mais ce soir, il se sent en colère malgré tout à l'idée qu'elle ait baissé les bras sans rien essayer. Pourquoi ne s'était-elle pas mise en travers de la porte pour lui dire qu'elle en avait assez ? Pourquoi n'avait-elle jamais provoqué de dispute véritable ? Elle lui avait laissé trop d'air ! Elle s'était résignée d'avance, sans se battre. Maintenant qu'il y avait un arriéré de choses à se dire, tout devenait si compliqué.

Ils savaient bien l'un et l'autre que leurs lèvres allaient se trouver. Ils faisaient encore mine de l'ignorer, ne se connaissaient pas bien. Elle avait organisé une fête dans la datcha de ses parents au sud de Moscou, après les examens.

Lorsque les autres étaient allés se coucher, prenant d'assaut les lits disponibles, les fauteuils, le canapé, ils étaient restés dans le jardin, assis sur des rondins de bois. À l'horizon, une clarté confuse indiquait que le jour était en train de se lever.

La maison était faite de bric et de broc, construite avec des matériaux de toutes origines, trouvés à la décharge ou ramassés au petit bonheur, comme la plupart des datchas. Il s'était moqué parce qu'il n'avait encore jamais vu quelqu'un avoir l'idée de se servir de skis de fond en guise de clôture pour délimiter la parcelle.

— Et tu as vu le portillon ? avait demandé Oksana.

— Je n'ai pas fait attention.

— C'est un vieux dossier de lit. Je crois même que mon père a utilisé la grille métallique du sommier pour faire l'armature de la dalle dans la cave.

Ils entendaient siffler les premiers trains de banlieue dans le lointain.

— Et les pneus qu'il a enterrés pour délimiter le parterre de fleurs ?

— C'est déjà plus classique.

— Et les sièges d'autobus qu'il a récupérés à la casse pour faire le banc du salon, c'est classique, peut-être ?

Elle faisait semblant d'être outrée, comme s'il manquait de respect.

— Ah ! Je me demandais d'où ça venait ! C'est très confortable.

— Il a utilisé de vieux cadres de fenêtres pour construire la serre, là-bas.

— Génial.

— Les murs de la maison, ce ne sont que des caisses de bois qu'il a démontées. Je crois qu'il a récupéré de la fibre de verre sur un chantier. Et la mosaïque pour tracer le sentier ?

Elle s'était rapprochée. Il avait imaginé qu'elle avait un peu froid et voulait juste se chauffer contre lui.

— Ce sont des bouts de carreaux, non ?

— Oui. Le panneau routier qui sert de couvercle sur le puits, tu n'y aurais pas pensé, je parie ? Sauf que celui-là, c'est un vrai, il l'a dévissé en pleine nuit.

— C'est un voyou, ton père !

— La seule fois où on a été obligés d'intervenir, avec mes frères, c'est quand il a voulu démonter une cabine téléphonique pour construire la douche.

— Vous auriez dû le laisser faire, il a besoin de s'exprimer cet homme-là.

— Merci bien, déjà qu'on l'a laissé planter son petit coq en bois sur le toit !

Il avait levé la tête pour le chercher des yeux.

— Il est affreux, avait-il reconnu.

Dans le ciel bleu, un pâle croissant de Lune était encore visible, qui n'allait pas tarder à disparaître.

— Tu as les cheveux qui sentent la fumée, avait-elle remarqué.

Il avait souri d'un air timide, hésitant à tendre la main pour caresser les siens. Tu as vu qu'on faisait comme ça ! Fais-le ! s'était-il ordonné en secret.

Après un instant, il s'arrête, étonné. En s'éplu- *orbite*
chant, il a mis à vif une peau satinée, presque trop *5648*
rose, trop lisse. Trop neuve. Elle lui rappelle étrangement celle qu'il pouvait apercevoir, enfant, lorsqu'il s'amusait à soulever du bout de l'ongle la croûte nécrosée d'une escarre.

L'atmosphère voudrait bien de lui. C'est la Terre qui le rejette. Elle est si ronde qu'elle se dérobe sans cesse.

Le malheur arrive lorsqu'il a fini ce qu'il avait à faire, que le dîner est encore loin. Devant lui, l'heure qui l'en sépare fait comme un trou. Il cherche vite une occupation, n'importe laquelle, pourvu qu'elle lui occupe les mains, les yeux, l'esprit. Il ne sait plus quel appareil démonter encore. S'il reste les mains ballantes il va être triste. Se mettre à penser. Il passe d'un module à l'autre, les yeux grandis. Ils t'ont oublié ! Ils t'ont oublié comme l'âne à la noria ! Il s'engouffre aussitôt dans les toilettes pour pomper l'eau.

Ce n'est pas la première fois. Dix minutes suffisent à l'apaiser. Son attention se fixe sur le geste. Est-ce le battement de la pompe ? Il a en tête un air de chanson.

En sortant, il passe saluer les femelles dans les boîtes de contention, vérifie que la mousse est suffisamment saturée d'eau.

— Mais comment fais-tu pour les reconnaître ? s'étonne Sacha, stupéfaite.

— Je ne sais pas, dit Ivan. C'est à force de les regarder. Celle-ci a les côtes saillantes, par exemple. Je crois qu'elles vont finir par percer. La peau est trop fine. Tu ne vois pas comme elle est transparente ? Et celle-là, derrière, elle est anxieuse. L'autre, elle se bagarre tout le temps. Hier elle s'est échappée.

— Non ! ?

Elle se moque.

— Le couvercle était mal mis, je ne la trouvais plus.

— Ce n'est pas vrai ?

— Elle se cachait dans le filtre biologique.

— Il s'en passe des choses. Et celle-là ?

— Une grosse fainéante.

— Une salamandre fainéante ?

— Tu n'as pas idée. Une vraie flemmarde. Et là, derrière, c'est ma préférée. Regarde comme elle est timide. Pourtant, elle n'en perd pas une miette.

— Mais comment fais-tu ? insiste-t-elle. À l'œil nu ? Ce sont mes femelles, je te rappelle ! Ce n'est même pas toi qui t'en occupes !

Elle est redevenue sérieuse, alors il ne peut s'empêcher de baisser les yeux en souriant.

— C'est parce que je me suis attaché à elles.

— Tu plaisantes, j'espère ?

— Non.

orbite
5657

orbite 5872 — En additionnant plusieurs vols, beaucoup ont fait mieux que moi en temps cumulé, dit-il modestement.

— N'empêche, dit Bogdan.

Il sourit en brandissant une paille à sa santé.

— Le constructeur n° 1 serait content s'il te voyait. Avant toi, aucun homme n'est resté si longtemps.

Ivan est en apesanteur depuis trois cent soixante-sept jours. Le sol lui a annoncé qu'il avait battu le record de Titov et Manarov à 17:49.

— Pourquoi ? s'étonne-t-il.

— Parce que tu es en train de nous prouver qu'on est capables de supporter le voyage vers Mars. Tu sais bien que Korolev ne rêvait que de ça.

— Ah oui, c'est vrai, il paraît.

— Grâce à toi on est certains que l'homme peut survivre physiquement et psychologiquement à l'aller-retour.

— On le savait déjà, proteste Sacha. Souvenez-vous. Rioumine à bord de Salyut-6.

— Oui, mais il n'est pas resté aussi longtemps qu'Ivan.

— Peut-être, mais Valeri a volé deux fois de suite pendant six mois, avec seulement huit mois de récupération au sol entre les deux vols. On était même étonnés qu'il reprenne si vite. C'était ça, la vraie répétition. Un vol sur Mars, c'est exactement ce qu'a fait Rioumine. Six mois d'apesanteur à l'aller. Huit mois sur place. Et encore six mois d'apesanteur au retour.

— Ça se peut, dit Bogdan, sentant la vérité passer dans l'air à cet instant.

Ivan aspire un peu de vodka avant de redresser la tête.

— Tu es redoutable, dit-il en arrêtant les yeux dans ceux de Sacha.

— Pardon ! s'écrie-t-elle.

Elle se sent terriblement confuse, tout à coup.

— Je ne voulais pas t'enlever quoi que ce soit, poursuit-elle en manière d'excuse. C'est extraordinaire que tu aies battu le record ! Avant toi, personne n'avait...

— Ça, c'est sûr, surenchérit Bogdan, c'est incroyable.

— Je t'envie, ajoute-t-elle à l'improviste.

Tu ne savais pas, hein ? pense Ivan. Que c'était si agréable à regarder, un homme en train de tomber ?

Saucissonné dans son duvet, il rabat le cache sur son front en soupirant. Deux heures du matin, plein jour. Il donnerait cher pour peser de tout son poids sur un matelas, ou pour avoir le droit de s'allonger par terre, sur un sol dur. Le plus fruste des carrelages lui conviendrait. Tout plutôt que ce ballottement mou dans le sac. Il s'extirpe du duvet, fourre le masque de sommeil dans la poche de son short, traverse la station endormie.

Dans Kvant-1, ses mains cherchent à tâtons la poignée du grand hublot d'observation pour en rabattre le couvercle. Un jet éblouissant de lumière jaillit dans le module. Ivan tire le bandeau de sa poche, le plaque sur ses yeux. Une chaleur délicieuse lui nimbe le visage, la poitrine. Il sent les rayons lui traverser la peau, lui réchauffer les poumons. Dans un instant, il reconnaîtra l'odeur. Il entend déjà les branches plier, les volets cliqueter contre les murs. D'une seconde à l'autre, le tonnerre va grommeler, les nuages vont crever.

orbite 5876

Il sursaute. Il s'est presque assoupi dans les vibrions de lumière. Ce sont les crépitements des atomes qui l'ont tiré par la manche. Il cligne des yeux, aveuglé par la flamme rouge. Son masque a-t-il glissé ? Il porte une main à son nez. Non, il l'a toujours, l'élastique bien serré autour du crâne. Le Soleil est d'une violence si prodigieuse qu'il est parvenu à l'éblouir à travers le tissu.

— C'est bien ce que je pensais, tu as ouvert le hublot.

C'est la voix de Sacha à l'entrée du module. Il arrache le bandeau, la cherche des yeux derrière la barre de poussières jaunies.

— Je t'ai entendu tirer le couvercle, dit-elle. Ça fait déjà un moment, non ? Tu es fou de rester là.

— Je me faisais bronzer un peu, explique-t-il, aveuglé.

— Ben voyons.

Il la regarde sans la voir à travers la buée de safran, des amibes plein les yeux. Tant pis si elle ne le croit pas. Il lui reste peut-être encore une chance de n'être pas venu pour rien.

— Je vais fermer le volet, dit-elle, tu sais bien qu'il ne doit pas rester ouvert.

Vas-y maintenant, décide-t-il. Pendant qu'elle se retourne ! Il se penche pour enfouir son visage dans le rai de lumière, inspire de toutes ses forces avant qu'il disparaisse.

— Qu'est-ce que tu fais ?

Il n'aurait pas dû priser si bruyamment.

— Je…

— Qu'est-ce que tu as à renifler comme un drogué ? s'écrie-t-elle, mi-fâchée, mi-amusée.

— C'est parce que… Tu sais… Les UV coupent les molécules d'oxygène.

— Oui, et alors ?

— Ça génère de l'ozone. Les UV dissocient l'oxygène pour former de l'ozone. Pas beaucoup, hein ? Juste un petit peu.

— Je sais bien. Tu crois que je ne sens pas l'odeur ? Et après ? Pourquoi tu fais ça ?

— Pourquoi je… ? Pour rien.

— Tu ne vas pas t'en tirer comme ça ! s'écrie-t-elle avec un ton de maîtresse d'école. Je ne te laisserai pas sortir !

— Ça me rappelle l'odeur du jardin avant l'orage.

Elle se tait, incrédule.

— Le parfum de l'air avant la pluie, voilà.

— Tu es cinglé.

Il la dévisage d'un air fripon.

— Un grand malade, voilà ce que tu es ! Il est deux heures du matin ! Un grand malade ! Tu es complètement fou ! L'odeur du jardin avant la pluie, tu dis ? Mais ça ne va pas la tête ? Faut te faire soigner, tu le sais, ça ?

— C'est le printemps à Moscou ! annonce-t-il comme s'il donnait l'heure.

— Peut-être, dit Bogdan, absorbé par l'inventaire des stocks.

— Si, on est en mars ! Le printemps, c'est en mars !

— Ne t'énerve pas.

— C'est le deuxième que je rate, dit Ivan. Je suis parti en février l'année dernière. Ça doit couler de partout en ce moment. La neige, je veux dire. Elle doit être en train de fondre. Les rues doivent être pleines de boue.

— Tu veux bien en venir au fait ? Je suis occupé, là… Qu'est-ce que tu essayes de me dire ?

— Rien. Il faudra juste que je dise à Oksana de ne pas oublier d'aller remplir les tonneaux.

— C'est agréable de discuter avec toi. Aller remplir les tonneaux ? Je ne suis pas dans ta tête. De quoi tu parles ?

Ivan se met à rire.

— Mais les tonneaux ! À la datcha ! C'est maintenant qu'il faut les remplir de neige ! Pour dégager l'allée, pour que ça ne coule pas dans la cave ! Elle va être inondée, sinon. On ne fait pas ça, chez toi, quand la neige commence à fondre ? C'est pratique, ça permet d'avoir de l'eau tout l'été. Pour faire la vaisselle, arroser le potager, ce genre de choses…

— Sacha, tu voudrais bien t'occuper de lui cinq minutes ? demande Bogdan. Je crois qu'il a besoin de parler à quelqu'un, mais là je n'ai vraiment pas le temps.

— C'est le meilleur moment de l'année ! s'exclame Ivan pour les amuser, hilare. C'est la première fois qu'il fait assez doux pour être en pull, tu enlèves ta chapka, le ciel est bleu, il y a un petit vent tiède qui te souffle dans les cheveux…

— Tu vois ce que je veux dire ? dit Bogdan. Et il est comme ça depuis un moment. Je te jure, il est bizarre.

— Toi, tu es là, poursuit Ivan, tu remontes tes manches, tu donnes des coups de pelle dans la neige fraîche. Ton sang se met à courir dans tes veines, tu…

— Mince, il devient lyrique, s'inquiète Sacha.

— La sueur te pique les yeux, mais tu t'en moques ! Tu remplis tes tonneaux en pensant à tes petits pois, à tes salades, à tes potirons, à ton céleri, à tes concombres… Et plus tu déblayes, plus la terre noire du jardin apparaît sous la neige. Tu sens son odeur un peu acide monter à tes narines…

— Mon Dieu !

— J'ai envie de vous embrasser, tiens !

Il se jette sur eux en ouvrant les bras pour essayer de les attraper ensemble.

— Au secours ! crie Sacha en riant.

Il parvient à capturer sa cheville, s'étire de tout son long pour saisir le poignet de Bogdan.

— On a un problème ! hurle son compagnon en fuyant. Houston ! Houston !

— *On trouve de tout dans les magasins depuis hier*, déclare Oksana. *Tout est arrivé en même temps.*

— Comment ça, « tout » ?

— *Tout.*

— Quoi, par exemple ?

— *Je ne sais pas, moi. Des bananes, des kiwis, des ananas…*

— Frais ?

— *Bien sûr. Pas des conserves. Des vrais.*

— Tu en as acheté ?

— *Non, c'était trop cher.*

— Quoi d'autre ?

— *Des brocolis.*

— Sans blague ?

— *Je t'assure.*

— Je n'en ai jamais mangé.

— *Moi non plus. Des bières aussi.*

— Des étrangères ?

— *Oui. Je me suis amusée à les compter… Il y a plus de trente marques différentes.*

— Tu as vu de la Carlsberg ?

— *Évidemment, en bouteille et en canette.*

— En canette ?

— *C'est fou, je te dis.*

— Quoi encore ?

— *Des articles de bricolage, plein. Tu vas en perdre la tête ! Même moi, ça m'a fait un choc. Toutes sortes de peintures différentes. Pour le jardin aussi. Des tuyaux d'arrosage très perfectionnés, sur enrouleur. Et des vélos pour la montagne.*

— Des « Mountain Bike » ?

— *C'est ça. Plein de pièces détachées pour la voiture, des pneus, des batteries, des huiles spéciales... Et du papier-toilette. Alors là... Tu en as de toutes les couleurs, de toutes les épaisseurs ! Un rayon entier.*

— Pour quoi faire ?

— *Je ne sais pas. Attends, on trouve aussi des petits pots pour bébé et de la nourriture pour chien.*

Il rit.

— De la nourriture pour chien ? Qui achète ça ?

— *Personne ! Les magasins sont pleins à craquer mais tout est hors de prix. Tout le monde vient pour regarder, mais personne n'achète.*

Il retourne puiser comme si de rien n'était. Doucement d'abord. Puis en accélérant, en appuyant de plus en plus fort, frénétiquement, pour disparaître une bonne fois dans ce geste parfait. Pompe. Tu vois bien que tout s'arrange. Pompe ! POMPE !

Sacha passe dans l'encadrement de la porte accordéon, s'arrête pour le regarder. Surpris, il stoppe son mouvement.

— Et là, tu faisais quoi exactement, espèce de taré ? demande-t-elle.

Il flotte dans le coin, recroquevillé contre la cuvette, le bras tremblant.

— Je pompais l'eau.

Les yeux de Sacha ont des mouvements brefs, vont de la poignée à Ivan, de sa main à son air égaré. Le visage levé vers elle, il a la tête d'un malheureux petit. Elle passe une main sur son front, appuie sur ses paupières avec les doigts comme si elle voulait faire reculer ses yeux.

— D'accord, dit-elle.

Elle disparaît sans exiger d'explication, indulgente.

— Hé !

C'est lui qui crie du fond des toilettes pour la rappeler :

— Sacha !

— Quoi ?

— Dans les magasins, on trouve de tout maintenant.

— Génial.

— Tu t'en fous ?

— Complètement.

Elle vibre si mal, ce soir, qu'il a un mauvais pressentiment. Même avec ses bouchons d'oreilles, il prédit qu'un moteur va s'arrêter de tourner. Il entend aussitôt que cela ne vient pas de l'aération. C'est une pièce qui bouge encore, qui va s'immobiliser d'un instant à l'autre.

Il traverse le nœud, se glisse dans Kvant-2. Il progresse le long des équipements, les oreilles aux aguets. Derrière ce placard, la respiration a changé. Un gyrodyne vient de se taire. Était-ce son ralentissement qu'il percevait déjà il y a plusieurs semaines, lorsque Sacha se sentait mal et qu'il l'avait rejointe dans Kvant-2 ? Il s'agit de l'une de ces roues mécaniques garantissant l'orientation de la station vers le Soleil. Il fait coulisser la cloison, dévoile la coque sphérique du volant d'inertie. À l'intérieur, le gyrodyne ne siffle déjà plus. Ivan se souvient que Bogdan a commandé un rechange qui devrait leur parvenir avec le prochain ravitaillement. Cela signifie qu'une autre roue a rendu l'âme récemment.

Il gagne les cabines du bloc de base pour donner l'alerte.

— Bogdan, tu dors ?

Le bras du commandant apparaît.

— Il y a un gyrodyne qui est tombé en panne.

— Je sais, dit-il en relevant son masque sur le front. J'en ai commandé un il y a deux semaines.

— Non, un autre.

— Où ça ?

— Dans Kvant-2.

— Quel axe ?

— Je ne sais pas.

— Dans quel placard ?

— Celui qui est tout de suite à droite.

Bogdan lève les genoux pour se dépêtrer de son duvet, le suit jusqu'au module. Il n'est pas encore arrivé à hauteur de la roue qu'il soupire :

— C'est le même axe. On va perdre l'orientation.

Ivan s'approche du hublot, cherche un repère à la surface de la Terre : l'île de Madagascar fera l'affaire.

— Qu'est-ce que tu fais ? demande Bogdan.

— J'essaye de voir si on a déjà pris du roulis, dit-il en la masquant de son pouce.

Le doigt en l'air, un œil fermé, il attend qu'elle réapparaisse.

Petit à petit, l'île se dévoile sous son ongle.

La forêt est épaisse, mais traversée par un bras de sang. L'eau du fleuve est bien rouge, estime-t-il.

— Alors ? fait Bogdan.

— Attends…

Il n'avait jamais remarqué. Une telle couleur, à cet endroit, ce n'est pas normal. Elle lui rappelle celle du sable dans certaines régions désertiques. Peut-être que le fleuve est plein de vase ? Il ne voit pas d'autre explication possible au saignement de l'île. Le sol est devenu friable, les berges s'émiettent dans l'eau.

— Tu as vu comme ils ont attaqué la forêt, les Malgaches ? demande Ivan.

— Qu'est-ce que tu dis ?

— Rien. On a déjà beaucoup de roulis, la station chasse sur le côté.

— Elle dérive vite ?

— Oui.

— Sans les volants d'inertie, on va perdre l'orientation des panneaux, prévient Bogdan.

— Alors je ne t'ai pas réveillé pour rien, dit Ivan en souriant. Qu'est-ce qui a pu casser ?

— Je ne sais pas. La mécanique s'est peut-être grippée.

— Peu importe, dit Ivan. On le remplace et on se recouche.

— Comment ?

— Tu ne sais pas changer un gyrodyne ?

— Si, bien sûr, mais on n'en a aucun d'avance.

— Tu plaisantes ?

— J'en attends un dans le prochain cargo.

Ivan ne comprend pas. Bogdan ne s'est pas inquiété de n'avoir aucune pièce de secours ? Sans correction volontaire, la station va dériver en rotation.

— On n'en a pas en réserve ? demande-t-il encore, tant cela lui paraît insensé.

— Mais non !

— C'est impossible.

— J'en ai demandé un il y a deux semaines, répète Bogdan. Tu étais même là quand j'ai passé la commande.

— Et alors ? Tu penses bien qu'on en a toujours deux d'avance pour se retourner, au cas où, dit Ivan.

— Je croyais qu'on en avait encore un sous le coude, avoue Bogdan.

— Qu'est-ce que tu veux dire ?

— Celui que je pensais être un rechange était hors d'usage.

— Tu as pris un vieux pour un neuf ?

— Oui.

— Lequel ?

— Celui qui était entreposé dans Kvant-1.

— Mais il est cassé depuis longtemps, celui-là ! s'exclame Ivan. Dans Kvant-1, tout est à jeter ! C'est le local poubelles !

— Moi je pensais qu'il marchait ! s'écrie Bogdan. Pourquoi il traîne là depuis des mois ? C'est un bordel, ici !

orbite 6564

Ivan ne parvient pas à le croire. Comment son compagnon a-t-il pu être si négligent ? Dormir tranquille pendant deux semaines en sachant qu'il n'y avait aucun gyrodyne de secours à bord ? Bogdan était à peine inquiet, tout à l'heure, lorsqu'il l'a réveillé pour lui annoncer la panne. Et qu'attendait-il pour le prévenir, au lieu de le regarder jouer avec son pouce ?

— On peut le démonter ? demande Ivan.

— On peut essayer. Mais peut-être que la panne provient d'un court-circuit.

— On s'en serait rendu compte. L'alarme se serait déclenchée, non ?

— L'électronique a peut-être cramé dans le boîtier.

— Qu'est-ce que tu proposes ?

— On réveille Sacha, répond Bogdan. On prévient le sol, et on laisse tourner la station en attendant.

Ivan baisse les yeux de dépit. « En attendant quoi ? » se retient-il de demander.

— Les panneaux ne sont plus suffisamment éclairés, prévient Sacha, l'alimentation a basculé sur batterie.

Ivan regarde autour de lui. Silencieusement, une foule d'équipements ont commencé de tirer sur les accumulateurs.

— On est sortis des marges, ajoute-t-elle.

— Qu'est-ce qu'on fait ? demande Ivan. On va les biberonner en moins de deux, non ?

— Il faut délaisser tous les sous-systèmes.

— Je vais avoir la liaison avec le sol dans une minute, prévient Bogdan, un casque sur les oreilles. Ils vont définir l'ordre des priorités.

— Mais on le connaît, l'ordre des priorités ! s'agace Ivan.

Je ne devrais pas m'énerver, admet-il aussitôt. Pas devant Sacha. Il ne faut pas que Bogdan perde la face devant nous.

— Je veux dire qu'on peut déjà désactiver les autres gyrodynes, on peut couper la lumière, on peut… D'autant que le roulis peut nous faire perdre la communication, n'est-ce pas ?

Mais la voix grésillante de l'officier de liaison lui coupe presque la parole :

— *… tout ce qui consomme, tout ce qui est gourmand et le reste, vous fermez la lumière, vous stoppez les autres gyrodynes, vous délestez les communications, vous débranchez les toilettes, vous coupez tous les moteurs électriques, vous…*

Sur le pupitre, l'indicateur de baisse de voltage a commencé à clignoter. Ivan interpelle discrètement Sacha :

— Regarde…

— *Vous ne gardez que la puissance électrique minimum pour faire tourner les moteurs électriques des panneaux solaires, vous forcez…*

— Attendez, dit Bogdan.

Dans le bloc de base, les plafonniers ont des ratés.

— *Vous forcez leur orientation pour qu'ils soient éclairés le plus possible. Pour qu'ils vous donnent de quoi alimenter les ventilateurs et les valves à oxygène.*

— Et les réfrigérateurs à échantillons ?

— *Si jamais vous êtes en détresse*, continue le sol en ignorant sa question, *et que nous perdons le contact, souvenez-vous qu'il faut d'abord couper les unités Elektron et en dernier le Vozdukh.*

Peuvent-ils en arriver là ? s'étonne Ivan. Que le sol évoque l'éventualité d'avoir à couper les générateurs d'oxygène a soudain quelque chose de terrorisant.

— Écoutez, dit Bogdan, on est en train de perdre le courant dans le bloc de base. Vous m'entendez ?

La lumière s'éteint.

— On a perdu l'éclairage dans le bloc de base, répète-t-il, on a perdu le…

Sa phrase s'égare dans la nuit. Ils ne sont plus éclairés que par la Terre, qui diffuse un peu de lumière grise par les hublots.

— Regardez, dit Ivan en montrant du doigt l'écoutille de Kvant-1. Le module est resté allumé, il doit encore rester un peu de courant.

— Alors on coupe tout ! ordonne Bogdan en se jetant sur l'ordinateur de bord.

orbite 6525

Ensemble, ils furètent dans la station, abattant les interrupteurs, débranchant ce qui peut encore l'être : le système de chauffage, les réfrigérateurs, les fours, les expériences en cours.

Ils ne trouvent déjà plus leur chemin dans le local enténébré. Ils vont avec une lampe-stylo serrée entre les dents, projettent sur les murs des ronds de lumière falote. Le noir du cosmos s'est glissé par les hublots, jette partout une épaisseur nouvelle. Alors que c'est impossible si vite, il semble que la température ait baissé depuis que les plafonniers sont éteints.

C'est maintenant une recherche effrénée du Soleil, une lutte permanente avec le couteau de l'ombre. Bogdan et Sacha font travailler les moteurs électriques des ailes pour les forcer à se tourner vers la lumière le plus longtemps possible, afin de produire l'énergie dont ils ont besoin pour faire fonctionner la ventilation, les valves à oxygène, les moteurs électriques des panneaux. Avant que la dérive de la station les détourne du Soleil. *orbite 6566*

Quarante-cinq minutes plus tard, ils collectent à nouveau la lumière qui permettra de produire l'énergie dont ils ont besoin pour faire fonctionner la ventilation, les valves à oxygène, les moteurs électriques des panneaux. Qu'ils allumeront à nouveau tout à l'heure pour collecter la lumière dont ils ont besoin. Pour produire l'énergie dont ils ont besoin. Pour faire fonctionner les moteurs électriques des panneaux. Collecter la lumière dont ils ont besoin. Produire l'énergie dont ils ont besoin. Faire fonctionner les moteurs électriques des panneaux. Dont ils ont besoin.

Le tonnerre des ventilateurs s'est assourdi. En s'éteignant, la station s'est feutrée. Ils nagent dans un demi-silence qui laisse entendre, en creux, une menace. Ils préféraient leur tunnel infesté de bruit, tout ce tapage qui accompagnait la vie.

L'entrée dans l'ombre de la Terre contraint Bogdan et Sacha à arrêter de collecter la lumière sur les panneaux.

— Il faut dormir un peu, dit Ivan.

À la lueur des torches, le paysage de la station n'est plus fait que d'ombres et de coins. Ils se déplacent prudemment jusqu'à Kristall, où il faisait bon tout à l'heure. À présent, le module baigne dans une chaleur anémiante. Ils traversent le carrefour pour gagner Kvant-2. En pénétrant dans le module, leur peau se tend brutalement. Il semble avoir gelé ! Les pompes à fréon ne sont plus alimentées. Le liquide ne circule plus dans les circuits d'échange de chaleur. Ils ne sont plus protégés des températures extrêmes que par les revêtements matelassés, les isolations passives qui capitonnent l'extérieur de la station.

— Dans Kvant-1, je crois que la température est encore supportable, avance Ivan.

— Va pour la décharge, lance Bogdan.

orbite 6569

Trente minutes plus tard, le sac de Sacha flotte sans consistance, vide. Ivan se lève, gagne le bloc de base, la trouve déjà postée devant l'écran de contrôle des panneaux solaires.

— Sacha ?

— Oui ?

— Pourquoi tu ne dors pas ? Il fait nuit, encore.

— Justement, on perd du temps. Lorsque le Soleil réapparaît, on n'est jamais prêts, Bogdan et moi.

— Qu'est-ce que tu veux dire ?

— La panne électrique a fait dérailler les capteurs d'orientation.

Elle s'est réveillée plus tôt pour être déjà aux commandes lorsque la station sortira du cône d'obscurité de la Terre. Mais quel rapport avec les capteurs d'orientation ? Il s'apprête à lui faire la remarque, mais reste sans voix. Il s'aperçoit qu'elle est en train de saisir les vecteurs de direction et de rotation pour chacune des ailes, comme s'il faisait jour ! Par le hublot, il voit les panneaux pivoter, s'incliner, comme s'ils cherchaient déjà la lumière, à moitié fous. Il comprend le sens de ses efforts, s'incline mentalement devant son intelligence. Elle imite le comportement des satellites de télécommunications. Elle est en train de traquer virtuellement le Soleil derrière la Terre. Elle cherche à orienter les ailes dans la direction espérée de l'astre, pour qu'elles soient déjà tournées vers lui lorsqu'il réapparaîtra. Au plus près !

Lorsque la lumière déferle sur les panneaux, Bogdan les rejoint. Ils reprennent ensemble leur manège, s'acharnant à éclairer les feuilles de photopiles le plus longtemps possible, rattrapant comme ils peuvent l'orientation anarchique de la station.

En retrait, Ivan regarde leurs efforts désespérés pour capter un peu de chaleur. Sans gyrodyne de secours il ne voit pas quelle est l'issue possible à leur naufrage. Ils pourront survivre quelques jours avec le minimum vital, mais dans combien de temps leur parviendra le rechange ? Comment un vaisseau automatique peut-il s'amarrer à une station désorientée ?

À l'approche de la communication qui va s'ouvrir, ils s'empressent de chausser un casque.

— ... *nez-nous le détail de vos angles.*

— Nos angles ? demande Bogdan.

— ... *nez-nous le détail de vos angles*, répète la voix saturée de souffle.

Ils regardent par les hublots, de part et d'autre du bloc de base.

— La station roule librement, dit Bogdan.

— ... *connaître l'amplitude du roulis ?*

— ...

— ... *rotation par rapport à la Terre ?*

— Je ne sais pas... Deux degrés par seconde environ.

— ...

— Quand envoyez-vous les rechanges ?

Ils n'obtiennent en retour qu'une volée de parasites assourdissants.

— Quand envoyez-vous les rechanges ?

— ... *trois semaines.*

Le signal se noie, les crépitations sont déjà plus criardes. *orbite 6571*

— Trois semaines ? s'exclame Bogdan. Vous avez dit trois semaines ? C'est ce que vous avez dit ?

Ils se taisent, anéantis. Le sol ne peut-il pas avancer la date du lancement ? Vingt et un jours ? Était-ce la réponse à leur question ?

— On dirait... qu'ils nous abandonnent, dit Sacha.

— Ils ont d'autres problèmes, murmure Ivan.

Vingt et un jours à dormir par séquences de trois quarts d'heure, à passer de l'hiver à l'été en changeant de module, à manger froid, à faire dans des sacs.

— Tu veux dire qu'ils sont trop occupés à faire leurs courses, c'est ça ?

— Tu sais qu'on trouve de la nourriture pour chien maintenant ?

— Non, je l'ignorais.

— Je voudrais voir ça de mon vivant.

— Tu devrais faire du soutien psychologique, remarque-t-elle. Tu viens de me dire exactement ce qu'il fallait pour me donner envie de rentrer. Merci, Ivan.

— Il n'y a pas de quoi.

— C'est bon, vous avez fini ? demande Bogdan. On démonte.

Pendant une journée entière, ils tentent de réparer le gyrodyne à la lampe de poche, en veillant à ne pas éparpiller les pièces détachées.

— C'est quoi cette flotte ? demande Bogdan. *orbite 6583*

L'eau a commencé à perler sur les parois.

— Je vais éponger, dit Ivan.

Ils s'interrompent continuellement pour rattraper l'orientation des panneaux. Combien de temps pourront-ils tenir à dormir ainsi par tranches de trois quarts d'heure ? Même en se relayant, le rythme est infernal. Il faut arrêter ce tournoiement. Vingt et un jours à faire la manche au Soleil ?

Ils viennent de migrer dans Kristall, où la chaleur est redevenue acceptable. Sacha leur a dit qu'elle les rejoindrait dans un instant. Mais tandis que Bogdan a déjà sombré dans le sommeil, elle manque toujours à l'appel. Elle tire sur la corde ! estime Ivan. Elle ne va tout de même pas rater une occasion de se reposer ! Il glisse hors de son sac, gagne le bloc de base. Sacha est restée au hublot, à contempler la Terre. En l'apercevant, elle sourit, s'attendant peut-être à une remontrance de sa part.

— Tu t'inquiétais ? demande-t-elle.

— Oui.

Elle a une cigarette éteinte au coin de la bouche, tire un paquet de sa poche pour lui en proposer une. Il la regarde, aussi sidéré que si elle le menaçait avec un couteau.

— Ne fais pas cette tête, j'ai débranché les détecteurs de fumée.

Il ignorait qu'une simple cigarette puisse un jour le terroriser et le tenter avec une telle violence. Fumer à bord de la station ! Elle osait braver cet interdit ! Il s'avance, ne sait pas s'il doit feindre de confisquer le paquet, ou…

— Pas de bêtise, hein ? prévient-elle en riant, en voyant son air hagard.

— C'est que…

— Toi, je comprends que tu aies un cas de conscience. Mais moi… De nous trois, c'est moi qui consomme le moins d'oxygène ! Avec ce que je vous fais économiser, je peux bien en fumer une petite.

Il s'approche encore, si près qu'il en est presque menaçant.

— Je peux même t'en offrir une, chuchote-t-elle, intimidée.

Il prélève une cigarette dans le paquet.

— Parce que je ne coûte pas cher, moi ! reprend-elle joyeusement. Au lancement, surtout. Je suis la plus légère !

— Ça va être la première depuis quatorze mois. Et évidemment tu as du feu ?

— Évidemment.

Elle sort une petite boîte d'allumettes, en frotte une contre la tranche phosphorée. Une flamme sèche apparaît, qu'il suit des yeux avec fascination. Elle ne s'élève pas à cause de l'apesanteur, enrobe l'extrémité de l'allumette comme s'il y avait beaucoup de vent et qu'elle menaçait de s'éteindre.

— On dirait que tu viens de voir le diable, grasseye-t-elle.

— Comment tu as fait pour ne pas te faire prendre ? C'est autre chose qu'une bouteille d'alcool, là !

— Je ne te le dirai pas.

— Allez !

— Non.

Il flotte jusqu'à elle, penche la tête vers le feu minuscule en le protégeant des mains, inspire profondément. La fumée pénètre dans sa bouche, descend en matérialisant la forme de ses poumons. Il ne peut pas s'empêcher de tousser.

— Je n'ai plus l'habitude.

— C'est ce qu'on dit, en général, la première fois.

— Et Bogdan ? s'inquiète-t-il tout à coup. Il va sentir l'odeur !

— Il ne dira rien. Il n'osera jamais. Tout à l'heure, tu sais que je l'ai aperçu en train de feuilleter la documentation de bord ?

— Qu'est-ce qu'il cherchait ?

— La solution.

— Il est un peu jeune, non ? avance timidement Ivan.

— Moi aussi, dans ce cas.

— Ce n'est pas pareil.

— Quoi ? Les filles sont plus matures, c'est ça ? À treize ans, peut-être. Cela dit, je n'aimerais pas être à sa place. Il doit s'en vouloir. Avec un père comme le sien, il a besoin de faire ses preuves.

— Pas forcément, dit Ivan en portant le filtre à ses lèvres.

Il a l'impression qu'il fait moins froid dans le bloc de base depuis que leur deux cigarettes sont allumées.

— Attends, s'il n'était pas le fils de Markov, il ne serait pas devenu cosmonaute. On ne l'aurait peut-être même jamais titularisé.

— Je ne suis pas d'accord, lance-t-il, énervé par la fumée. On a aussi le droit de se tromper, comme dans tous les métiers du monde. Ne pas être fait pour ça et le devenir quand même.

— Pourquoi est-ce que tu prends sa défense ?

— Parce que moi aussi je me suis souvent demandé si je n'aurais pas dû faire autre chose.

— Toi, c'est différent, tu es médecin. On ne te demande pas d'être capable de piloter un Soyouz ou de savoir compter le nombre de gyrodynes en état de marche. On t'a titularisé parce que tu étais le meilleur pour accomplir cette mission-là. La preuve, tu as battu le record…

Il sourit tristement.

— Non, pas du tout. Ce n'est pas pour cette raison qu'on m'a choisi. Je n'étais tellement pas doué pour vivre qu'on m'a mis à distance. J'étais tellement gai et sympa qu'on a préféré m'envoyer rire ailleurs.

— Tu plaisantes ? Un rigolo comme toi ! Je suis sûr que tu leur manques, en bas.

Il lui sourit à nouveau, observe la façon dont sa bouche se déforme sur la cigarette.

— C'est dommage, souffle-t-il.

Sa voix est devenue plus rauque.

— Tout ce qu'on a perdu avec cette panne…

— Tu es malheureux pour tes petites salamandres chéries, c'est ça ?

— Tous ces prélèvements congelés, des semaines de prises de sang pour rien…

— Ils en font du boudin de toute façon.

Il sent qu'elle ne le dit pas seulement pour plaisanter, qu'elle le pense vraiment.

— Pourquoi tu…

— On fait semblant de travailler, ici. Qui a besoin de connaître la réponse immunitaire de cinq batraciens en apesanteur ? Pour le prix que ça coûte…

Dans l'ombre, il lui semble que les pupilles de Sacha sont devenues plus brillantes.

— On ne vient pas là pour faire avancer la recherche. Je sais bien que tu es médecin, mais tu ne crois pas à ce mensonge, hein ? Pas toi ?

— Je…

— On va dans le cosmos parce qu'on a envie d'y aller, tranche-t-elle. Comme ça, pour voir. Pour prouver aux autres qu'on en est capables. Il ne faut pas chercher plus loin. Après, on se crée des prétextes, c'est normal. Mais ici, on passe plus de temps à la maintenance qu'à travailler pour la science, crois-moi.

— Tu crapotes ! s'écrie-t-il tout à coup pour la faire taire.

— Toi, apprends d'abord à fumer sans cracher tes poumons.

— Est-ce que je peux te poser une question ?

— Tu me fais peur.

— Non, oublie.

— Je t'écoute. Vas-y, tu ne vas pas te faire prier.

— Pourquoi tu continues de mettre un soutien-gorge ? Tu n'en as pas besoin, ici.

— Comment sais-tu que j'en porte ?

— J'ai dû… J'ai dû apercevoir les bretelles sur tes épaules, bredouille-t-il.

— Tu préférerais que je n'en mette pas ?

— Mais qu'est-ce que tu racontes ?

— Figure-toi que j'ai posé la question à Valentina avant de partir, pour savoir si je devais en emporter ou pas. Elle m'a répondu que oui.

— Mais pourquoi ?

— Parce qu'on a l'habitude. C'est vrai que je me sentirais toute nue, sinon. Et puis, quand même, c'est plus confortable, ça évite d'avoir les seins qui partent dans tous les sens.

Dans la pénombre, il entrevoit son sourire.

— Cela te va comme réponse ?

— Oui. Pardon si…

— Pas du tout, c'était pour t'embêter, dit-elle en écrasant son mégot dans le cerclage métallique du hublot. Mais j'ai bien vu que tu avais changé de sujet.

— Ah bon ?

— C'est insupportable, pour toi, l'idée qu'on t'a peut-être grugé. Qu'on t'a peut-être demandé de faire tous ces prélèvements pour rien. Comme ça, pour voir. Pour t'occuper. Pas vrai ?

Bogdan et Sacha ont rendu les armes, ne croient déjà plus à la réparation possible de l'un des gyrodynes. *orbite 6603*

Tandis qu'ils continuent de manœuvrer les panneaux solaires, Ivan se demande s'ils ne pourraient pas stabiliser la station en mettant à feu les réacteurs principaux. Ou ceux du Soyouz ? Ils retrouveraient momentanément une orientation favorable à l'éclairement des ailes. Mais ils ne sauraient pas la conserver, faute de correction. Sans compter qu'ils doivent économiser le carburant pour rétablir dans trois semaines une posture compatible avec l'accostage du cargo. Il se repose cent fois le problème, se demande comment casser le cercle. Qu'est-ce qui pourrait, à bord, faire office de gyrodyne ? La mise en marche d'un autre appareil ne pourrait-elle pas y suppléer ? Le tapis roulant ? Son mouvement giratoire pourrait-il en faire une toupie de fortune ? Il repousse vite cette idée loufoque. L'incidence du mouvement ne serait pas assez forte, l'orientation incontrôlable. C'est long de tomber, pense-t-il encore. Et lorsque finalement il regrette, décide qu'il veut revenir, l'écart s'est creusé. Il tend les doigts, gêné aux entournures. Son bras est trop raide, il ne peut plus s'agripper. Il est déjà trop loin ! Et toujours une main l'attrape, le plaque contre la station, pour qu'il ait le loisir de mourir encore.

À côté de son poing qui s'ouvre et se ferme, cette forme sphérique.

Le carénage d'un gyrodyne.

Pendant sa sortie extravéhiculaire, il se souvient qu'il a contourné d'autres volants d'inertie accrochés à la surface de la station. Ses compagnons et lui sont restés focalisés sur les gyrodynes accessibles de l'intérieur, faciles à remplacer, mais il se souvient que les volants d'inertie sont redondés par d'autres gyrodynes à l'extérieur, inamovibles. Si Bogdan et Sacha ne les ont pas pris en considération, c'est qu'ils sont probablement trop vieux ou hors d'usage. Se peut-il que l'un d'eux puisse tout de même relayer celui qui leur fait défaut ? Dans sa mémoire, il cherche à retrouver l'orientation des pôles, confronte l'axe du gyrodyne de Kvant-2 à celui qu'il a contourné à proximité du bras mécanique. Il voudrait rapprocher les deux roues : si la paroi extérieure était de verre, seraient-elles superposables ? Il lui semble que oui, mais refuse de le croire, craignant que son espérance ne pollue son souvenir. Laisse donc passer une orbite, décide-t-il pour ne pas se fier à sa première intuition.

orbite 6604

Mais lorsqu'il revient, son regard bute encore contre la sphère métallique. Oui, les saillies des stators étaient de biais, dans l'alignement du gyroscope de Kvant-2. Il y a, à l'extérieur, un volant qui pourrait doubler celui qui s'est cassé, si quelqu'un allait le rebrancher. S'il est bien dans le même axe, s'il fonctionne encore, s'il est bien alimenté, peut-être que… Mais il était si difficile de se représenter la station lorsqu'il évoluait dehors. Peut-être se trompe-t-il ? Il était tellement confus, si proche de commettre l'irréparable ! Et, surtout, pourquoi faut-il que le gyrodyne qui pourrait aujourd'hui les sauver soit justement celui qui se trouvait près du bras mécanique qu'il cherchait à enjamber ? Pourquoi faut-il que leur salut, à cet instant, relève peut-être d'une pièce mécanique qui était précisément sous son nez lorsqu'il a voulu se tuer ?

— Tu es sûr ? demande Sacha.

— Non, dit Ivan.

— Et pourquoi est-il débranché, ce gyrodyne ?

— Je ne sais pas. Quelqu'un avait peut-être besoin de l'alimentation locale pour une expérience. Ou peut-être que l'électronique générait des alarmes intempestives, qu'est-ce que tu veux que je te dise ?

— On peut inhiber les alarmes depuis le pupitre, rétorque-t-elle. De toute façon, même si on sort pour rebrancher le gyrodyne dont tu parles, il faudra beaucoup de courant pour les remettre en route. Ils sont lents au démarrage, les volants d'inertie, ils pompent énormément. Pour l'instant, on a à peine assez d'énergie pour se maintenir.

Dans l'obscurité, il sent que Bogdan les écoute intensément.

— Tu as raison, reconnaît Ivan. Mais le problème finira bien par se poser à un moment ou à un autre, non ? Il faudra bien casser le mouvement pour rétablir une orientation compatible avec l'arrivée du cargo. Est-ce que tu ne crois pas qu'en mettant à feu les réacteurs on parviendrait à casser le roulis ? On devrait pouvoir stabiliser la station assez longtemps pour gagner un cycle de batterie, non ? On aurait peut-être assez pour les remettre tous en route, qui sait ?

— Ce n'est pas idiot, intervient Bogdan.

— Doucement, dit Sacha. Pour mettre à feu les réacteurs principaux de la station il faut aussi du courant, et on n'en a pas.

— Je ne parlais pas des réacteurs de la station, dit Ivan.

— Ah oui ?

— Je me trompe peut-être, mais…

Il lui semble que les hublots sont ivres, que la Terre entre dans la surface du verre, puis ressort, balayée par le mouvement de Mir.

— On t'écoute, dit Bogdan.

— On pourrait se servir des moteurs du vaisseau pour corriger le roulis.

— Tu veux qu'on utilise les réserves de carburant du Soyouz ?

Dans la nuit du module, il entend leur réprobation. Il est en train de parler du vaisseau dans lequel ils ont boulonné chacun de leurs sièges, à bord duquel ils doivent rentrer ! Ce sont les réservoirs de ce véhicule qu'il propose de ponctionner ! ? Et s'ils brûlaient trop de combustible ? Il sait ce que pensent Bogdan et Sacha en ce moment. Ils pourraient en manquer pour le retour.

— De courtes poussées suffiraient peut-être…

Il se tait, épuisé par la méchanceté du piège où ils sont pris. Il fait si noir, dehors. Depuis que la station est sortie de ses marges, il sent que les ténèbres sont revenues l'observer par le judas.

— Si on casse le roulis en se servant de la puissance auxiliaire du Soyouz, insiste Ivan, et qu'on recharge les accumulateurs, puis qu'on rebranche le gyrodyne extérieur…

— Peut-être, dit Sacha. Admettons.

— En espérant qu'il soit dans le bon axe, poursuit-il, encouragé. Dans ce cas, on récupérera…

— Pas si vite. À condition qu'il soit toujours en état de marche.

— Oui, à condition que le gyrodyne fonctionne encore. Dans ce cas, on récupérera les axes de maintien, et on reprendra la main !

Il jette dans l'obscurité un plan possible, auquel ils n'avaient pas pensé.

— Mais nous ne sommes que trois, dit Bogdan. Pour l'orientation des panneaux et les manœuvres de pilotage, il faut être au moins deux.

— J'y vais, dit Ivan, je sors.

— Toi ?

Il empoigne la valve étoilée, dévisse en écoutant l'air siffler.

760 millimètres de mercure.

Il détourne les yeux du manomètre.

— Tu te souviens que je pars au Kazakhstan aujourd'hui ?

— Oui.

540 millimètres de mercure.

— Je pars un peu plus d'un an. Quatre cents jours. Un peu plus, un peu moins, ça dépendra.

280 millimètres de mercure.

— Jusqu'à ton anniversaire, il y a…

Ivan comptait dans sa tête.

— … il y a vingt-trois jours. Et moi, tu te rends compte ? Quatre cents jours !

Cinq millimètres de mercure.

Le sas est dégonflé, il desserre la ceinture d'écrous, pousse le couvercle.

Il doit s'avancer, encliqueter la porte à l'étrier. Il détache le premier crochet accroché à la main courante, le referme plus loin.

Il rampe le long du module, en observant de mémoire l'itinéraire qui l'avait mené aux panneaux solaires de Kvant-1. Les deux longes ondoient mollement devant la visière de son casque. Il progresse sur le ventre en surveillant ses ancrages, rapide, sans se hâter, mobilisé comme peuvent l'être les bêtes dans le danger. Cette fois, le sol ne lui a pas dit : « Tu vas t'accrocher ici, puis là. De tel point à tel point, tu mettras quatre minutes. Jusqu'à tel autre, deux trente. »

Une sangle se vrille autour de sa cuisse, qu'il détortille, reprend plus loin. Là-bas, au bout du panneau, n'est-ce pas la feuille qu'il est allé rabattre ? À mesure qu'il s'approche des reliefs de Kvant-1, il reconnaît le chemin. Plus loin, sur le côté, il aperçoit le bras mécanique qui l'avait arrêté *orbite*
et qu'il doit rejoindre à nouveau. Il photographie *6619*
mentalement le trajet, coulisse le long d'une rampe transversale, le nez collé à la paroi pour ne pas se laisser distraire.

Tu y es presque, pense-t-il.

C'est là que tu as voulu te suicider.

Et presque sous ton nez, le gyrodyne.

Dont tu ne te serais pas souvenu si tu n'étais pas resté là, immobile, à vouloir te tuer.

Le volant est bien dans l'axe qu'il espérait. Il est effrayé maintenant à l'idée que les événements puissent abriter un dessein. Si le bouton de poussée du Soyouz n'était pas resté bloqué Sergueï n'aurait pas percuté la station par deux fois. Viktor et Nikolaï ne seraient pas sortis inspecter l'état de la coque. Ils n'auraient pas collé en travers du pupitre ce scotch insultant. Lui n'aurait pas tenté d'éparpiller la station quelques semaines plus tard. L'un des panneaux solaires ne se serait pas replié. Il n'aurait pas eu à sortir pour le replacer. N'aurait pas été arrêté au retour par le bras mécanique. Ne se serait pas souvenu de l'existence de ce gyrodyne éteint.

Il cherche l'interrupteur local, avance la résine bleue de son doigt pour abaisser le va-et-vient.

Rien ne se passe, ne s'allume ni ne s'éteint.

Peut-être est-il venu pour rien ? Ce volant d'inertie est-il hors d'usage, lui aussi ? Mais il se raisonne aussitôt : comment pourrait-il entendre quelque chose ? Comment ? Dans le vide sidéral, dans les ténèbres du son ! Les bruits extérieurs sont abolis, ici ! Il tend la main vers la bogue métallique, écoute à travers l'étoffe du gant.

Toujours rien.

Il promène la paume sur la sphère bombée, comme il le faisait sur le ventre d'Oksana, en espérant quelque coup de pied, ou la forme d'un dos qui viendrait s'y blottir.

Tu ne vois pas que tu t'acharnes inutilement ? se demande-t-il après un instant, irrité. Qu'est-ce que tu fais encore à traîner là ? Qu'espères-tu cette fois-ci ?

Dépité, il se retourne. Bien sûr, il pourrait fureter à la surface du module pour essayer de dénicher d'autres gyrodynes à l'abandon. Il ne peut s'empêcher de revenir à la charge. Et si ses gants étaient trop gonflés ? Mais non, il perd du temps ! Il devrait pousser plus loin son investigation pendant que ses ressources le permettent ! Va-t'en au lieu de lambiner ! s'ordonne-t-il.

Pourquoi est-ce si difficile de se rendre ?

Les mains du scaphandre sont si épaisses qu'elles ne préservent pas suffisamment la sensation du toucher. Et trop souples pour conduire les vibrations. Il lui faudrait quelque chose de plus rigide. Un outil ? Un morceau de métal ? Il devra bien le tenir d'une façon ou d'une autre, le problème restera le même. La visière de son casque, à la rigueur ? Il hésite. Ce geste ne va pas de soi. Il n'a jamais vu quiconque le faire à l'entraînement. La coquille est fragile, n'est-ce pas trop dangereux de lui infliger un contact métallique ? Qu'importe, il prend le risque. Il se penche pour se coller au gyrodyne, l'entoure de ses deux mains, force le plastique de sa visière à rester serré contre le carénage. Sa position doit paraître tellement étrange à cet instant qu'il continue de se sentir ridicule, comme s'il craignait inconsciemment qu'on puisse le voir en train de câliner un volant d'inertie. Il a senti quelque chose vibrer ! Non, il a rêvé. Il bouge la tête pour essayer plusieurs inclinaisons. Si, un bourdonnement ! À l'intérieur, une vie mécanique ! La roue tourne en mode ralenti. Si le gyroscope est bien alimenté, la rotation ira en s'accélérant. Alors c'était cela, vaincre ? Faire les choses dans le bon ordre, en insistant ? Nous sommes sauvés, se dit-il, effaré. Il n'y avait pas grand mérite à faire ce que j'ai fait, admet-il aussitôt. Il n'a eu qu'à changer un interrupteur de position. Mais si. Il est à lui, cet arbre dans l'allée. Il ne l'a pas volée, sa licence. Cosmonaute. Je le suis devenu, reconnaît-il. Je me suis exercé des années pour être capable d'accomplir ce geste ridicule : enfoncer le bon interrupteur au bon moment.

Il repart, enjambe le bras mécanique en s'accrochant de part et d'autre, résolu à ne pas tromper la mort cette fois-ci. Il revient à ses mousquetonnages, cherche les étriers auxquels attacher ses élingues. Tout en cheminant, il se réjouit. Il y est arrivé, son idée était la bonne. Il s'est racheté, il est toujours vivant. Il va rentrer.

orbite 6620 De temps à autre, il lève la tête. C'est plus fort que lui, il doit la chercher encore. Où est-elle ? Là, derrière, partiellement occultée par la station. Il revient, décidé à rester concentré sur ses arrimages plutôt que sur la Terre. Mais autour de lui, les reliefs ne sont plus familiers. La paroi ne coïncide déjà plus avec ce qu'il connaît. Il a dû quitter par mégarde le circuit emprunté la première fois. Il pensait être déjà sur la rotule puisqu'il avait quitté la surface du bloc de base. À nouveau, la station lui paraît plus grande de l'extérieur que de l'intérieur. Est-ce le capitonnage molletonné des modules qui fausse sa perception ? Il erre, passe à travers une forêt de capteurs, reconnaît parmi eux les boîtiers expérimentaux fixés par Viktor et Nikolaï. Est-il déjà arrivé à hauteur de Kvant-2 ? Il doit contourner ces appareils, ignore de quel côté. Puisqu'un dévers rend la voie impraticable sur sa gauche, il décide de suivre l'arrondi de la coque sur sa droite, coulisse prudemment entre les morceaux de tôle sans savoir s'il avance ou régresse. Depuis qu'il est sorti du sas, il a déjà vaincu des centaines de fois la rigidité du gant. Il doit exercer une force de quatre-vingts kilos à chacune de ses préhensions. Des ampoules se sont levées sous ses ongles. Est-ce le manque d'entraînement ? De sommeil ? Ses doigts voudraient se déplier. Il leur demande trop d'effort. Il lui suffirait de trouver une ouverture, de se pencher pour regarder à l'intérieur du module. Il reconnaîtrait le décor au premier coup d'œil, en déduirait immédiatement la direction à suivre. Mais la station est éteinte. Les hublots sont presque invisibles, enfouis comme des clous de tapisserie dans la toile tendue des capitons. Il longe les blocs-moteurs, les réservoirs d'azote, les radiateurs de régulation thermique. Ce sont sûrement les renflements de Kristall qu'il aperçoit là-bas. Il s'arrête pour regarder où traînent ses jambes. Quelle dépense d'énergie pour jeter un simple coup d'œil derrière lui ! Il va finir par accrocher quelque part. D'un instant à l'autre, il sentira la caresse d'une plume le long de ses jambes, l'air qui s'échappe dans le cosmos. Ses mains transpirent dans les gantelets. Il n'aurait pas dû passer par là. Le voile de sueur se glace sur ses reins. Où est le sas ? Doit-il coulisser encore ? Voilà que le Soleil vient donner dans ses yeux, l'obligeant à rabattre le heaume. La lumière joue dans l'intervalle des vitres, il doit baisser la tête, se détourner pour se protéger des reflets. Il sent son gant se raidir. Ses doigts se sont ouverts malgré eux. On décide à sa place.

Le combat est mal arbitré.

Les battements de son cœur lui martèlent la gorge.

Il regarde, halluciné, l'ombilic qui se délove, la station qui s'écarte, le câble qui s'étire pour l'éternité. En s'éloignant, son regard s'ouvre, attrape la surface de la Terre, tout ce mouvement et tout ce bruit dans le brouillard givrant et les bras de son père le dos éraflé par le toboggan pendant l'été en ville à faire l'amour les cheveux pleins de fumée tandis que Pacha écrivait d'un petit air sauvage sans savoir où aller après avoir rempli de neige les tonneaux d'Oksana qui

descendait les escaliers toute nue sur les trois buts
d'écart dans la rumeur de la fête à côté du
samovar à l'entrée du petit oiseau qui
pleure dans la tête pleine de rires en
secouant une poignée de couverts
à la main lorsqu'il n'était pas
question d'être traîné dans
la caillasse ni d'ouvrir la
fenêtre puisque le chat
allait se barrer je me
souviens de son sein
contre mon bras de
l'odeur du crâne
de Guennadi et
du Soleil qui
tabassait
bien
la

Le coup de fouet de la longe se répartit sur la chaîne d'assurage. Le câble ramène son corps contre la paroi. De ses deux mains tendues, il amortit le choc, suffoquant, les bras tremblants. Le sas ? Le sas, putain. Il n'y tient plus. Il s'est trop longtemps retenu. Il crie. Enveloppé dans sa cloche de silence, il hurle, le regard horrifié, s'égosille comme un homme mal tué. Il ne voit plus la station à portée de bras, ni la Terre, ni le cosmos. Rien qu'un visage fendu dans la surface polie du heaume, sa bouche hurlante.

Un hublot s'allume.

Un cône de lumière perce les ténèbres. À l'échelle de ce qui l'entoure, ce n'est rien qu'une paille fine et dorée. Il ne peut s'empêcher de croire que la lucarne s'est éclairée pour lui demander d'arrêter. Il se tait. Le faisceau est si compact, si ponctuel, qu'il semble l'appeler. On dirait la lumière concentrée d'un projecteur de poursuite immobilisé, qui n'attendrait plus que lui pour s'animer. Ce sont les atomes granuleux et serrés d'une grosse gamelle rouillée braquée au beau milieu de l'avant-scène, un vieux Fresnel trop fatigué pour venir le chercher.

Il rampe comme un insecte jusqu'à l'œil jaune. Les deux mains en appui sur le rebord de l'enfoncement, il se penche. Derrière la vitre, Sacha le regarde. Il reconnaît les scaphandres, les outils, les placards de Kvant-2. Le sas est donc là en main gauche, sur le côté. Elle reste sans bouger, le visage en médaillon, cerclé par le hublot, sans autre projet que de l'observer tranquillement. Il reprend sa respiration, ne détache plus les yeux de cette fille blonde. Un visage dans tout ce noir. Il rit de la voir là, à la fenêtre, délicate, souriante, les cheveux qui volettent autour de ses oreilles. Elle indique du doigt la direction du sas, comme si elle voulait dire : « Par-là. » Il lui sourit, se souvient qu'elle ne peut probablement pas le voir à travers sa visière teintée. Tant mieux, parce qu'il s'est mis à pleurer. Des larmes commencent à perler, à grossir, à se détacher. Un chapelet de billes transparentes lui poussent des yeux, partent s'écraser contre la bulle du casque, éclatent, rebondissent, reviennent morcelées, toujours plus nombreuses, pour lui chatouiller les joues, le nez, le menton, vaporiser sur lui les embruns de son chagrin.

orbite 6621

Il se tapit dans le sas, les genoux à la poitrine, referme la porte. Dans la pénombre, il resserre les écrous un à un, presque sans effort, d'un geste pur et dépouillé. Il regonfle le compartiment comme s'il n'avait fait que ça toute sa vie, ouvre le panneau intérieur de la station, pénètre dans la chaleur humide de Kvant-2.

— Tu as allumé la lumière, dit-il en se défaisant de son vêtement trempé.

Elle ne répond pas, regarde ses mèches épaisses qui font sur sa tête comme une herbe froissée.

— On a envie de les toucher, remarque-t-elle.

— Quoi ?

— Tes cheveux.

Elle se tait un moment, jusqu'à croiser son regard à nouveau. Il est rendu comme un vieux cheval, les yeux battus, luisants. Elle le dévisage doucement, pendant qu'il continue d'inspecter son scaphandre, cherche les accrocs éventuels.

— Tu es allé vérifier ton courage ?

— On dirait.

Il est las de cet épuisement qui rend beau. Il défait les brides élastiques sous ses pieds, se souvient qu'elle le regarde.

— Le gyrodyne, il tourne.

— Je sais, dit-elle. On est sauvés.

orbite 6623

Ils font coulisser les cloisons humides des placards, saisissent à pleines mains le paquet intestinal des câbles pour chercher en dessous. Sous les sacs, les boîtiers, les consommables, ils débusquent les batteries, les rapatrient au cœur de la station en les poussant devant eux. Ils font du bruit pour signaler leur position, s'épargner un accident inutile. Dans le bloc de base, ils branchent les accumulateurs aux terminaux des panneaux solaires pour les recharger.

Viktor a ranimé Salyut-7 de cette façon, se souvient Ivan.

Dans une dizaine d'heures, ils pourront rallumer l'intégralité du tableau de bord. Ils rechargeront d'autres batteries, ressusciteront les gyrodynes un par un, retrouveront une position qui permettra l'éclairement des panneaux. Depuis que les ailes ont commencé à prendre un peu de Soleil, ils sont entrés dans un cercle vertueux qu'ils n'ont plus qu'à préserver.

— Dans deux jours, on aura repris le contrôle de tout, annonce Sacha.

Alors qu'il abaisse son masque de sommeil, il aperçoit dans la pénombre la forme imprécise du duvet de Sacha. Il ne l'a pas entendue se glisser dans Kristall pendant qu'il dormait. Elle a dû estimer qu'il faisait encore trop froid dans sa cabine. Elle s'est arrimée au mur, à côté du hublot. Il rajuste le bandeau, laisse l'obscurité faire son travail.

Le sommeil le fuit encore. Ivan ne parvient pas à détendre ses mains crispées. Il voudrait qu'on lui fasse cadeau d'une nuit franche, une seule, qu'on lui autorise l'endormissement noir de l'oubli après ce qu'il a enduré. Il est là, à collectionner des morceaux de sommeil de loin en loin, sans cesse rejeté à la conscience. Il rabat encore le cache : Sacha a disparu. Non, elle est au plafond, la tête nichée entre deux manchons de ventilation. Il se redresse, tend un bras pour la saisir dans le dos, de peur qu'elle ne soit en train de s'asphyxier, la tire vers lui sans réfléchir. Le voilà bien maintenant, le poing refermé sur l'étoffe du sac… Il reste ainsi quelques secondes, ne sachant que faire du corps de Sacha assoupi au bout de sa main. S'il la laisse flotter librement dans l'ambiance du module, Dieu sait où elle ira se fourrer encore. Il ne pourra jamais se rendormir, toujours aux aguets, appréhendant quelque collision, craignant qu'elle n'aille s'étouffer dans quelque recoin mal ventilé. Il n'ose pas la réveiller, trop conscient de la fragilité du sommeil, ici, de leur fatigue à tous. D'une rotation du poignet, il la déplace jusqu'à la paroi où elle s'était initialement attachée. Si elle a pris le large, c'est qu'elle s'était sûrement contentée d'une sangle unique au niveau des jambes, négligeant d'en passer une autre à hauteur du torse. Il l'attache au-dessus des genoux, remonte pour positionner une deuxième lanière autour de son ventre. Il sursaute. Sacha le fixe, immobile, les yeux grands ouverts. Serrée dans l'étui de son sac, elle ne dit mot. Depuis combien de temps est-elle éveillée ? L'était-elle déjà lorsqu'il l'a changée de place ?

— Tu t'es détachée dans ton sommeil, souffle-t-il, je...

Il baisse les yeux, embarrassé, ne sachant quoi faire de ses mains. Puisqu'il a commencé, autant finir. Mais en achevant de l'attacher, il lui trouve un air singulier. Le menton baissé, elle suit des yeux le parcours de ses mains, passive, se laisse enchaîner avec une sorte de consentement convenu, où il ne peut s'empêcher de lire un peu d'effronterie. Il se sent piégé alors que c'est elle qu'il prive de sa liberté ! Vu comme je l'ai ficelée, elle ne bougera plus, se félicite-t-il. Il réalise qu'il a oublié de ranger ses deux bras dans le sac. Il les sent flotter de part et d'autre de sa tête, à demi fléchis. Cette fille-là, il fallait la ligoter mieux. Ses doigts sur sa nuque, cette main fraîche. Est-ce son visage qui s’est approché du sien, ou les mains de Sacha qui le tirent ? L’écart s’est tellement réduit à présent qu’elle est forcée de le rabrouer d’un baiser. Il a les lèvres sur les siennes, incroyablement douces, pleines, vivantes. C’est probablement parce qu’elles sont gonflées de sang, estime-t-il. Il s’écarte, revient. Il y a quelques mois, il a voulu se tuer. Tout à l’heure, il a failli mourir. Maintenant ce n’est qu’une bouche, et c’est infiniment plus. Tandis qu’elle caresse ses cheveux, sa nuque, qu’elle le retient, agriffée aux muscles de ses épaules, son propre sang court là où il n’allait plus. Il sent sa verge se tendre, se dresser enfin, dure comme la pierre. Il soupire en secret, soulagé d’une angoisse inavouable. Il est encore capable de cela. *orbite 6627* Elle doit sentir cette raideur contre sa cuisse à travers l’épaisseur du sac de couchage, mais ne le repousse toujours pas, agrippée à ses bras. Il défait la sangle avec la fermeté d’un homme à qui l’évitement de la mort permet beaucoup, ouvre la glissière de son sac pour passer la main. À travers le maillot, sous ses doigts, il sent la chair lourde et fluctuante de sa poitrine. C’est curieux comme l’apesanteur rend la gorge de Sacha fuyante, insaisissable. Il la déshabille, observe la façon dont ses seins se répandent. Il lui semble que Pavel, lui, ne lui en voudra pas. Elle a de si jolies barrettes dans les cheveux. Elle ne lui a toujours pas révélé la façon dont elle a monté ce paquet de cigarettes et cette boîte d’allumettes. Elle refuse de lui dire d’un air tellement têtu. Maintenant qu’elle a le buste nu, les jambes unies dans le fourreau du sac satiné, on dirait une sirène. Il descend le long de son corps en passant les mains dans son dos pour se retenir, lui embrasse le cœur à pleine bouche. Les deux mammes s'agitent doucement contre ses joues, tremblent sous ses lèvres comme une gelée délicieuse. Il s'écarte une seconde pour les regarder, libres, joyeux, aller et venir sous l'inertie de leur masse. Puis il redresse la tête, se coule à nouveau jusqu'à sa bouche, l'embrasse avec plus de ferveur. Les mains de Sacha retroussent son T-shirt pour le déshabiller. Elle froisse le vêtement d'un petit geste gai, le chasse avec une sorte de dédain dans le poignet pour qu'il aille flotter plus loin et ne les embête plus. Elle passe une paume fraîche sur son torse, glisse le long de son ventre. Ses doigts de fille passent sous l'élastique, l'écartent sans s'émouvoir. Il la sent qui attrape la colonne de son sexe, qui le flatte de ses mains fines, aux ongles durs. Elle fait de ses doigts un rond de chair qu'elle promène sur sa verge tout en le regardant d'un air amusé. Elle lui arrache un sourire, à cause de cette expression complice qu'elle a dans les yeux, qui veut dire : tu te rends compte ? En apesanteur ? Plus bas, sa main se resserre, le saisit plus fermement. Retenue au mur, les jambes prisonnières, elle fait mine de ne pas avoir d'autre choix que de le tirer tout entier, usant de son sexe comme d'une poignée. Elle le déplace, lui, pour l'amener dans sa bouche, passe une main entre ses cuisses pour les plaquer sur ses fesses, maintenir le membre face à ses lèvres. Les yeux dans le mur, il se souvient qu'il était encore enfermé dans son duvet il y a quelques minutes à peine, incapable de trouver le sommeil. Maintenant il est en elle, la regarde faire, les joues enflées par le gland qu'elle promène de l'une à l'autre. Elle le suce en hochant la tête, démasque son sexe pour le happer de nouveau, entièrement. Il lui semble qu'elle y prend elle-même tant de plaisir qu'elle ne veut plus le rendre. Ses lèvres étaient si charnues tout à l'heure, si pleines, si frémissantes. Il se raconte des choses. Il lui vient l'idée qu'elle pourrait peut-être jouir avec la bouche si elle continuait ainsi. Lorsqu'il ferme les yeux, il a l'impression d'aller et venir sans effort dans un sexe chaud et frémissant, alors il empoigne sa tête, comme pour dire : attends seulement. Tu ne m'échapperas pas ! Parce qu'il a vu qu'on pouvait se comporter ainsi. Il se rejette pour descendre le long de son corps, tandis qu'elle refuse toujours de le lâcher, continue son mouvement de succion comme si le geste lui-même était devenu indépendant de sa volonté. Et puisqu'il la force à relever la tête, lui indiquant que c'est à son tour de prendre les rênes, elle finit par l'abandonner, souriante, les lèvres brillantes. Il la hisse hors du sac en la soulevant par la taille, libère ses longues jambes nues. Ses mains glissent sur ses hanches, caressent la ligne souple de ses mollets, enferment ses chevilles. Ensemble, ils dérivent dans le cylindre. Il passe les doigts dans la gorge moite de ses genoux, baise l'intérieur de ses cuisses, s'arrête volontairement en chemin pour l'agacer, sûr de lui. Il la retourne dans ses bras, tire son short en éponge pour faire apparaître ses fesses, larges et claires dans la nuit du module. Une ligne d'ombre les sépare, où il entre les lèvres. Instable, il passe les paumes entre ses jambes pour les diviser, les plaque sous son ventre. Il a l'idée de tordre un peu les poignets pour crocheter le bout de ses doigts de part et d'autre de ses hanches. Maintenant qu'il la tient fermement, il peut s'enfouir davantage. Il creuse une place, fend ses fesses en se servant de son visage comme d'un coin. La face disparue, aspirée, il la laisse conduire. C'est elle qui manœuvre, avançant les mains pour repousser le train de leurs deux corps chaque fois qu'ils s'approchent d'une paroi ou d'un meuble. Dans le battement des pales, il entend son souffle devenir plus rauque. Voilà qu'elle tend un bras derrière elle pour trouver ses cheveux, appuyer sur sa tête pour qu'il fouisse mieux. La lumière qui se déverse dans le module les surprend aussi sûrement que si quelqu'un venait d'allumer l'électricité. Il écarte le visage, glisse hors de ses fesses, mais elle continue de lui tourner le dos, indifférente, offerte à son regard impudique. Une écharpe de lumière fait apparaître l'étoile de son cul, la peau de ses fesses rondes. Mon Dieu quel sourire ! pense-t-il en revenant en elle, fou d'excitation et de désirs cannibales. Les doigts serrés contre ses hanches, il lape avec plus de fougue son sexe piquant, s'introduit plus avant, voudrait rester ainsi pour toujours. Il cherche la source, obstinément, comme s'il voulait atteindre de sa langue l'arôme même, le parfum humide et amer de son fondement. Il lui semble pénétrer un peu plus à chaque fois. Il va bien finir par sentir, au bout du muscle, sur ses papilles, l'extrémité lointaine d'une racine. Elle tend les mains devant elle pour trouver le hublot, applique son front contre la vitre bombée, puis tourne la tête pour refroidir sa joue, remonte, se rafraîchit la poitrine en l'écrasant doucement contre le verre. Il sent qu'elle s'écarte et veut se dénouer. Elle se tourne vers lui, les genoux relevés. Dans sa volte, il attrape l'une de ses chevilles, grimpe le long de son corps, trouve sa bouche, l'embrasse à pleines lèvres, les doigts mêlés aux siens. Face à face, nus et roses, ils se considèrent. Un instant, il détaille le mouvement libre de ses seins, leur lourde ondulation, ses lèvres mouillées et souriantes, son petit air insatiable et dépravé qui l'excite plus que tout le reste. Elle baisse les yeux pour regarder la verge incongrue qui la montre du doigt. Il a tellement envie d'elle à cet instant qu'il voudrait la posséder entièrement, jouir en elle mille fois d'une seule et même brûlure féroce. Ils se reprennent, confus, sans savoir comment faire. Elle recule, cherche un pan de mur dégagé près du hublot. Lorsque ses fesses rencontrent la paroi, elle cherche un endroit où passer les pieds, trouve une sangle tendue le long des fours de cristallisation. Elle passe trois doigts dans l'ouverture d'un placard. Il avise une alimentation électrique qui pourrait bien faire office de poignée pour son autre main. Il noue le câble, lui présente la fiche pour qu'elle en empaume le boîtier. Bras et jambes écartelés, son corps nu dessine une croix claire. Il sourit à cette posture lascive et peu naturelle, qui semble appeler quelque sévice. Il s'amuse encore à la regarder en plein dans la lumière, prend le temps de balayer sa peau de ses deux mains, passe les paumes sur sa poitrine, lui caresse la taille, le tour des cuisses. Il fait de ses hanches deux nouvelles saillies pour ses doigts, verrouille ses chevilles derrière ses mollets. Elle rit lorsqu'il l'enveloppe de ses jambes en les entrelaçant aux siennes comme des serpents de caducée. Par-dessus son épaule, les yeux dans le hublot, il voit le reflet de son dos nu danser à quelques mètres de la station, dans le cosmos. Et comme si tout cela était normal, comme s'ils faisaient l'amour debout, l'après-midi, il entre en elle. Il monte, descend de sa seule force musculaire, sent son haleine chaude lui passer sur le visage, la caresse de ses seins contre son torse. Il vient donner contre son ventre bombé, se hisse à bras, s'élève en appuyant sur ses cous-de-pied. Il doit ralentir sous l'effort pour ne pas s'épuiser trop vite, préférant donner des à-coups plus espacés mais sincères, ramassant ses forces pour la pénétrer plus loin. Gentiment, elle l'aide en tirant sur ses mains pour se projeter vers lui. Voilà qu'elle a l'idée de pousser dans son oreille des gémissements étonnés, pointus, qui l'encouragent. Leurs peaux glissent l'une sur l'autre, lubrifiées. Haletant, il pousse longuement, entrant et sortant à la seule force des cuisses et des genoux, les fesses de plus en plus serrées, pareil à une gigantesque pince, fermant les jambes pour s'élever davantage et l'étreindre mieux.

La station lui répond ! Quelque chose a vibré.

Lorsqu'il pousse, elle s'écarte ! Oh, à peine ! Il sent à chaque coup de reins que la paroi se rétracte de quelques millimètres. C'est l'étreinte d'un muscle élastique, une contraction lente. Il se cale sur elle, l'excite de ses poussées sensuelles et brutales. Le mouvement de leurs deux corps fait trembler le complexe orbital. La station se cambre prudemment, se plaint comme un lit ! S'ils continuent d'alimenter les secousses, les grincements risquent de réveiller Bogdan. Cette possibilité qu'ils envisagent ensemble ajoute au plaisir la couleur du danger. Il s'efforce de ralentir pour ne pas en fragiliser davantage la structure, opte pour une allure plus raisonnable. Jusqu'à ce que, trop excité par les gémissements qu'elle jette à son oreille, il accélère encore, monte plus haut, plus fort, pour l'entendre donner de la voix. Puis il fait mine de faiblir à nouveau pour apaiser les vibrations et ne pas jouir trop vite. Les muscles tremblants, il a senti son propre orgasme s'amorcer, une montée de sève qu'il était encore possible d'arrêter. Il cherche vite un point sur lequel fixer son attention : la Terre est juste là, scintillante et détrempée. Les côtes des Bahamas, puis Cuba. Pardon, Haïti. Et plus loin, Porto Rico, détouré par les nuances de l'eau. Verte d'abord, puis lavande, marine, et finalement bleu lait. L'éclat de l'océan lui semble inhabituel, comme si un voile en atténuait l'intensité. Il cherche, comprend que le dos de Sacha en est la cause. Sa peau se mélange aux couleurs de la mer et les délaye. C'est elle qui jette un reflet dans le cosmos, de l'autre côté du verre, une ombre de chair blanche entre lui et la Terre.

Voilà qu'il sent monter le sperme du plus profond, les muscles du vagin de Sacha se resserrer sur lui.

Il jouit.

La pression de ses mains se relâche, la détente de ses pieds se fait moins énergique. Il a un raté, saute un rebond.

Arrête…

Il perd l'écho, frappe à contretemps, se vide de ses forces. Les couinements se taisent, les vibrations se résorbent.

Sacha et lui n'osent pas encore se dénouer, le souffle court, se retiennent pour s'empêcher de tomber.

Elle libère ses pieds, ses mains, mais continue de le garder en elle, de le dévisager d'un air farceur, comme si elle ne voulait toujours pas le rendre. Encore accouplés ils s'écartent de la paroi, sans direction, ballottés à la surface d'une vague invisible. Dans le calme revenu, il finit par lui demander à l'oreille :

— Maintenant, dis-moi comment tu as fait.

— Pour ?

— Pour monter un paquet de cigarettes et une boîte d'allumettes sans te faire prendre.

orbite 6630

Tôt le matin, alors que la station vient de passer dans le cône d'ombre de la Terre, il ne se souvient plus s'il a pensé à l'éteindre. Il était dans un tel état. Il l'a coupé probablement. Bien sûr. Il se redresse pour en avoir le cœur net, sans hésiter, décidé à ne rien négocier avec cette possibilité. Depuis qu'il est à bord il ne s'est jamais réveillé aussi nettement, sans la moindre fatigue. Il ne s'était jamais endormi si vite non plus. Sacha dort contre le mur, sanglée à l'identique. Comme si rien n'avait encore eu lieu.

Il laisse Kristall derrière lui, traverse le carrefour, se glisse dans la chatière de Kvant-2.

Il faudra, demain, se parler, se voir, continuer de vivre avec ce souvenir entre eux, qu'ils ne pourront fuir. Mais leur embarras à venir ne l'effraie pas autant qu'il le pourrait. Il n'a plus peur, sent confusément qu'à l'approche de la mort, vieux et finissant, il ne regrettera pas ce moment-là.

Il pousse jusqu'au sas de sortie extravéhiculaire, s'approche de la combinaison n° 4 qu'il a mise à sécher. Dans le petit compartiment, en écoutant bien, il perçoit le grésillement redouté. Il cherche le boîtier de l'interphone fixé à la poitrine du scaphandre, vérifie du bout des doigts la position des interrupteurs. L'un des canaux était éteint, mais l'autre ne l'était pas. L'une des pistes est restée ouverte. Dehors, avant de crier, il a oublié de vérifier que les deux voies du communicateur étaient fermées. Se peut-il qu'elle ait écouté ses beuglements ? Que Sacha ait été à côté de lui sans qu'il le sache, dans son chagrin ? Qu'elle l'ait entendu sur le deuxième canal pleurer et renifler ?

Elle a pris le risque d'allumer la lumière, de tirer sur les batteries à moitié vides. Elle est venue au hublot pour le chercher.

Elle a allumé une lampe-tempête parce qu'elle savait.

Lorsqu'il pénètre dans le bloc de base, Bogdan est en discussion avec le sol :

— Il connaît chaque boulon de Mir et son filetage… Tu penses, depuis le temps qu'il est là ! Tiens, quand on parle du loup.

— Salut.

« Chaque boulon de Mir et son filetage » ? C'est de lui que Bogdan était en train de parler ? Ivan a entendu la fin de la communication presque par hasard, regrette d'en avoir manqué le début. En suçant sa poche de café noir, il se dit qu'il a failli ne pas être là pour attraper au vol ces derniers mots, et que cela aurait été dommage, parce qu'il en rougirait presque de plaisir à présent. On a dit du bien de lui à la Terre. Chaque boulon et son filetage. C'est l'un des plus beaux compliments qu'il lui ait jamais été donné d'entendre. Bien sûr, il ne lui était pas adressé directement, mais c'est même mieux. Alors on l'aimait bien ? Un peu, tout de même… Il fait si beau tout à coup. Sacha s'approche de lui pour déjeuner. Il observe par transparence le lobe clair de son oreille à travers les fanons de ses cheveux. Il lui tend des fruits secs, qu'elle accepte. Lorsque leurs yeux se croisent la première fois, ils se sourient avec un peu d'inquiétude. Puis constatent qu'ils parviennent à se regarder normalement, sans gêne. Ils se rassurent en admettant que l'autre, au fond, ne revendique rien.

Plus tard, Ivan rassemble les poubelles dans Kvant-1, nettoie les grilles d'aération, les traces de moisissures, relève les indicateurs de température, d'hygrométrie et de pression, les taux d'oxygène et de gaz carbonique, dresse l'état des stocks.

Plus tard, il ouvre le sèche-cheveux de Sacha, qui s'inquiète d'une odeur de brûlé. Il dévisse le culot de l'appareil, brosse les peluches agglutinées sur le filtre. Il trouve un pinceau à soies douces, qu'il promène sur la résistance pour détacher les débris qui sont restés collés. Il prend peur en réalisant qu'il n'a jamais réparé d'autre sèche-cheveux que celui d'Oksana jusqu'à maintenant. Il se promet de ne jamais rien lui révéler de cette nuit. Jamais. Même pour soulager sa conscience. De toute façon, il ne croit pas que cela ait quelque chose à voir avec elle. Il pense que cela a à voir avec la terre noire où on l'enverra suinter lorsqu'il ne sera plus. Avec ce dont il se souviendra lorsque le filin sera en train de se dérouler, lorsqu'il trouvera de nouveau le combat mal arbitré. Oui, à l'approche de la mort, il ne regrettera pas ce moment-là. Cela n'a rien à voir avec Oksana. Pavel, lui, comprendrait ça.

Plus tard, il laisse venir à lui, par le hublot, la lumière grise des étoiles défuntes. Et tandis qu'il contemple l'immensité froide, il prend conscience qu'une idée s'est détachée de lui en silence, a glissé de ses épaules comme l'aurait fait un manteau trop lourd. Ce n'est que maintenant qu'il se dit, alors que l'idée n'est plus là : tiens, je pensais cela ? Il se tourne vers le hublot opposé, observe le relief rugueux de la mer. Il ne s'approche pas de la vitre, pour que la Terre ne sache pas qu'il la regarde. Et il pensait que l'Humanité partirait ? Il tourne depuis des mois pour que des hommes puissent dire : « Nous y sommes, l'orbite terrestre est colonisée. » Vrai, ce n'est rien qu'une frontière de plus, abattue comme tant d'autres avant elle. Rien qu'un voyage supplémentaire autour du continent Terre. Il pensait qu'il y en avait une, mais non, il n'y a pas de destination. Tsiolkovski avait tort. L'Humanité restera. Elle gagnera peut-être la planète Mars, mais la mission restera encore, à l'échelle du système solaire, de la galaxie, de l'univers, une entreprise de navigation prudente, à distance limitée des côtes, du simple cabotage. Après, ce sera tout, à peu près tout. Parce que les autres planètes du système solaire sont inhabitables, que les suivantes sont trop éloignées, trop gazeuses, ou trop froides, ou trop chaudes, qu'il faudrait des siècles et des siècles empilés les uns sur les autres pour les atteindre, des réserves d'énergie insensées, et que les hommes, surtout, ne le supporteraient pas. Il ne se passerait pas un jour sans qu'ils veuillent rentrer. Ils mourraient de peine avant d'accoster sur une planète sœur.

Et plus tard, dans la soirée, il apprend que Viktor revient.

— Oksana ?

Il n'entend que des criailleries.

— Oksana ?

Le souffle s'atténue, cède à des crépitements plus clairs, plus nets, ceux d'un diamant sur un vinyle.

— Oksana, tu m'entends ?

— *Ivan ?*

— Oui, je suis là !

— *Tu vas bien ? J'ai eu peur. Vraiment, j'ai eu peur.*

— Moi aussi.

— *Je ne savais pas ce qui se passait. J'ai pensé qu'il t'était peut-être arrivé quelque chose, qu'on ne voulait pas me le dire. J'ai pensé que tu étais peut-être...*

— Tu me manques.

— *Oh ! Toi aussi, énormément. Il faut que tu rentres, un jour. Tu vas rentrer ?*

— Je vais rentrer.

— ...

— Quand la lumière est revenue, j'ai regardé toutes les photos de toi que j'avais emportées.

Il va les dire, ces mots d'amour qu'il a étouffés trop souvent.

— J'avais oublié que tu étais si belle. Je ne te reconnaissais pas sur les photos. J'étais étonné, je me demandais : c'est ma femme, ça ?

Elle rit. Il voudrait la serrer contre lui, dans la région de son cœur, très fort.

— …

Il sait qu'il est maladroit pour dire ces choses-là.

— Tu es la plus belle chose qui me soit jamais arrivée.

Elle sourit. C'est comme s'il l'entendait.

— *Toi aussi*, souffle-t-elle.

Sa voix s'est mouillée. Elle a essayé de renifler en silence, très bas, pour ne qu'il ne le remarque pas.

— Oksana ?

— *Oui ?*

— Je ne suis pas beau à voir, tu sais.

— *Tu vas récupérer.*

— Je pourrai à peine me tenir debout.

— *Au début, mais après tu iras mieux.*

— J'ai réfléchi pour l'escalier.

— *Celui que tu voulais construire dans la grande pièce de la datcha ?*

— Oui, pour remplacer l'échelle. J'ai calculé, je pense qu'il faudrait prévoir quatre marches au début, plus trois marches tournantes, plus neuf dans la partie droite. Le mieux serait qu'elles soient bien larges, pour qu'on puisse monter et descendre rapidement. Quatre-vingts centimètres, ce serait bien, tu ne crois pas ?

— *Ce serait parfait.*

— Et puis, je me suis dit que peut-être… C'est une chose à laquelle j'ai pensé récemment. Je me suis dit… Je te préviens, ça va te paraître bizarre que je t'en parle maintenant… Je vais toucher une prime, et… Quand je rentrerai, je me suis dit, ce serait peut-être bien de réfléchir encore… Tu sais, on s'était posé la question… Tu ne crois pas ? Pas tout de suite, hein ? Il faudrait attendre un an ou deux à cause des rayonnements, c'est juste une idée… Parce que cette fois, c'est sûr, ce sera une fille…

— *Tu crois ?*

— Que ce sera une fille ?

— *Oui ?*

— Parce que tu penses que… ?

— …

— Tu… ?

— *On en parlera quand tu reviendras.*

orbite 6652 Elle doit l'entendre aussi, son sourire.

— Tu sais, il y a au moins trois psychologues qui nous écoutent en ce moment, qui sont témoins de ce que tu viens de dire.

— *Je n'ai rien dit.*

— Il faut que tu saches que cette conversation est enregistrée sur un rouleau de bande magnétique qui sera conservé sur une étagère quelque part, et que je pourrai sûrement te la faire réécouter si jamais tu prétends que…

Elle rit.

— *Tais-toi. Rentre au lieu de parler.*

Lorsqu'il aperçoit dans le hublot la tête ronde du vaisseau qui va les ébranler, les hélices palpitantes, toute cette matière concrète qui vient sur eux, il a une poussée de trac. Depuis toujours, il pensait qu'il serait comme un chien fou lorsque viendrait l'équipage qui le désorbiterait, mais son émotion est parasitée par l'appréhension des retrouvailles avec cet homme qui connaît de lui la part de jour, la part de nuit. Le soulagement infini de sa libération, d'être encore vivant, l'excitation de son retour, tout ce qu'il avait prévu est empêché par la présence de Viktor dans cette capsule, la rencontre imminente avec ce compagnon sur lequel il a projeté le cône de son obscurité. Sait-il, celui-là, le poids de son pardon ?

orbite
6749

Mais son sourire est si sincère dans la rotule, ses accolades tellement chaleureuses qu'il aurait envie de s'en convaincre : Viktor a oublié. Son ex-commandant le serre dans ses bras comme les autres.

— Alors ça y est, tu as repris des forces ? demande Ivan.

— Et toi, tu en vois le bout, on dirait ? Il paraît que tu as battu le record !

Ivan sent dans son dos l'empreinte de ses doigts, la solidité de ses os contre les siens. Il se souvient de ce que disait Sacha en évoquant le profil d'une mission vers Mars : six mois d'apesanteur à l'aller, six mois d'apesanteur au retour. En renvoyant Viktor si vite en orbite, est-ce le scénario que le sol lui demande de reproduire ? Est-ce lui, dans la lignée de Rioumine, qui doit être le vrai répétiteur du voyage sur Mars ?

Derrière, apparaissent les corps de Mikhaïl et d'Anton, encore animés d'une vigueur inutile, le visage fort, les pommettes saillantes, quasi mongoles, toute cette chair fraîche que l'apesanteur n'a pas encore gâtée.

Il ne reconnaît plus la station qu'il va quitter, chamboulée par le chassé-croisé du matériel, la valse des objets qui entrent et qui ressortent, la bousculade de ses compagnons d'hier et d'aujourd'hui qui se croisent dans les passages. Ensemble, ils séparent ce qui est destiné à brûler dans le bloc orbital de ce qu'ils sauveront dans la capsule de descente, entre leurs sièges.

Alors que les autres se sont retirés pour dormir, Ivan cherche encore son passeport. Il ne sait même plus où il l'a mis. Là, sous plastique, dans ce placard. S'ils atterrissaient hors du polygone de récupération il serait toujours préférable de produire des papiers, même périmés. Du pouce, il en feuillette les pages filigranées, observant les tampons des pays survolés, les cachets se chevauchant par manque de place, les talons agrafés à la diable, toute cette encre colorée, noire, bleue, rouge et verte, martelée en pure perte.

Il gagne le poste de commande du Soyouz pour le ranger avec ceux de Bogdan et de Sacha.

En replaçant le porte-documents dans son logement, il reconnaît les bourrelets du canot pneumatique. Suspendu au-dessus des trois baquets, il vérifie machinalement que les paquetages de survie sont à leur place, dans leurs dos, sous les sièges, contre les flancs. Il fait apparaître par curiosité des objets que quatorze mois d'apesanteur ont rendus insolites : une boussole à bouton, un réchaud à alcool solidifié, un miroir signalétique, une scie, des fusées éclairantes, un couteau de chasse creusé d'une cannelure. Son retour est là, éparpillé sous ses yeux. Des pièces détachées dépourvues de réalité.

Plus loin, sous le baquet de Bogdan, sa main se referme sur un fût de métal froid. Il extirpe la carabine de chasse, en effleure le bois verni, la queue de détente. Intimidé, il écarte l'instrument de son épaule, le retourne pour en fixer l'œil noir. Maintenant qu'il se connaît mieux, il entrevoit le pire avec effroi, songe à l'état de sidération dans lequel aurait pu le plonger dans ses heures les plus sombres le souvenir de ce feu tout proche, l'abrègement possible de sa peine.

Le conduit est si étroit qu'ils se gênent mutuellement. Ivan ne pensait pas que Viktor puisse encore paraître à cette heure-ci. Son compagnon se tient de l'autre côté du tunnel, la tête déjà engagée dans le boyau. Le verre de sa montre tache l'obscurité. Ils savaient bien, l'un et l'autre, qu'ils se croiseraient de nombreuses fois pendant la rotation. Ils espéraient secrètement que ce serait toujours en présence de tiers, en pleine lumière, dans l'un des volumes, et certainement pas à l'entrée d'un passage, la nuit, lorsque personne n'est là pour les voir ou les entendre, dans cette solitude imprévue et dangereuse qui les met soudain front à front. Ils ont tous les deux le réflexe de s'écarter par politesse, trop empressés pour que leur embarras ne se voie pas. Et comme aucun ne prend la décision de s'engager le premier, leurs yeux se trouvent. Ceux d'Ivan ne fuient plus. Il voudrait que Viktor sache qu'il est mort plusieurs fois en l'espace de quelques mois, ressent le besoin de lui dire à son tour : je n'ai pas peur de toi.

— Viktor, il y avait une arme à bord.

Il le constate à voix basse, presque avec douceur.

— Nikolaï aurait pu aller la chercher. J'aurais pu la prendre pour vous menacer, ou pour me tirer une balle. Pourquoi tu ne m'as pas dénoncé ? Pourquoi tu n'as rien dit ?

Son compagnon ne s'attendait pas à être interpellé si abruptement. Viktor le regarde, surpris par l'étrangeté de sa question, ici, maintenant, alors que huit mois se sont écoulés depuis son déchaînement vandale.

— Tu ne m'aimes pas, mais tu ne m'as pas dénoncé, insiste Ivan. Tu as même exigé de Nikolaï qu'il se taise aussi. Pourquoi ?

Sa question est si précise que l'autre se sent pro- *orbite*
bablement démasqué. Peut-être croit-il que je les ai *6755*
écoutés, pense Ivan, que j'ai surpris leur échange le lendemain de l'incident, l'exhortation au silence faite à l'ingénieur de bord ? Viktor semble pris de court, ne doit plus se sentir le droit de se dérober devant son honnêteté, ni de dire : « Mais non, Ivan, tu te trompes, je t'aime bien. » Ni même de répondre qu'il n'a pas réfléchi. Et il faudrait qu'il s'explique d'un mot dans le couloir en passant ? Mais peut-être que son ex-commandant devine mieux à présent la peine engrangée, les courages

auxquels il a été forcé en quatorze mois ? Maintenant, Ivan lit même un peu d'estime dans son regard, au-delà de l'étonnement. Son compagnon ne le pensait pas capable de formuler aussi calmement leur inimitié. Lui continue de le questionner avec urgence, un souci brutal de comprendre avant de partir :

— Parce que je me suis posé la question pendant des mois. J'ai envisagé tout et son contraire, que tu m'avais pardonné parce que tu croyais en Dieu… Ne me regarde pas comme ça… Je me suis dit qu'ici, Il te voyait mieux. J'ai pensé que tu avais peut-être eu honte d'avoir mis du scotch sur le poste de commande avant ta sortie avec Nikolaï, et que vous regrettiez. Tu sais, cette interdiction que vous avez mise en travers du pupitre, pour que je ne touche à rien quand vous n'étiez pas là. Je t'ai aussi soupçonné de vouloir me punir en m'abandonnant ici. Voilà. J'ai pensé que c'était ce que vous aviez imaginé. Me laisser. Je me suis même dit que tu espérais secrètement le pire. Que j'en finisse avec cette station, que je la détruise pour de bon. Parce que à un moment, j'ai décidé que c'était toi qui étais fou à lier. Est-ce que tu admets que ton silence était insensé, après cette nuit ? Du coup, j'ai fini par supposer que tu m'avais dénoncé au sol, que c'était le plus probable, le plus logique. Et j'ai pensé qu'ils étaient tellement bêtes, en bas, qu'ils n'avaient rien compris. Qu'ils s'étaient contentés d'alerter le Service d'hygiène mentale qui ne comprend rien à rien. Je les ai imaginés se rejetant la responsabilité d'un retour anticipé, préférant sous-estimer ma faute que de mettre fin à la mission. Au lieu de me faire rentrer, sais-tu qu'ils m'ont envoyé un petit porno pour me calmer ?

— Je ne l'ai dit à personne, souffle Viktor.

— Pour le porno ?

Il sourit.

— Ce que tu as tenté de faire, je n'en ai jamais parlé. Même chez moi, à la maison. Personne ne le sait.

La gêne dans sa voix est immense. Ivan entrevoit brusquement la violence des doutes qui l'ont traversé alors, lorsqu'il s'est résolu au silence. Il se souvient de son émoi avant que se referme sur lui l'écoutille, le jour de son départ. Tout à coup, il regrette de lui poser ces questions qui manquent de gratitude. Il pressent que Viktor a ses raisons, qu'il y a des choses qui ne doivent pas se dire, des mobiles honteux ou secrets qui ne peuvent se révéler, que ce dernier aveu doit lui suffire, qu'il faut laisser passer son compagnon puisqu'il veut traverser. Et sentant que cette discussion doit cesser immédiatement, il ajoute simplement :

— Dans ce cas, Viktor, merci.

— De t'avoir laissé ?

— De n'avoir rien dit.

Amassés autour de la petite table rouge, ils mangent du gardon de la Caspienne et du fromage aux groseilles sur du pain frais.

— Elle commence à jaunir un peu, la photo de Gagarine, remarque Viktor en désignant du menton le cadre accroché à l'entrée de Kvant-1.

— Dans une seconde, tu vas dire du mal de Iourka, prévient Bogdan en levant les yeux vers la photo.

— Plus le temps passe, plus je me dis qu'il faudrait aussi mettre une photo de Leonov.

— Et voilà, qu'est-ce que je disais ?

Les deux hommes se considèrent.

— Le héros, le vrai, c'est le cosmonaute n° 11, rétorque Viktor.

Il cherche les regards de Mikhaïl et d'Anton par besoin de réassurance, se tait, attendant que les autres manifestent le désir de l'entendre, craignant de se commettre. Mais Bogdan fait un geste de la main pour l'encourager.

— Gagarine, c'est extraordinaire ce qu'il a fait, continue-t-il. Il avait quoi ? Quarante pour cent de chances de revenir ? Il fallait du courage, c'est sûr.

Mais tu sais très bien qu'il avait de moins bons résultats que Titov. C'est sa doublure qui aurait dû partir !

Viktor dit « tu » à Bogdan par commodité, comme s'ils n'étaient que tous les deux. Ou peut-être pour ne pas se créer trop de contradicteurs à la fois.

— Il a été choisi parce qu'il était fils d'ouvrier, poursuit-il. Ils avaient besoin de quelqu'un du peuple, pas un fils d'instituteur comme l'autre. Et puis il fallait voir son sourire.

— Ça compte, un sourire, intervient Bogdan.

— Bien sûr, d'ailleurs tout le monde le dit. S'il n'avait pas eu ce sourire-là, s'il n'avait pas eu l'air si sympathique, il n'aurait pas été choisi. Et moi, je suis prêt à croire à l'importance de ce genre de détails. Lorsqu'il entrait dans une pièce, il paraît que les gens ne pouvaient pas s'empêcher de le regarder. Ça compte, c'est vrai, je le pense sincèrement. Ce n'est pas qu'il était beau, on avait envie de l'aimer, c'est tout. Il y a des gens comme ça qu'on apprécie immédiatement.

— Alors que moi par exemple, je rame, reconnaît Bogdan.

Ils sourient.

— Quand tu regardes à l'arrivée, dit Viktor, il a fait quoi, Gagarine ? Un tour de la Terre. Tu en es à ton combientième, toi, Ivan ? Juste pour rire.

— J'ai oublié de compter.

— En plus, il n'avait rien à faire. Enfin, si, on lui demandait d'appuyer sur des boutons fictifs.

— Ah oui ? s'étonne Ivan.

— Tu vois que j'avais raison, lance Sacha en lui décochant un petit sourire de victoire.

— Korolev craignait que l'apesanteur le rende fou, précise Viktor. Il a pensé qu'il fallait lui donner des instructions, des ordres, n'importe lesquels. Gagarine a fait un tour de la Terre en appuyant sur des boutons factices, et puis il a sauté en parachute. D'accord, il fallait réussir à s'éjecter de la cabine. Mais autour de cette table, on sait tous sauter. On aurait été capables de le faire !

— Il s'est jeté d'assez haut quand même, remarque Anton.

— Oui, bon…

— C'est facile de dire ça aujourd'hui, proteste Mikhaïl. J'aimerais t'y voir. C'était le premier, il fallait y aller !

— Oui, c'était le premier, admet Viktor. Et après il s'est arrêté de voler, il a commencé à boire, à traîner avec des filles, et quand il est remonté dans un avion, il s'est tué, voilà.

Il ajoute, bas, pour ne pas donner davantage de véhémence à son réquisitoire :

— Je ne crois pas que cela mérite d'avoir sa photo partout, ça.

— Tu sais très bien qu'il était interdit de vol, rétorque Mikhaïl.

— Je sais, c'était devenu trop dangereux de le laisser repartir. Le héros national, tout ça. Il a tellement réclamé qu'ils ont fini par le laisser faire. Une fusée, pas question. Va pour un Mig-15. Résultat, il se plante. Fini Gagarine. Il y en a qui disent qu'il était saoul.

— Tu es moche, là, souffle Bogdan. Même Leonov dit qu'il n'y était pour rien. Il y avait des essais prévus ce jour-là, un autre avion…

— Un Su-11, précise Mikhaïl.

— … qui n'a pas respecté son plan de vol, qui l'a frôlé au niveau de…

Viktor lève une main pour les arrêter. Il ne conteste rien. Et, comprenant qu'il se trompe de méthode en voulant écorner Gagarine, il choisit d'exhausser l'autre.

— Justement, Leonov, qui lui ne sait pas sourire… À bord de Voskhod-2, c'était autre chose. D'abord, il est le premier à avoir marché dans l'espace. Là, il en fallait du courage. Souvenez-vous. Il sort du vaisseau dans sa petite combinaison de rien du tout, accroché à un fil de nylon.

— Un fil de nylon ! s'exclame Mikhaïl. Non mais vous l'entendez ? Pourquoi pas un cheveu ?

— Il survole la Méditerranée à ce moment-là, continue Viktor en souriant. Il s'apprête à photographier la capsule de l'extérieur pour prouver qu'il est bien sorti, mais en voulant appuyer sur le déclencheur à sa poitrine, il s'aperçoit qu'il ne peut plus l'atteindre. Il se tâte les bras, le torse… Son scaphandre a gonflé.

— On connaît, dit Bogdan.

— Il se rend compte qu'il a pris du volume, alors il se redirige aussitôt vers le vaisseau. Mais là, il comprend qu'il ne peut plus entrer dans le tunnel du sas. Il ne passe plus ! Rien que d'y penser, ça m'empêche de dormir quelquefois. Il s'agite dans tous les sens, il n'y a rien à faire. Le Voskhod est au bout de son bras, il peut le toucher du gant, mais il ne va pas pouvoir y retourner.

— Mais on sait tout ça ! insiste Bogdan.

— Non, tu ne sais pas ! s'énerve Viktor. Il réalise qu'il va mourir au bout de son fil ! Par le hublot, il voit son copain Belayev qui est resté à l'intérieur, qui ne peut rien pour lui. Il est en train de crever, merde ! Il faut du sang-froid pour faire ce que… Tu sais ce qu'il fait, toi qui es si malin ?

— Il dépressurise son scaphandre, marmonne Bogdan.

— Et note bien qu'il ne prévient pas le sol. S'il l'avait fait, on ne lui en aurait pas donné le droit, parce que en bas, ils auraient trouvés ça trop dangereux. Ils auraient tergiversé, ils lui auraient fait perdre du temps…

— S'il avait demandé l'avis du sol, il serait mort, tranche Sacha.

— Alors il chasse l'air de la combinaison. Ses oreilles se mettent à bourdonner. Ses doigts commencent à gonfler comme des saucisses. Il est assourdi par ce bruit insupportable, celui qu'on espère tous ne jamais entendre…

orbite 6769

Viktor se met à siffler doucement. Un filet d'air entre les dents, il tient si bien la note que les autres en frissonnent. Le chuintement suffit à réveiller chez eux la peur secrète de la dépressurisation, avec laquelle ils cohabitent tous depuis des années.

— Il referme la valve à temps, juste avant l'embolie.

Viktor se visse une poignée imaginaire à la poitrine.

— Son scaphandre est tout flasque. Avec le peu d'air qui lui reste, Leonov tire de toutes ses forces pour entrer dans le tunnel, tête en avant. Ça ne passe toujours pas. Il est coincé à l'intérieur du boudin. Il se voit mourir une deuxième fois. Ce n'est plus qu'une question de secondes. Et il a encore une idée. Une idée ! Il se dit qu'il peut essayer par les pieds. Avec ce qu'il lui reste d'énergie, d'oxygène, de battement, il se retourne complètement dans le sas. Cette fois, il y arrive ! Dans ce sens-là, miracle ! Il passe !

Il se tait pour les regarder tous, exténué, comme s'il avait pris à son compte l'épuisement de Leonov.

— Il ne devait rester que cinq minutes dans le vide, il en a passé dix-sept. Savez-vous combien de litres de sueur il ramène dans son scaphandre ?

Il hoche la tête maintenant.

— Six litres. Il baigne dans six litres de sueur. Il a perdu six kilos en dix-sept minutes.

Viktor laisse planer là-dessus un silence trop oppressant.

— Et pendant ce temps-là Gagarine buvait des coups, lance Bogdan pour détendre l'atmosphère.

Ils éclatent de rire, libérés de la gêne qu'ils ressentaient à la poitrine, desserrant à leur tour la valve bleue de leurs scaphandres, près du cœur.

— Alors rien que pour ça, conclut Viktor, je pense que Leonov mérite d'avoir sa photo à côté de celle de Gagarine. Et vous m'avez bien entendu, hein ? Je n'ai pas dit à sa place, j'ai dit à côté.

— Tu t'en tires bien, reconnaît Sacha. Ils étaient tous contre toi au début.

— Bogdan et Mikhaïl, surtout. J'ai bien vu. Anton, je ne sais pas. J'ai vu qu'il a hésité à un moment donné, il cherchait son camp. Finalement je t'ai convaincu. Hein, Anton ?

— J'étais avec toi depuis le début, moi.

— Lèche-cul, va ! s'écrie Mikhaïl.

— Ivan, je ne sais pas s'il m'a écouté. Il est encore en train de compter le nombre de tours qu'il a faits.

— Mais non !

— De toute façon, je n'en ai pas fini avec Leonov, reprend mystérieusement Viktor. Cette histoire, vous la connaissez. Ce que vous ne savez pas, c'est la suite. À peine quelques minutes après le retour de Leonov, Belayev se rend compte que le vaisseau est en train de dégonfler. Sur le manomètre, la pression est en chute libre. Il ne comprend pas d'où vient la fuite.

De la main, Viktor fait le chiffre trois.

— Leonov voit passer la mort une troisième fois. Quelques minutes plus tard, c'est le contraire qui se produit, le taux d'oxygène se met à grimper. La cabine est à saturation ! À la moindre étincelle, au moindre faux contact, elle explose. Leonov se dit qu'il ne peut plus y échapper, la mort repasse trop près. Et pour la quatrième fois !

— Voskhod-2 n'a pas explosé, remarque Sacha.

— Non. Mais le meilleur est encore à venir. Les rétrofusées refusent de s'allumer ! La capsule continue sa course comme si de rien n'était ! Le sol donne l'ordre aux deux hommes de passer en manuel, leur transmet les codes de secours pour qu'ils puissent mettre les moteurs à feu eux-mêmes.

— Mais ils ne s'allument pas…, geint Bogdan avec lassitude.

— Si ! Ils marchent ! Sauf que la capsule ne suit plus la trajectoire prévue ! La décélération manque de les tuer. Ils sont écrasés dans leurs sièges, la langue enfoncée dans la gorge. Lorsqu'ils percutent le sol, ils ne sont pas si loin que ça de l'endroit prévu. À quatre cents kilomètres seulement du point d'impact espéré, près de Perm, dans l'Oural.

Mais la radio les a lâchés dans la bagarre, ils n'ont pas la moindre idée de l'endroit où ils se trouvent. Ils ne savent pas comment on va les secourir, ni quand. La seule chose dont ils soient à peu près sûrs, c'est qu'ils vont devoir passer la nuit dans les bois, seuls, en plein hiver.

Ivan entend que Viktor tente de repousser les parois de la station pour y faire entrer la forêt.

— Leonov et Belayev décident de ramasser du bois pour construire un feu. Ils s'éloignent de la cabine en titubant, prisonniers de leurs scaphandres, de la neige jusqu'à la taille. Dans les bottes de Leonov, les six litres de sueur commencent à congeler. Il peine déjà à avancer. Dans quelques minutes, il aura deux plâtres à la place de jambes. Tout à coup, il s'arrête. Il a aperçu une ombre, là-bas, entre les arbres. Puis une autre, rapide, un peu plus loin. Derrière les sapins, des yeux jaunes le regardent.

— Les loups ! s'écrie Bogdan, ravi.

— Les loups, bien sûr. La mort qui repasse une sixième fois. Leonov court jusqu'à la capsule en levant très haut les genoux pour briser la carapace de sueur qui manque de le faire trébucher à chaque pas. Il démonte le siège, fou de rage, s'empare de la carabine, tire entre les arbres pour repousser les fauves. Belayev croit qu'il a perdu la raison. Mais les bêtes silencieuses réapparaissent et son compagnon comprend sa colère. Est-ce que le sort ne pourrait pas les oublier cinq minutes, pour voir ? Elles doivent être affamées, parce qu'elles reviennent plus nombreuses et plus serrées. Leonov brûle encore quelques cartouches pour les effrayer. Hélas ! La nuit tombe. Belayev et lui s'en rendent compte aux yeux de leurs assaillants. Dans l'ombre des couverts, ils sont devenus phosphorescents. Ils n'auront pas le dessus avec une seule carabine et une maigre poignée de cartouches. Savez-vous ce qu'ils font ? Ils retournent dans le vaisseau pour s'y réfugier !

La main de Viktor empaume une poignée imaginaire.

— Clac, ils referment l'écoutille, décidés à attendre jusqu'au lever du jour à l'intérieur de la capsule gelée. Dans le faisceau de la lampe torche, le tableau de bord s'est couvert de givre. Leur ennemi, maintenant, c'est le froid. Ils se serrent l'un contre l'autre, en se promettant de ne pas s'endormir. Par cette température ils ne se réveilleraient peut-être pas. Alors, pour rester conscients ils se parlent. Mais d'abord, c'est ce que je préfère dans cette histoire, ils ont un fou rire.

— Pourquoi ? s'étonne Sacha.

— Parce qu'ils entendent les loups gratter contre la porte.

— Oh non !

— Ils encerclent la cabine, donnent des coups de patte pour essayer de la faire basculer. À l'intérieur, Leonov et Belayev en ont les larmes aux yeux de bonheur.

— Mais pourquoi ? Je ne comprends pas.

— Il ne pouvait rien leur arriver de pire. Ils ont eu droit à tous les malheurs possibles et imaginables depuis le décollage. Mais ils sont encore là. Ils rient parce qu'ils sont vivants. Ils ont survécu à la mise en orbite, Leonov a marché dans l'espace, il a réussi à retourner dans le vaisseau, la cabine ne s'est pas dépressurisée complètement, elle n'a pas pris feu, ils ont finalement réussi à atterrir… Dans un mouchoir de poche à chaque fois, c'est vrai, mais ils sont vivants ! Vivants ! Et Leonov m'a avoué qu'à cet instant, il est tout simplement increvable. Depuis qu'il a réussi à dégonfler son scaphandre pour regagner le vaisseau il se sent immortel. Je le revois en train de me dire, lorsqu'il me le raconte : « Si je claque des dents, c'est de froid, hein ? Pas de peur ! Retiens bien ça. Quand je pensais que je n'arriverais pas à rentrer dans le vaisseau, là, oui, j'ai eu la trouille. Mais pas devant les loups, tu m'entends ? » Parce que après toutes les épreuves qu'il a traversées, il sait que les fauves n'auront pas le dernier mot, jamais. Il ne se voit pas éparpillé dans la forêt, à ballotter dans une dizaine d'estomacs différents. Ça ne se peut pas. Pas après ce qu'il a vécu. Et s'il faut manger du loup, il mangera du loup. Il n'a pas peur à ce moment-là.

Viktor baisse les yeux avant d'ajouter, plus bas :

— Il craint autre chose.

Il passe une main sur son visage comme s'il voulait le froisser.

— La nuit avance. Les deux hommes discutent toujours. Il y a une question que Leonov aimerait poser à Belayev, mais qu'il n'ose pas formuler. Ils parlent de tout et de n'importe quoi depuis des heures, s'accrochent au moindre sujet qui puisse alimenter la conversation, parce que la nuit est longue, que tout est bon à prendre pour continuer à discuter. Leonov hésite. Dix fois il s'apprête à poser la question, dix fois il renonce. Mais toujours elle revient à ses lèvres. Il sait qu'il doit la poser cette nuit, que c'est sa seule chance d'obtenir une réponse. Il faut qu'il profite de leur isolement, du fait que Belayev n'ait nulle part où aller. Avec le temps qui passe, les sujets s'épuisent, et plus la conversation devient futile, plus le souvenir se fait précis dans sa mémoire. Il a surpris une conversation hier, entre Korolev et son compagnon, juste avant l'embarquement. Rien d'important, sans doute. Il les a seulement aperçus échanger trois mots... Mais il a senti qu'ils parlaient de lui. Peut-être a-t-il entendu prononcer son nom ? Il a deviné qu'ils étaient en train de converser à son sujet. Et pour ne pas avoir de regret, s'assurer que ce n'était rien d'important, Leonov finit par demander à Belayev : « Vous parliez de quoi hier, avec Korolev ? — Hier ? — Sur le pas de tir, je vous ai vus échanger quelques mots. » Belayev hésite une seconde et cela suffit pour éveiller davantage ses soupçons. « Tu veux dire avant le décollage ? » demande-t-il pour gagner du temps, comme s'il avait encore l'espoir que Leonov abandonne sa question. « Oui, sur la plateforme. » Et pour laisser croire qu'il en sait plus qu'il n'en a l'air, que cela ne sert à rien d'esquiver, Leonov ajoute brusquement : « Tu sais très bien de quoi je veux parler, mon vieux. » Entre eux, il y a un silence. La tension est devenue si forte qu'ils cessent momentanément de claquer des dents. Belayev cherche encore ses mots, réfléchit à ce qu'il va dire. Il sent bien qu'il n'a pas vraiment le choix, qu'il doit une réponse, qu'il ne peut mentir à Leonov dans ces circonstances, dans cette forêt, dans cette capsule cernée par les loups, après tout ce qu'ils ont surmonté ensemble. Alors il dit, en essayant de rester le plus factuel possible : « Korolev m'a demandé si j'avais bien imaginé toutes les façons dont pourrait se dérouler ta sortie. Il m'a demandé si j'avais bien en tête tous les cas de figure qui pourraient se présenter. » Belayev s'interrompt, voudrait retrouver les mots exacts. « Il m'a dit que c'était la première fois qu'un homme allait être directement exposé au cosmos. Il a ajouté qu'on ne savait pas l'effet que cela allait produire sur toi. Il m'a confié que sur le coup, cela aurait peut-être des conséquences psychologiques inconnues. » Soudain, Belayev se remet à claquer des dents, comme s'il avait peur. « Dans l'action, tu pouvais perdre ton sang-froid, commencer à dire n'importe quoi, te mettre à agir mal. Korolev m'a dit que si tu en venais à avoir un comportement dangereux, imprévisible, ce serait terrible, parce que cela risquerait de menacer la réussite de la mission, les efforts de tous seraient anéantis, ce serait un pas en arrière désastreux… Surtout, il m'a dit que si tu devenais fou, cela risquerait de mettre ma propre vie en péril. » Abasourdi, Leonov demande : « Vous pensiez que je pouvais devenir dangereux ? » Belayev se tait une seconde avant de répondre, d'une voix à peine audible : « Korolev parlait à demi-mot. Il essayait de me mettre en situation. Il voulait que je comprenne les choses tout seul, sans avoir besoin de les dire lui-même. Tu sais comment il est. De temps en temps, il me rassurait, il me disait que cela n'arriverait probablement pas, qu'il ne faisait qu'envisager une situation extrême, qu'il cherchait seulement à me préparer à l'éventualité du pire. Et puis, à la fin, tout de même, il a voulu savoir si j'avais bien compris ce qu'il voulait. Il m'a demandé si je savais ce que je devais faire, dans le cas où… » Belayev ne finit pas sa phrase. Il ne sait pas quels mots utiliser pour dire cette horreur. Alors il se contente de dire : « J'ai répondu que je savais. » Dans le noir, les mains de Leonov se sont remises à trembler. Il sent la mort lui souffler dans les narines une septième fois. Il attend un long moment, puis demande : « Alors tu aurais tiré sur moi ? » Belayev n'hésite pas une seconde : « Comment aurais-je pu faire ça ? »

Ivan tressaille. Le regard de Viktor s'est posé sur lui par-dessus la table. Son compagnon le fixe dans les yeux, comme s'ils n'étaient plus que tous les deux dans la capsule gelée.

orbite 6796

Avril et demi, il faut rentrer.

En passant devant le miroir scotché à la paroi de Kristall, Ivan marque un arrêt pour affronter sa triste gueule. Le faux jour des plafonniers dessine sous ses yeux d'affreuses poches vert-de-gris. Les veines de son cou saillent comme des varices. Avant de l'enfermer, il inspecte une dernière fois ce corps que l'apesanteur a si bien dévitalisé. Au-dessus des chaussettes blanches montées à mi-tibia, ses cuisses forment deux maigres fuseaux. Toute sa force s'est amassée dans le torse. Par effet de contraste, il a des mains de carrier, des bras de fendeur de bois. Il a la complexion d'un homme en fauteuil qui, toute sa vie, se serait déplacé à bras.

Il passe les jambes dans le pantalon de contention, lace étroitement la gaine, les cuissardes et les jambières. Il ne remplit même plus la combinaison. À l'entraînement, le serrage du Karkass était autrement plus difficile. L'épaisseur des muscles forçait les mailles à s'écarter. Il se souvient qu'elles formaient de larges losanges le long du quadriceps. Il se dégage du pantalon, trouve un mètre ruban pour prendre la mesure.

— Combien as-tu perdu ? demande Sacha.
— Huit centimètres en circonférence.

Elle siffle d'admiration. Il passe le ruban autour de son mollet, consulte rapidement le carnet : sept centimètres. Ces chiffres sont trop précis. Même le tour des bras a diminué. La comparaison visuelle avec ses jambes donne encore l'impression d'une disproportion, mais les relevés sont là. Il ne pensait pas qu'il avait fondu à ce point. Et s'il n'y avait que ça ! Ses organes, à l'intérieur, doivent être salement irradiés. Les tissus ont dû s'atrophier. Il continue de lacer le pantalon de contention, tend les lanières comme si leur rigidité allait le sauver. Il serre à s'en piquer les yeux, comprime le bas de son corps pour que le sang ne puisse pas s'y accumuler sous l'effet de la pesanteur. Tout à coup, il se demande s'il va supporter la violence de la rentrée atmosphérique. Son cœur peut-il se fendre ? S'il y survit, est-ce qu'il ne va pas être réduit à marcher à quatre pattes comme ces premiers cosmonautes qui, au début, ne savaient plus se tenir debout sans s'évanouir ?

Le visage écarlate, il flotte jusqu'au nœud central, où il faut dire adieu à ceux qui restent. S'il le pouvait, il saluerait d'abord Viktor pour en finir, que ce soit derrière lui. Mais son ancien commandant est dans les bras de Bogdan, et comme Sacha a disparu dans ceux d'Anton, il pose rapidement les mains sur les épaules de Mikhaïl, se blottit contre lui, sans pouvoir admettre que cette fois, c'est à son tour de descendre.

Viktor s'est approché. Ivan se retourne, maladroit, craignant d'être faux ou de prononcer une banalité qui tromperait sa gêne.

— J'ai peur, je crois.

— Ça va aller.

— J'ai envie de rentrer, tu sais, mais je n'ai pas vraiment envie de partir non plus.

Les muscles de sa lèvre inférieure se sont mis à trembler. Viktor ouvre la bouche pour dire quelque chose, hésite, se reprend en balbutiant :

— J'ai… J'ai réfléchi à ce que tu m'as dit l'autre soir. Pourquoi j'ai réagi comme ça. Pourquoi je n'ai rien dit.

Viktor veut le lui révéler à cet instant alors qu'il va partir. Et tout près des autres qui peuvent entendre ? Mais ils ne sauront jamais de quoi nous sommes en train de parler, admet rapidement Ivan, aussi concentré sur les lèvres de son compagnon que s'il allait en jaillir un secret.

— J'ai pensé que… Bien sûr, c'est confus dans ma tête, parce que c'était il y a quelques mois déjà et que je ne me suis jamais vraiment posé la question. Je me suis dit que c'était la seule manière de t'arrêter… Faire quelque chose d'imprévisible. Tu étais tellement sûr de toi. Je crois que c'était la seule façon de te toucher… Te surprendre. À l'armée, mon chef essayait, quelquefois, en désespoir de cause. Cela ne marche pas avec les bêtes, mais avec les hommes, oui.

Ivan se met à hocher la tête, sent les larmes monter à ses yeux, son ventre qui se serre.

— Tu voulais me prendre par surprise ?

— Oui. Tu ne t'y attendais pas, pas vrai ?

Ivan fait « non » de la tête.

— Ils t'auraient peut-être fait rentrer… Ça aurait mis la mission par terre. Qu'est-ce que tu aurais dit à ta femme et tes garçons ? Et une fois que j'avais hésité, il était trop tard. Je ne pouvais plus revenir en arrière. En bas, ils n'auraient pas compris pourquoi je ne les avais pas alertés tout de suite. Lorsque je suis rentré chez moi, j'ai pensé très fort à toi au début, presque tous les jours... J'ai prié pour que tu tiennes, que tu ne me fasses pas regretter ma décision... Et tu vois, si c'était à refaire, je me tairais à nouveau. Tu as réussi.

Il fait un geste vague pour désigner la station tout entière.

— Je n'arrive pas à croire que tu aies pu supporter ça si longtemps. Quand j'ai appris que c'était toi qui étais sorti pour rebrancher le gyrodyne à l'extérieur, que c'était même toi qui avais eu l'idée, pour moi, c'était incroyable... J'étais fou de joie, tu ne peux pas savoir... Je te fais pleurer, mais c'est vrai... Si tu n'avais pas été là, qui aurait pris les choses en main quand vous avez perdu l'orientation de la station, hein ? Tu crois que ce grand couillon de Bogdan s'en serait tiré sans toi ?

— J'ai entendu que vous parliez de ce grand couillon de Bogdan, dit le jeune commandant en s'approchant.

— Mais non, tu as mal entendu.

— Dommage, pour une fois qu'on parlait de moi.

Ivan sourit, prend Viktor dans ses bras, le serre de toutes ses forces. Après un instant, il l'entend murmurer à son oreille :

— Je te souhaite un atterrissage doux. Pas trop bas, pas trop vite.

Ivan se détache brusquement, se précipite dans le Soyouz pour ne pas s'effondrer. Recroquevillé dans la sphère du bloc orbital, il se retourne pour le regarder une dernière fois à travers l'écoutille. Viktor a pris Sacha dans ses bras. La vision de cet homme et de cette femme dans l'ouverture achève de l'ébranler. Leur coexistence dans le collier métallique l'émeut comme une image première et perdue. Viktor et Sacha sont à trois mètres de lui, ni trop près ni trop loin. Le nœud central est incroyablement plein de ces deux êtres exceptionnels. Il voudrait les retenir ensemble dans un réflexe d'agrippement. Il ressent une bouffée d'amour infinie, comme s'il portait sur eux le regard impossible d'un enfant à naître. Depuis des mois, il ne fait plus que téter des buses, des pailles et des poches. Il ne sait plus boire dans un verre, il ne sait plus mâcher. Est-ce l'absence de poids, l'humidité chaude ? Il nage depuis trop longtemps dans ces cylindres moites. Sa peau s'est fripée. Au contraire, il a la tête si lourde, si pleine. Toutes ces semaines d'aménorrhées à rebours du temps ont effilé ses membres. On dirait qu'ils viennent de lui pousser du tronc, comme des promesses de jambes, de bras.

Deux lentilles sombres, les yeux.

Le visage qui se sculpte, les oreilles qui s'ouvrent, la fente buccale qui apparaît, les fosses nasales qui se cloisonnent.

Il lance des bourrades.

Ses paupières s'ouvrent. Viktor et Sacha ont disparu.

Il ne sait plus s'il arrive ou s'il repart.

Il se repousse doucement jusqu'à son siège, en place droite, cale ses fesses dans le fond de la garniture, ramène les genoux contre sa poitrine, pose ses pieds sur la face interne du baquet. Il ne trouve pas l'appui-tête aussi vite qu'il le devrait. Il saisit les rebords du réceptacle pour coulisser, chercher l'empreinte de sa nuque. Son dos ne reconnaît plus le creusement familier du moule. Il essaye de se souvenir du moment où il a démonté le réceptacle pour le visser dans le Soyouz de Bogdan et de Sacha. Est-ce bien son baquet ? Le bon vaisseau ? Il ne s'est pas trompé, non.

— Sacha, j'ai un problème.

Elle ne quitte pas des yeux la matrice.

— Qu'est-ce qu'il se passe ?

— Je n'arrive plus à rentrer dans le siège.

Il l'a dit d'un air benêt, qui doit sûrement l'agacer. Pense-t-il que c'est le moment, franchement ? Mais il insiste :

— Sacha, je ne rentre plus.

— C'est ton baquet ?

— Bien sûr, oui.

— Tasse-toi. Colle bien les fesses au fond.

Elle préférerait qu'il se prenne en main. Elle n'a pas envie de délaisser l'activation des systèmes pour s'occuper d'un enfant. La tête de Bogdan apparaît dans l'ouverture du bloc orbital.

— Il y a un problème ?

— Je ne rentre plus dans le Kazbek.

Puisque Bogdan s'en mêle à présent, Sacha se décide à interrompre sa procédure, résolue à régler la question rapidement. Pourtant, elle se tait. Il a raison : il n'entre plus dans la garniture. De profil, la bulle de son casque dépasse largement de la surface du siège.

— Ce n'est pas le baquet qui est trop court, dit-elle, la voix tombante, comprenant immédiatement. C'est toi qui as grandi.

— Évidemment que j'ai grandi ! gueule Ivan.

— Ne crie pas, s'il te plaît.

— Pardon.

— Tu es là depuis longtemps.

Elle l'a dit presque timidement, comme s'il s'agissait d'une vérité honteuse.

— Pas assez pour…

— Tu es là depuis quatorze mois.

Elle le craint tout à coup. Sa silhouette filiforme doit dégager quelque chose de monstrueux. À force de n'être plus comprimés par le poids du corps, les disques intervertébraux ont dû enfler. Il a eu si peu de contraintes mécaniques sur la colonne qu'elle s'est étirée au fil des mois. Je me suis engirafé, pense-t-il. Il se plie brusquement en deux, paniqué. Il veut entrer dans la cuvette immédiatement, prêt à se désosser sur-le-champ. Il force sur les genoux pour les casser, se débat.

— Bon, admettons que tu aies pris trois ou quatre centimètres, intervient Bogdan.

Il a posé une main sur son épaule pour lui faire signe de se calmer.

— Romanenko a grandi plus que ça, prévient Sacha, de cinq centimètres au moins, et il n'était même pas resté un an. Ah ! C'est une belle saloperie.

— De quoi tu parles ?

— De l'apesanteur.

Comme elle a raison ! pense Ivan. Est-ce qu'il n'a pas vu flotter dans les poches collectrices une urine si foncée qu'il a détourné le regard quelquefois ? Il refusait d'admettre qu'elle puisse être la sienne. Il a perdu des quantités effarantes d'eau, de sels, de sang, de plasma. Son cœur a si peu travaillé qu'il en a réduit de volume. Lui, le médecin, qui a étudié tout cela sur d'autres. Et ses veines qui ne savent plus se contracter ? Et ses défenses immunitaires perdues ? Lorsqu'il se coupait, est-ce qu'il ne mettait pas des semaines à cicatriser ? Et ses réflexes rotuliens, sa réponse au marteau ? Il a bien le droit de se demander, n'est-ce pas, combien d'années de sa vie il laisse ici ? Sacha, si tu savais ! Une belle garce, l'apesanteur. Qui lui a interdit de se tenir debout, de s'asseoir, de s'allonger. Qui était là, partout, implacable. Il allait dans Kristall, elle y était ! Il allait dans le bloc de base, elle y était encore ! Elle se glissait à l'intérieur des duvets, des scaphandres, des placards, derrière les panneaux, partout, elle l'attendait. Elle l'a suivi pendant des mois dans les moindres recoins, avec un acharnement de vieille fille. Pourquoi ? Il devine maintenant. Pour finir le travail. Le dévertébrer une bonne fois. L'empêcher de rentrer et le garder.

— Bien, imaginons que tu aies pris cinq ou six centimètres, concède Bogdan, quelles sont les tailles limites au recrutement ?

Il veut des chiffres parce qu'il les croit encore capables d'éclaircir la situation, alors qu'évidemment, son corps ne veut plus.

— Entre un mètre soixante-huit et un mètre quatre-vingt-six, répond Sacha de mémoire.

Ils se regardent, conscients que l'horaire de désorbitation approche, qu'il va falloir décrocher à l'heure dite pour trouver l'herbe du polygone de récupération. Ils ont encore tellement de choses à vérifier.

— Ils ont sûrement prévu une marge, avance Bogdan. S'ils se sont accordé une sécurité de cinq ou six centimètres, ce qui est déjà énorme, ça passe encore jusqu'à un mètre quatre-vingt-douze. Combien mesurais-tu avant le vol ?

— Un mètre quatre-vingt-cinq.

Ils se taisent, indécis.

— Je suis passé limite, ajoute Ivan.

— Un mètre quatre-vingt-cinq ?

— Et encore, en fin de journée. Le matin, je faisais un mètre quatre-vingt-six facile.

— Et ils t'ont gardé quand même ? lance Sacha pour essayer de plaisanter.

Ils savent que les chiffres sont contre eux, refusent pourtant d'admettre qu'Ivan ait pu prendre sept centimètres. Ou huit. Ou neuf. À coup sûr, il sort de la toise, même avec la marge de sécurité. Mais tirer à ce point sur une épine dorsale ? Un homme peut-il survivre à cela ?

— On a un souci, là, reconnaît Bogdan.

— Je vais dire quelque chose de… de terrible, murmure Sacha.

orbite 6797

Elle est devenue grave tout à coup.

— Tu vas m'en vouloir, Ivan, mais tant pis… Voilà, dans le pire des cas, on te laisse. Si ! On te laisse ! Dans le pire des cas tu redescendras à la prochaine rotation. Le sol te fournira un siège plus grand. Ils en couleront un autre à partir du premier, en se servant du moule qu'ils ont gardé. Cela peut aller plus vite que tu ne le crois. Ils peuvent programmer une rotation en urgence, dans une quarantaine de jours… Ce ne sera pas plus long que ça…

Tandis qu'elle l'afflige de cette hypothèse, il se laisse flotter au-dessus du baquet, dans les sangles flasques, épuisé. Il ne daigne même pas la regarder. Elle n'aurait jamais dû dire une chose pareille, jamais. Formuler cette éventualité ? Mais elle est pire que l'apesanteur, cette fille. Il la déteste !

— Jamais.

Il l'a dit d'un ton calme, têtu, pour qu'ils n'essayent pas de le contredire. C'est la raideur du bas de contention qui l'empêche de plier les jambes comme il voudrait. Lui n'y est pour rien. C'est la faute de son pantalon. Et celle du baquet, qui est trop petit.

— Tu veux qu'on demande l'avis du sol ?

— On ne demande rien à personne.

— On peut au moins leur dire de…

— Non, ça va rentrer.

Il l'a dit d'une voix de petit garçon. Il parle d'une chose qui ne serait plus tout à fait lui, d'un corps qui ne serait plus qu'un rachis à ranger dans un étui. Un jouet, dans un coffre. Il doit rentrer. Il sort du fatras des sangles en battant des pieds, retourne dans le bloc orbital. Il dégrafe son plastron, fait sauter l'élastique du chignon d'étanchéité, libère ses jambes, délace le pantalon pour gagner un peu de jeu au niveau des genoux. Il se rhabille, redescend dans la cabine, cale ses pieds, empoigne les rebords métalliques du baquet, compte silencieusement jusqu'à trois.

Il tire.

De toutes ses forces pour placer le tronc.

Sans un mot, Bogdan se jette sur lui, appuie sur ses épaules pour sertir son dos dans la gangue métallique.

— Tu y es presque ! crie Sacha.

Il plie les genoux, rentre le cou, la tête, la mâchoire crispée de douleur.

— Presque !

Il lance d'une voix de fausset, les poumons comprimés :

— Attachez-moi vite.

Sacha ajuste rapidement les genouillères et le harnais.

— Tu vas rentrer, dis ?

Il les entend rire au-dessus de son berceau.

— Tu vois que ce n'était pas la peine de t'énerver ! On t'emmène, grand dadais ! Tu viens avec nous !

— C'est que... suis... vable...

Sa voix est devenue si grave, si lointaine qu'ils ne le comprennent plus.

— Qu'est-ce que tu dis ?

Il reprend en soufflant, le regard droit :

— C'est que je suis increvable.

orbite 6798

La Terre défile verticalement par le hublot de gauche, tandis que celui de droite est encore noyé de nuit. Le vaisseau tangente timidement l'atmosphère, semble vouloir s'insinuer subrepticement sous l'écale. Leur trajectoire se cintre davantage pour s'y introduire, à la façon d'une aiguille minuscule.

Un voile rose pâle se forme derrière les vitres. La capsule glisse sur les premières particules d'air. Les molécules geignent à leurs oreilles comme d'innombrables bas de soie filés. L'image de la planche devient confuse. Il faut déjà faire un effort pour lever le gant. Une rumeur monte en même temps que s'assombrit la cabine. Dans un large mouvement de décantation les lanières retombent, les objets se déposent un à un, attirés par l'énorme masse de la planète.

Maintenant, la cabine chute pour de bon. Elle creuse l'air en hurlant, pralinée d'une torche de plasma bleu nuit. À droite, des filaments pourpres viennent lécher le verre. Le bouclier s'émiette, abrasé par le frottement. Des fragments de matière en fusion surgissent dans le champ du hublot, charriés dans l'écoulement de la flamme.

Un âne vient de s'asseoir sur la poitrine d'Ivan.

Que c'est long de tomber, pense-t-il encore.

Les mains à plat sur les cuisses, les pieds joints, il sent le sang revenir dans sa nuque, dans son dos, dans ses jambes, qui presse les parois de ses artères. Le poids de son corps est multiplié par trois, par quatre. Alors qu'il ne pesait rien depuis des mois, son cœur appuie de deux kilos, ses poumons de cinq, son foie de sept, son cerveau de huit. Les coutures du scaphandre lui meurtrissent la peau. Encastré dans le siège trop étroit, il suffoque. Le soulèvement de sa cage thoracique ne va plus de soi. Il n'ose plus expirer, craignant de ne plus être capable de l'ouvrir à nouveau.

Le hublot s'assombrit, noirci par le dépôt des résines. La cage plonge furieusement dans le puits de la fosse. Il chute, impuissant, hanté à présent par une seule certitude : il finira par toucher le fond.

Les flammes des moteurs d'orientation continuent de percer le voile incandescent, dérisoires et têtues. À coups d'étincelles, elles veulent encore corriger l'assiette du météore, poursuivre les séquences d'allumage dans un fol entêtement mécanique.

Frôlé, caressé, entravé par mille doigts brûlants de fièvre, la capsule freine. Les flammes s'éclaircissent, laissent apparaître des morceaux de ciel excoriés. Les surcharges diminuent, les piaillements reviennent, indiquant la fin de l'ombre radio. Les turbulences augmentent avec le souffle. Là ! Les premiers nuages ! Il les voit passer à une vitesse effrénée dans le verre fumé. La capsule se met à tressauter sèchement, chahutée par le vent. Il l'entend siffler de plus en plus fort ! Le vent de la Terre !

Les vibrations s'émoussent, le bruit s'estompe. Dans le demi-silence de leur chute, il perçoit un déclic : le capot du compartiment des parachutes vient de s'éjecter. Un voyant signale l'activation de la première voile extractrice. Une minuscule toile d'un mètre carré jaillit derrière la capsule pour stabiliser le bouclier avant. Un index lumineux indique aussitôt l'activation du deuxième parachute, qui va les freiner davantage. Il perçoit le feulement des suspentes qui se dévident, une succession de claquements secs. L'à-coup le propulse encore dans les sangles, puis le laisse retomber, l'enchâssant plus violemment dans le baquet.

Le parachute de freinage est largué, la cabine continue de tomber avec la simplicité d'une pierre.

Jusqu'à ce que les cliquetis reprennent, que les verrous sautent, libèrent les mille mètres carrés de la toile principale. La gigantesque coupole se développe au-dessus d'eux, tandis que l'enchevêtrement des suspentes fait tournoyer le vaisseau. Le voilà qui accélère de manière anarchique autour des torsades, pris dans une série de spires, un chaos d'accélérations linéaires et circulaires. Il semble que Bogdan et Sacha se soient levés à côté de lui, debout dans la nacelle. Il ne sait plus lire la position de son propre corps dans l'habitacle. Alors qu'il sent les bretelles lui scier les épaules, il craint que sa tête puisse se fracasser contre le tableau de bord.

Les girations diminuent, les chocs se dissolvent dans l'amortissement de la voilure. Étourdi par le secouement, il sent que la cloche s'est accrochée dans l'air. Le silence revient en même temps que le ballant diminue. Il rouvre les yeux. Par les hublots mâchurés de suie, un peu de bleu apparaît, tendre à pleurer.

Il s'efforce de lever un bras, puis l'autre, si lourds à nouveau. Tout s'est étréci autour de lui. La cabine est redevenue minuscule !

Il devine dans son dos l'inexorable montée du sol. Il contracte ses muscles, tente de se confondre avec le moule périmé de son corps, remue pour descendre dans la garniture, protéger au mieux son cou, son dos.

Soudain, il entend le rugissement des rétrofusées, ultime coup de freins à un mètre des pierres.

Terre.

avril 1992

Tirée par la voile, la capsule roule mollement sur le flanc. Il porte le gant à la collerette de son casque, déverrouille le collier pour rabattre la visière. En bougeant, il sent qu'il s'enfonce davantage dans le harnais. Il essaie de comprendre sa position, de deviner dans quel sens il va tomber lorsqu'il va se dégrafer. Il attend de reprendre ses esprits avant d'ouvrir les sangles, se concentre sur les voix de Sacha et de Bogdan, à côté de lui. Il sait qu'ils doivent attendre les secours avant de faire quoi que ce soit, mais il ne va tout de même pas se laisser étrangler par son propre poids. Il arrache ses gants, cherche l'attache qui le retient. Son corps de chiffon s'écrase sur la planche de bord.

— Qu'est-ce que tu fais ? demande Bogdan.

À moitié sorti de son baquet, affalé en travers du pupitre, il a avancé une main vers l'écoutille, tâtonne sur le volant d'ouverture.

— On va crever de chaud… On va crever…, répète-t-il à voix basse pour le rassurer.

Il ne compte pas sortir de la capsule, il veut juste donner un peu d'air. Il travaille d'une seule main, en appui sur le coude. Tout à coup, il sourit, amusé de retrouver son corps pataud et malhabile, que les objets puissent ainsi lui opposer une résistance. Il achève de dévisser le volant, pousse le couvercle de toutes ses forces. L'air tiède de la steppe se rue dans ses poumons. Surpris, il se retient de crier. Les narines déchirées, il bloque sa respiration, retenant l'air avec précaution dans la bouche, comme il le ferait d'une bouffée d'air glacé qu'il faudrait d'abord réchauffer pour ne pas se brûler. Les odeurs se jettent sur lui, celles de la terre sablonneuse, de la prairie séchée, dont il ne voit encore rien sinon quelques herbes couchées devant l'ouverture. Il se contente d'inspirer, se laisse traverser par celles des fleurs à moitié fanées, l'exhalaison âcre des balles de chardons que le vent a poussées. Un courant d'air tiède passe sur son visage, caresse les pores de sa peau dilatés par la chaleur. Il avance la tête hors de l'écoutille. Il n'entend pas la rumeur des hélicoptères dans le lointain. Ont-ils atterri aux limites du polygone de récupération, suffisamment loin du centre pour avoir encore un peu de temps ? Il se repousse des pieds et des mains pour ramper hors du vaisseau, ripe sur le tableau de bord, agrippe la lèvre de l'ouverture, se hisse à la force des poignets.

— Qu'est-ce qui te prend ? demande Sacha tout à coup, devinant ses intentions.

Le déplacement de son corps fait osciller la cabine. En arrière, quelque chose le retient. C'est l'ombilical de son scaphandre qui est resté coincé. Il tend un bras derrière lui, tente d'arracher le tuyau annelé. Il n'a plus assez de force dans le poignet pour le desserrer. Le connecteur est complètement grippé.

— Passe-moi le couteau, Bogdan.

— Arrête. Tu n'as pas le droit. C'est trop dangereux.

— Le couteau, Bogdan. Le couteau. S'il te plaît.

Il le demande d'une voix si ferme et si douce qu'elle le fait hésiter. Est-ce que son compagnon devine, dans son regard, qu'il sortira de toute façon ? Qu'il ne s'agit pas d'un caprice, qu'il sectionnera le tuyau avec les dents s'il le faut ?

— Donne-lui, murmure Sacha.

Bogdan passe une main sous le siège, lui tend l'arme de chasse. Ivan coupe le cordon sous leurs yeux, se tourne vers l'ouverture, rentre les épaules pour se couler au travers. Mais il sent que la main de Sacha s'est refermée sur sa cheville.

— Ivan, les secours ne sont pas arrivés. Va dans l'herbe si tu veux, mais ne te lève pas. Reste allongé. Ivan ?

Il prend appui sur le rebord de l'écoutille, glisse dans la main de Sacha, chavire dans l'herbe fraîche.

Étendu sur le côté, encore gluant, il regarde se gonfler la voilure. Par endroits, le vent chaud s'engouffre sous la toile, la soulève en créant des bouillonnés de tissu. Le ventre charbonné de la capsule est encore chaud, griffé de traînées rouille. Il tourne la tête vers l'orifice sombre. Il a réussi à s'extirper seul de la boule calcinée. Il n'a que quelques minutes. D'un instant à l'autre, il va entendre un vrombissement sourd dans le ciel. Il rassemble ses jambes et ses bras, essaie de les mettre en ordre pour se lever. Avant qu'ils le saisissent ! Avant qu'ils le forcent à rester couché ! Il bascule sur le côté, à quatre pattes, mains et genoux écartés. Sa lourde tête pend entre les épaules. Les doigts dans la terre grasse, il est pris d'étourdissements, sent que son cœur s'emballe. Dépêche-toi. Il pose un pied à plat entre ses deux mains ouvertes, pousse sur sa jambe, libère les mains, ramène l'autre pied. Ses yeux quittent le sol. Les ligaments de ses genoux se raidissent. Le paysage s'étire brusquement. La steppe fleurie moutonne devant lui, parcourue de frissons. L'ondulation des herbes semble se propager sans fin. De place en place surnagent des boutons de sang. Partout des tulipes sauvages ont surgi de terre, chiffonnées par le vent. Il perçoit tout cela en une seconde, le cou fragile, sentant déjà le poids de sa peau tirée vers le sol, tout le sang de son corps appelé dans ses jambes. La Terre rancunière s'assoit à califourchon sur ses épaules, pèse sur son dos de toute sa masse. Il ploie sur les genoux, écrasé, tend les bras en avant pour se récupérer, retombe à quatre pattes, pantelant, la tête abandonnée entre les épaules.

Le regard planté dans les herbes folles, il reprend son souffle avant de détendre à nouveau le piteux ressort de ses jambes, de se repousser des deux mains, de projeter son buste en avant pour tirer profit du poids mort de ses bras. Il arrête son déséquilibre en posant l'autre pied, se redresse tout tremblant, les jambes flageolantes. Son scaphandre pèse sur lui aussi lourdement qu'un habit trempé. Il reste immobile, indécis, le corps déchiré de douleur. Léché par le vent comme par une langue râpeuse, il vacille. La steppe est toujours là, indifférente. Elle le laisse faire comme s'il était maintenant une partie de cette vie lente et tiède qu'il perçoit autour de lui, comme si ses efforts étaient normaux, la souffrance habituelle. Il s'avance sur ses chevilles malades, chancelant, fait trois nouveaux pas en se déhanchant comiquement, s'effondre encore, fauché par une lame invisible.

Affalé, il progresse sur les genoux, sur les poings, se sert de ce maigre élan pour se dresser à nouveau. Cette fois, il lui semble qu'on l'aide un peu, qu'une jument invisible lui donne un gentil coup de tête. C'est le vent chaud qui le pousse de son gros front. Alors il se jette, marche de façon précipitée pour ne pas tomber, débordant de vie et d'énergie, en allant n'importe où devant lui, le scaphandre colorié. Il tend les lèvres, ouvre la bouche, avale l'air à grandes gorgées, titube comme un noyé que la vie a rappelé. Il creuse la cambrure de son dos, affermit ses genoux, rentre le menton. Il entend un cri derrière lui, se retourne maladroitement. Sacha et Bogdan se tiennent debout près de la capsule, agrippés l'un à l'autre, souriants et grimaçants. Ils n'ont pas pu attendre non plus, pense Ivan avec bonheur. Il leur adresse un petit signe de la main en clopinant, hilare, rayonnant et solaire, tout fier et tout content. Il fait le clown pour leur montrer comme il tient sa tête. Mais regardez comme je la porte bien, semble-t-il dire. Entraîné par ses pitreries, il trébuche, manque encore de s'étaler.

— Attention ! crie Sacha, folle d'inquiétude.

Elle va pour le gronder, le rappeler, mais finalement hésite, éclate de rire, vaincue, parce qu'il tangue comme un marin en retour de bordée, parce qu'il est beau, parce qu'il est ivre, parce qu'il est bête, et qu'il lui fait de la main : « Viens, mais viens… », comme s'il voulait l'inviter à danser.

POCKET N° 16855

« *POLICE* ne dénonce pas, n'impose rien, mais se place à hauteur de ces hommes et de cette femme qui s'agrippent comme ils peuvent au quotidien pour tenir et avancer. »

Christine Ferniot
L'Express

Hugo BORIS
POLICE

« Ferme les yeux et pense à la France. » C'est une blague qu'on se lance, entre flics, quand il faut faire le sale boulot. Déjà épuisés par la routine des violences, trois gardiens de la paix se voient confier une mission inhabituelle. Une reconduite à la frontière. À Roissy. De là, le réfugié tadjik qu'ils escortent s'envolera pour une mort certaine. Dans le huis clos de la voiture sérigraphiée : quatre corps, quatre consciences, quatre tragédies personnelles. Suffit-il d'ouvrir les yeux pour changer le monde ?

Prix Eugène Dabit du roman populiste

Retrouvez toute l'actualité de Pocket sur :
www.pocket.fr

Composé par Nord Compo
à Villeneuve-d'Ascq (Nord)

Imprimé en France par CPI
en août 2017
N° d'impression : 2031189

POCKET – 12, avenue d'Italie – 75627 Paris Cedex 13

Dépôt légal : juillet 2011
S20865/03